El Guardián en la Esquina

Una escalofriante secuela de Perchado en el Tejado.
Inspirada en hechos reales—donde una familia regresa a
casa solo para descubrir que la oscuridad de la que habían
escapado aún los esperaba...

Hector Rivera

HARZ
PUBLISHING, LLC

Harz Publishing, LLC

ISBN: 978-1-969577-13-0 (Paperback)

Dedicatoria

ESTE LIBRO ESTÁ DEDICADO a mis tres hijos—Seth, Jessica y Trevor—y a mis nietos—Nathan, Giana, Everett, Liam y Ali. También lo dedico al resto de mi familia, cuyo amor y apoyo significan todo para mí.

En Memoria de

MI MADRE EDITH, MITA, mi tío Lito, mi tío Jando, Papá Quintín, mis primos Pablo y Beno, mi abuelo Antonio, mi abuelo Tin, mi abuela Eva, mi tío René y mi primo Moncho Peligro. Su amor, fortaleza e historias continúan guiando este camino.

Agradecimientos

A MI HERMANA LENYA,

Una vez más estuviste a mi lado. Tu apoyo inquebrantable, tus palabras sabias y tu constante aliento me sostuvieron en cada capítulo de este libro. Me recordaste avanzar incluso cuando todo era difícil. La verdad es que este libro no existiría sin ti.

A Teti, mi hermanita, y a mis primas Mary y Chely,

Las tres fueron la luz que me acompañó en la escritura de este libro. Estuvieron conmigo en espíritu en cada capítulo, inspirándome con su calidez, su energía y su amor.

Teti, tu espíritu me dio firmeza. Chely, tu recuerdo me sostuvo. Y Mary—mi fan número uno—, gracias por pedirme siempre más para leer, por tu entusiasmo genuino, que ha significado más para mí de lo que imaginas. Gracias por tu apoyo, tu cariño y por ser una parte viva de la historia de nuestra familia.

A mi esposa, María,

Gracias por cuidarme y por sostener nuestro hogar mientras escribía este libro. Reconozco su esfuerzo y estoy profundamente agradecido. Gracias por estar presente. Este libro existe, en parte, gracias al espacio que usted me dio para crearlo. Con amor, siempre.

A mi dulce Ali, mi hermosa nieta de ocho años,

Me siento muy agradecido de tenerte en mi vida. Tu alegría, tus risas y tu amor infinito llenan mi corazón de maneras que las palabras no pueden explicar. Valoro tu paciencia y me duele el corazón cuando no podía jugar contigo porque estaba ocupado escribiendo. Me dolía ver cómo tu sonrisa se desvanecía y tu rostro se volvía serio mientras me esperabas con ilusión. Me partía el alma cada vez que tenía que decirte "Ahorita no", pero aun así nunca te desanimaste y me recibías con los brazos abiertos, con tu carita iluminada como un rayo de sol. Ali, te quiero muchísimo. Gracias por ser mi luz.

A mis hijos, Seth, Jessica y Trevor, y mis nietos, Nathan, Giana, Everett y Liam,

Sin importar la distancia ni la frecuencia con la que hablemos, cada uno de ustedes tiene un lugar especial en mi corazón. Seth y Trevor —su fortaleza y carácter siguen inspirándome. Jessica, aunque no nos veamos, te llevo conmigo en formas silenciosas. A mis nietos, Nathan, Giana, Everett y Liam—aunque la vida nos mantenga más separados de lo que yo quisiera—pienso en ustedes con frecuencia. Sus nombres, sus rostros y los recuerdos que hemos compartido viven en mi mente. Espero que un día lean estas páginas y sepan que su abuelo los amó profundamente, incluso desde lejos.

A Mely, Elda, Mon, Lily, Fernando, Sandrita, Pati, Iván y al resto de la familia,

Por favor, no piensen ni por un momento que los he olvidado. La distancia física entre nosotros ha impedido que nos veamos con frecuencia, pero nunca los ha sacado de mis pensamientos.

Siempre están conmigo—en momentos silenciosos, en recuerdos que aún me hacen sonreír y en las historias que han hecho la persona que soy. El tiempo que hemos compartido y las risas son demasiado valiosos para que desaparezcan de mis pensamientos.

No importa qué tan lejos estemos, quiero que sepan que los quiero profundamente. Ese amor no ha cambiado con el tiempo ni con la distancia. Permanece fuerte, constante y estoy agradecido por todo lo que han sido en mi vida.

A mis primos, Cory, Chayo, Blanca, Alma, Iris, Fredy, Susi y Joel,
Cada uno de ustedes tiene un lugar especial en mi corazón. Tengo tantas historias que contar, y de una u otra manera, cada uno de ustedes me ha inspirado.

Ustedes también han ayudado a moldear la persona que soy, y los recuerdos que compartimos siguen resonando en mi trabajo como escritor. Los papeles que han tenido en mi vida—grandes o pequeños—son inolvidables, y los llevo conmigo con profunda gratitud. Gracias por ser parte de mi camino. Nunca los olvidaré.

A Chiquita, Floppy y Osito,
Puede que a algunos les suene extraño, pero no podía terminar este libro sin dedicarles unas palabras a mis increíbles chihuahuas. Tal vez sean pequeños, pero la huella que tienen en mi vida es enorme.

Su amor es constante, puro e incondicional. Mientras escribía, siempre estuvieron ahí: enroscados a mis pies, empujando mi mano para que los acariciara o vigilando en silencio

No se imaginan la paz y la alegría que traen a nuestras vidas. Quizá no comprendan las palabras —los quiero—, pero espero que lo sientan en cada abrazo, cada regalito, cada caricia y en todos los besos que les he dado.

Algún día quiero escribir un libro solo para ustedes—uno que celebre su lealtad, sus travesuras y esas maneras silenciosas en que me han ayudado más de lo que podrán saber.

Gracias, mis pequeños. Son parte de mi familia y los quiero más de lo que las palabras alcanzan a decir.

Nota al Lector

Si usted no ha leído *Perchado en el Tejado*, quizá quiera explorarlo primero. *El Guardián en la Esquina* continúa esa historia, retomando donde la primera quedó. Leer *Perchado en el Tejado* ofrece una comprensión más profunda de los personajes, sus dificultades y los escalofriantes sucesos que llevaron a lo que está usted a punto de vivir aquí.

Aunque *El Guardián en la Esquina* puede leerse de forma independiente, su carga emocional y los hechos que lo envuelven adquieren una fuerza mucho mayor cuando se recuerdan los acontecimientos que dieron origen a todo.

Perchado en el Tejado está disponible en Amazon si quieres saber cómo comenzó todo. Algunos acontecimientos fueron simplemente inolvidables... y terribles.

Novella publicada por HARZ Publishing, LLC – Voces que se atreven a decir lo que otros solo imaginan.

Prólogo

PERCHADO EN EL TEJADO comenzó con sucesos que, para muchos, podrían sonar increíbles—un ave extraña y los horrores que traía consigo. Al principio parecía inofensivo. Minda cayó enferma, y nadie sospechó nada fuera de lo común. Pero pronto llegaron los susurros—suaves al inicio, luego más fuertes. Pasos resonaban en cuartos vacíos, golpes retumbaban desde dentro de las paredes, y poco a poco, lo ordinario se volvió aterrador.

Usted, el lector, podría decir: —Eso no pudo haber pasado—. Y entiendo tu duda. Pero la verdad no siempre requiere creencia—solo testigos. Y fuimos ocho los que vivimos cada instante escalofriante. Recordamos el miedo, la confusión y el caos que nos siguieron como una sombra durante nuestro tiempo en el cerro. Aquellos momentos siguen siendo de los más complejos y turbulentos de nuestras vidas—dolorosos e inolvidables recuerdos.

Esta vez, el terror no pidió permiso ni se anunció con susurros. Llegó en oleadas—violentas e implacables—retorciéndose en los momentos que creíamos seguros. Lo que enfrentamos después no fue solo una continuación de horrores, sino algo más calculado, personal y peligroso.

Las sombras no se disuelven con la luz del día. Algunos rincones guardan más que polvo y objetos olvidados: guardan guardianes invisibles, guardan secretos... y guardan al que muchos temen nombrar.

El Guardián en la Esquina apenas comenzaba a despertar.

Contents

1

Ecos de lo Invisible

Mita

La sala estaba demasiado quieta. No había paz. No había silencio. Sola... como si estuviera esperando.

Un sofá enorme, suave y color marrón dominaba un lado del cuarto, acompañado por sillones acolchonados. Una mesa de centro resistente descansaba al frente, con una taza de té humeante al lado de unos cuantos libros viejos y desgastados— intactos en su lugar, como si alguien los hubiera dejado así a propósito. O tal vez ese alguien acababa de irse... o aún seguía allí.

No había ventanas.

No había luz de la luna. Ni árboles balanceándose para susurrar secretos a través del vidrio. Solo cuatro paredes sólidas, cerrando el espacio, cortándolo del mundo exterior. Encerrándolo en una quietud antinatural—como un cuarto olvidado en una casa que ya no respiraba.

La lámpara sobre la mesa de madera parpadeó.

Al principio no le di importancia.

Y de repente, la luz se apagó.

Un momento antes, la calidez de la luz dorada me envolvía cuando de repente la luz se apagó y la oscuridad lo consumió todo. Contuve la respiración y tuve que parpadear, luchando por acostumbrarme a la penumbra. Instintivamente, logré alcanzar el interruptor de la lámpara, moviéndolo arriba y abajo en un intento inútil de que volviera la luz, pero la oscuridad se mantuvo fuerte.

Un cosquilleo de pánico se deslizó en mi mente mientras avanzaba a tientas entre las sombras, mis manos recorriendo las superficies familiares de la mesa. Mis dedos rozaron una vela lisa y fría y la caja áspera de cerillos. Sentí un alivio inmediato al encender uno; la luz repentina me cegó segundos antes de asentarse en un resplandor tembloroso. Encendí la vela y la coloqué junto a la lámpara. Su pequeña llama lanzó sombras inquietantes que se movían por la habitación. La luz era débil—nada comparada con el brillo reconfortante de la lámpara—pero suficiente para mantener el control de la opresiva oscuridad.

Entonces lo escuché.

Un sonido. Débil, casi imperceptible.

Venía del cuarto, al fondo de la sala—un leve crujido, como el roce de una tela o la madera que se hunde bajo los pies mientras uno camina con cautela. Mi corazón se aceleró y un escalofrío me recorrió la espalda.

¿Era mi imaginación? ¿O había alguien... algo... ahí?

Un parpadeo de luz captó mi atención, un destello que se movía en la oscuridad. Agarrando la vela con fuerza, avancé hacia la puerta del cuarto, cada paso medido, cada sonido amplificado por el silencio pesado. Respiraba entrecortadamente, mis dedos se apretaban alrededor de la vela mientras su tenue luz proyectaba largas sombras ondulantes en las paredes.

Un frío intenso invadió el aire cuando crucé la puerta. La temperatura había bajado notablemente y la atmósfera se sentía densa, con un peso inexplicable. Era como si ojos invisibles observaran cada uno de mis movimientos, su presencia apretándome el pecho. Esa sensación me oprimía, sofocante e inescapable.

Y entonces—un susurro.

Tan suave, tan delicado, que parecía un suspiro llevado por el viento. Pero no había viento.

La presencia me estaba llamando por mi nombre.

Mi pulso retumbaba en mis oídos. La voz—un murmullo entrecortado, fantasmal—llegaba desde el lado izquierdo del cuarto, cargada de urgencia y tristeza. Se me erizó la piel, el miedo se enroscó a mi alrededor, pero algo me impulsaba a seguir avanzando.

Levanté la vela, su luz débil apenas revelando contornos vagos en la oscuridad.

—¿Quién está ahí? —pregunté, con la voz temblando, casi devorada por el silencio que lo cubría todo.

No hubo respuesta. Solo el susurro otra vez, repitiendo mi nombre, atrayéndome.

Di un paso más, cada movimiento pesado, como si caminara contra algo invisible. Entonces, mis ojos se fijaron en una puerta que nunca había notado. Se alzaba en las sombras, como un vacío amenazante que parecía jalarme como imán hacia ella. Sin pensarlo, extendí la mano; mis dedos temblaban al empujarla.

Una ráfaga de aire helado invadió mi alrededor y la luz de la vela se agitó violentamente, lanzando sombras frenéticas por las paredes.

Y entonces apareció ella.

Desde el fondo del cuarto, surgió una figura—una joven. Su largo cabello enredado era blanco como un fantasma, su vestido desgarrado, empapado de manchas rojas profundas. Se movía hacia mí, lenta y deliberada, con los brazos extendidos, su cuerpo temblando de desesperación.

—Ayúdame —susurró con la voz quebrada—. Por favor... ayúdame.

Sentí la garganta cerrarse. La voz me fallaba. Las piernas se me quedaron clavadas en el suelo, pesadas como plomo. Quise gritar, huir, pero el terror me mantuvo congelado. Solo podía mirarla mientras avanzaba, sus ojos pegados en los míos, suplicantes, desesperados, perdidos.

Cada súplica susurrada retorcía el miedo en mi estómago, haciendo imposible apartar la vista de ella. Mi corazón golpeaba con fuerza mientras luchaba por liberarme de esa fuerza invisible que me aterraba.

—¿Quién... quién eres? —Alcancé a murmurar, con la voz quebrada, como si el aire mismo se negara a salir.

Ella no respondió. En cambio, su figura parpadeó, haciéndose más transparente, como si se desvaneciera en la niebla de la mañana. Su voz, aún suplicante, se volvió distante, desvaneciéndose en la nada hasta que no quedó más que un eco perdido en la noche.

Y entonces—desapareció.

El cuarto se sumió en un silencio pesado e implacable. La luz de la vela apenas contenía la oscuridad aplastante y el frío persistente en el aire. Mi cuerpo temblaba y respiraba entrecortadamente mientras me quedaba allí, en la puerta, mirando el lugar donde había estado ella.

En lo más profundo de mis huesos, supe lo que acababa de pasar... no había terminado.

Algo había aparecido entre las sombras de la noche. Y todavía estaba ahí. Observando.

De repente, un grito desgarrador rompió el silencio escalofriante. El corazón se me subió a la garganta cuando el sonido retumbó por toda la casa, crudo y desesperado, atravesando la oscuridad como un filo invisible. Venía del cuarto de mi tía Minda—justo detrás de la cortina que nos separaba.

Sin pensarlo, jalé la cortina. En la débil luz, vi a mi tía Minda acurrucada contra la pared, temblando, su rostro desfigurado por el terror. Sus ojos se movían rápido, como si siguieran algo invisible que estaba ahí, sus manos aferrándose a la cabeza mientras soltaba otro sollozo desgarrador.

—¡Por favor! ¡Déjame en paz! ¡Vete! —dijo llorando, la desesperación ahogando cada palabra.

Un escalofrío recorrió mi columna vertebral, pero a pura fuerza me acerqué a ella. Quería dejar el miedo, pero no podía quedarme allí parado mientras mi tía sufría. Me agaché junto a ella, extendiendo la mano con cuidado.

—Tía Minda, soy yo, dije suavemente, tocándole el hombro. —Está usted a salvo. Estoy aquí.

Ella se sobresaltó al sentir mi mano, sus ojos grandes y desorbitados. Por un momento, no estaba seguro de que me reconociera. Luego, poco a poco, el miedo en su mirada empezó a apagarse, y su respiración agitada fue disminuyendo. Un destello de reconocimiento cruzó su rostro.

—Todo está bien, seguí, mi voz firme, aunque el corazón me latía con fuerza. —Lo que sea que esté viendo... no es real. Estoy aquí con usted.

Ella tragó saliva con dificultad, pero lentamente se sintió un poco segura. Su agarre sobre la cabeza se aflojó, aunque sus manos seguían temblando. La habitación quedó en un silencio incómodo, roto solo por su respiración irregular. Me quedé junto a ella, decidido a no dejarla sola en su tormento, mientras la noche parecía no tener fin.

Cuando su respiración se calmó un poco más, la ayudé a recargarse contra la pared, tratando de darle algo de consuelo. El miedo en sus ojos había disminuido, pero seguía allí, escondido, como la sombra de una interminable pesadilla.

—Vamos a salir de esto, le prometí, apretando su mano. —No está sola.

Mi tía me regaló una sonrisa débil, aunque las sombras del miedo seguían presentes en su expresión. Me senté junto a ella, la luz suave de la vela, las sombras moviéndose contra las paredes. Afuera, la noche seguía, espesa y silenciosa. Por un momento, me permití creer que lo peor había pasado.

Pero de repente, mi tía gritó otra vez.

Su cuerpo se sacudió violentamente; sus ojos se agrandaron con terror una vez más. Antes de que pudiera reaccionar, me empujó con una fuerza inesperada. Caí hacia atrás justo cuando una ráfaga de aire me azotó la cara.

El sonido de alas—grandes, poderosas—llenó la habitación.

Instintivamente me agaché, apenas esquivando la sombra oscura que pasó volando a mi lado. Un pájaro enorme, sus plumas rozando mi mejilla, dio vueltas por el cuarto frenéticamente antes de desaparecer en las sombras.

Mi respiración se cortó. El pánico se apretó en mi estómago. Me volví hacia mi tía—y me congelé de horror.

El aire se volvió denso, aplastándome la piel como manos invisibles. Su forma empezó a cambiar, retorciéndose y deformándose ante mis ojos. Las sombras a su alrededor parpadeaban de manera antinatural, alargándose y agitándose como si estuvieran vivas. Su rostro conocido se distorsionó en algo grotesco, algo antiguo. Sus ojos hundidos ardían con maldad, su brillo escalofriante se reflejaba en las paredes. Una sonrisa cruel se dibujó en su rostro—demasiado amplia, demasiado antinatural. Y entonces, se echó una carcajada escalofriante y quebrada que llenó el cuarto con un eco maligno que me revolvió hasta el alma.

El pánico se apoderó de mí.

Tenía que salir de allí.

Impulsado solo por instinto, corrí hacia la ventana. Mi corazón latía con fuerza en mis oídos mientras luchaba con el pasador de la ventana. Con un estallido de adrenalina, lo abrí y salté. El aire fresco de la noche me golpeó de lleno cuando caí afuera, mis rodillas casi cediendo por el impacto.

Pero no me detuve.

Corrí.

La oscuridad me envolvió por completo mientras huía, respirando con dificultad. No me atreví a mirar atrás, temiendo lo que pudiera ver. Mis piernas me ardían, mis pulmones me pedían más aire, pero seguí corriendo.

Y entonces, por fin, me detuve.

Respirando fuerte y rápido, levanté la mirada—y el aliento se me cortó.

El pueblo se extendía ante mí. Miles de lucecitas brillaban a lo lejos, como un mar de estrellas caídas, bañando débilmente el horizonte con un resplandor cálido y constante. Por primera vez desde que empezó todo, una calma extraña me envolvió... tan inesperada que me hizo dudar de su existencia.

No sabía qué tan lejos había corrido, pero de repente reuní fuerzas y di la vuelta. La casa seguía allí, su silueta recortándose contra el ambiente nocturno. Y, aun así, la oscuridad no era lo que me erizaba la piel. Era el resplandor cálido que salía de sus ventanas y puertas. Debería haberme sentido bienvenido. En cambio, sentía como si se estuviera burlando de mí, riéndose por pensar que había escapado.

Entonces, una voz. Dulce. Familiar. Teti.

Su melodía suave flotó en el aire, envolviéndome como un hilo frágil de consuelo. Teti cantaba esa canción cuando era niña; su tono era relajante y lleno de nostalgia. Debería haberme calmado.

Mientras permanecía allí, observando la casa, un escalofrío me recorrió la espalda. Sabía que algo no estaba bien.

Por un momento permanecí quieto, hipnotizado por la escena frente a mí y la voz angelical de Teti. La casa, antes llena de terror, ahora se transformaba poco a poco en un lugar cálido y acogedor, iluminado por la luz familiar. La canción de Teti me envolvía como un abrazo tierno, trayendo ecos de nuestra infancia.

Las noches llenas de risas en la cocina, el aroma reconfortante de la comida flotando en el aire mientras escuchábamos el ritmo de la canción. Me recordó que la casa no solo había sido un lugar desgarrador; también guardaba amor, recuerdos y la calidez de quienes más quería.

Tomando fuerza de su melodía, me acerqué a la puerta de la cocina y la empujé. Adentro, el resplandor dorado del fuego danzaba por las paredes, proyectando sombras que hacían que el lugar se sintiera vivo. El aire estaba cargado del olor a hogar—humo de leña, comida y algo más, algo que no se decía, pero se sentía.

Mita se movía entre el ardiente comal y la mesa, con las manos siempre en movimiento. Lenya, Mary y Chely estaban sentadas allí, sus rostros serios pero serenos, como si esperaran que algo invisible se revelara. Teti seguía cantando, sentada junto al horno de tierra, su voz tejiendo un hilo frágil de consuelo en medio del silencio familiar.

Pero alguien faltaba.

Mi tío Lito.

Su ausencia era como una herida abierta, un espacio vacío donde su presencia debería estar. Él era nuestro protector, nuestra roca, y el aire se sentía más pesado sin él, como si todos estuviéramos esperando que algo rompiera el equilibrio.

De repente, Mita se acercó, su expresión seria, pero sus ojos mostraban algo que reconocí demasiado bien: temor. Me entregó un plato, su agarre firme pero cuidadoso, y con un gesto solemne me indicó que era mi turno de llevarle la comida a mi tía Minda.

Un peso frío se instaló en mi pecho.

Suplicaba, mi voz apenas un murmullo:

—Por favor, Mita. Que vaya alguien más. O... al menos déjeme llevar a alguien conmigo.

Pero no dudó. Era mi turno.

Con manos temblorosas, tomé el plato; el calor de la comida no lograba disipar el frío que se apoderaba de mí. Respiraba superficialmente mientras me acercaba a la puerta del cuarto; el umbral parecía la boca de una cueva, oscura y desconocida.

Entré.

Una voz—delgada, desesperada—rompió el silencio.

—¡Por favor, ayúdame! ¡Ayúdame, por favor! —La súplica provenía de la cama de mi tía Minda... pero la voz no era humana.

Un nudo helado se formó en mi estómago. La puerta de la cocina se cerró tras de mí con un clic seco.

Cerrada con seguro. Atrapado.

El cuarto era una cueva de sombras, sofocante en su oscuridad. La única luz venía de la rendija bajo la puerta, y ese débil resplandor parpadeante apenas alcanzaba a ahuyentar la negrura opresiva. De repente, se apagó, dejándome en plena oscuridad.

Entonces comenzaron los susurros.

Suaves al principio, como hojas secas movidas por el viento. Luego, más urgentes, apilándose uno sobre otro, subiendo de tono hasta convertirse en un coro inquietante que arañaba los bordes de mi razón.

Temblando, me lancé hacia la puerta, mis dedos torpes forcejeando con el seguro. Se resistía, pero apreté la mandíbula y empujé hasta que cedió. La puerta se abrió de golpe y, sin pensarlo, me lancé hacia afuera.

Me tropecé en el umbral al cruzar la puerta y, por un instante breve, floté.

Caí pesadamente, el suelo me recibió con un golpe seco que sacudió todos mis huesos. Me levanté como pude, respirando agitadamente. La oscuridad se extendía hasta donde alcanzaba la vista; las luces lejanas del pueblo ahora parecían imposiblemente distantes. La esperanza, que apenas era una chispa, se estaba apagando.

Pero entonces—La canción de Teti.

Suave. Familiar.

Se expandió por todo el aire nocturno, lejana pero presente, recordándome que no estaba solo.

Giré hacia la casa—y me congelé.

La casa había desaparecido totalmente. Segundos antes, estaba allí, inmensa y silenciosa; ahora, solo quedaba un vacío oscuro, como si nunca hubiera existido. Un escalofrío recorrió mi espalda, regándose profundamente por toda mi piel.

La canción se detuvo.

En ese silencio, algo se sintió diferente. El silencio estaba cargado de una presencia invisible, algo que esperaba, acechando.

Y entonces—un sonido. Un chillido, agudo y antinatural, rasgó la noche. No necesitaba mirar para saberlo. El pájaro.

Gritaba y se retorcía en el aire, su llanto crudo y desesperado, como si quisiera desgarrar algo invisible. Sus alas batían con furia contra lo que antes era el techo—no, no había techo. La casa había desaparecido, pero el sonido seguía allí, vibrando en el aire como un eco atrapado.

De repente, otro sonido invadió mi alrededor. Un retumbar. Profundo y amenazante.

Cascos.

Una estampida de pezuñas invisibles. Sus gruñidos enfurecidos y sus pasos frenéticos me rodeaban, invisibles, pero aterradoramente cercanos. El suelo vibraba bajo mis pies, como si la tierra misma estuviera viva, moviéndose bajo esa energía salvaje.

Intenté moverme. Mi cuerpo se negó. Intenté gritar. Pero los gritos no pudieron salir de mi boca. Solo un suspiro ahogado, un sonido débil y desesperado que apenas escapó de mis labios.

Y entonces —un toque. Suave, cálido, imposible. Algo angélico que atravesó el miedo como la luz al romper la niebla. Después, una voz, calmada y familiar:

—Despiértese.

Esa palabra me sacudió, jalándome, arrancándome del agarre asfixiante e interminable de la pesadilla.

Suspiré.

—Despiértese.

Otra vez escuché esa palabra, que me trajo un poco de calma.

Abrí los ojos. El sudor me empapaba la piel y las sábanas estaban enredadas a mi alrededor. Respiraba agitadamente, con el corazón golpeando con fuerza dentro de mi pecho.

A mi lado, María, mi esposa, se incorporó y encendió la lámpara. Su mirada, cargada de preocupación, buscó la mía. —¿Está usted bien? —susurró, posando su mano cálida sobre mi hombro.

Aseguré, aunque la garganta me ardía. —Sí. Logré decir con voz ronca. —Solo fue... una pesadilla horrible y larga.

María arrugó su rostro. —Lo sé. Traté de despertarlo varias veces.

Tragué saliva con esfuerzo. Aún despierto, los susurros parecían seguir flotando en mi mente, y el eco del chillido del pájaro seguía zumbando en mis oídos.

Mi esposa me ofreció una sonrisa serena mientras pasaba la mano por mi frente, guiándome de regreso a la realidad. Me recosté de nuevo, aunque mi cuerpo seguía tenso. La oscuridad del cuarto se sentía distinta a la de mi pesadilla—más tranquila, más segura—pero el recuerdo de aquel lugar seguía pegado a mí como una sombra persistente.

Fue una de las innumerables pesadillas que me atormentan cada noche, recordándome que, sin importar cuánto tiempo pase, el miedo nunca desaparece del todo.

Aún hoy, las montañas donde enfrentamos aquellos terribles momentos con mi tía Minda siguen grabadas en mi mente, sus fantasmas susurrando en los rincones de mis sueños. Esos recuerdos todavía me persiguen, unos más aterradores que otros.

Algunos horrores nunca se desvanecen. Esperan en silencio—pacientes, invisibles—hasta que bajas la guardia... y entonces atacan.

2

Cuando Las Sombras Acechaban

Mis mejores amigos, de izquierda a derecha: Tito, Wil y Yan.

Al principio, pensamos que mi tía Minda estaba mejorando. Las risas, los pasos cuidadosos, el regreso del color en su rostro... todo parecía un avance.

Luego, levantó el machete.

Minda seguía bajo el cuidado de Don Tibet, y dos veces por semana, el sonido de tambores rítmicos durante las sesiones de oración llenaba el valentierro de una reverencia casi sagrada. Mita no se perdía ni una sola "Oración", pero nunca me invitó a acompañarla. A menudo me preguntaba a mí mismo por qué, aunque en el fondo ya lo sabía. Rompí las reglas y me metí donde no debía. Tal vez alguien le pidió a Mita que no me invitara de nuevo. Fuera cual fuera la razón, nunca pregunté.

A pesar de las huellas de su trauma y los fantasmas que aún la acosaban por las noches, la recuperación de mi tía Minda era innegable. Empezó a dar pasos cuidadosos dentro del valentierro, cada uno una pequeña victoria. Salía de vez en cuando sin que el bullicio habitual del vecindario la molestara. La observábamos en silencio, admirando cómo volvía a reconectar con el mundo, paso a paso.

Pero luego vino la noche del incidente del machete.

Durante una de sus pesadillas, mi tía Minda se levantó de la cama de repente, con la frente llena de sudor. La sombra estaba ahí—acechándola, provocándola.

Esta vez no.

Se acercó al machete y lo tomó con fuerza.

Estaba descalza, temblando, sujetándolo con tanta fuerza que los nudos de los dedos se le pusieron blancos. Salió disparada por la puerta siguiendo la sombra. La noche estaba espesa y silenciosa, pero esta dejó de moverse. Ya no avanzaba. Solo estaba ahí parada junto a la cerca, esperando. Con un grito de guerra que invadió la noche, Minda atacó.

Cuando por fin se detuvo, respirando rápido por el esfuerzo, nos miró como una guerrera que regresa victoriosa del campo de batalla. No sabíamos qué decir.

El silencio era total. ¿Había terminado la pelea? ¿Quién quedaba en pie?

Esa noche, ninguno de nosotros durmió bien. La vigilamos con cuidado para ver qué hacía, pero ella durmió tranquilamente.

A la mañana siguiente, la curiosidad pudo más. Nos acercamos despacio, con pasos inseguros y el corazón acelerado. Nadie dijo una palabra. Esperábamos encontrar algo: un cuerpo, huellas, alguna señal de lo que había pasado.

Pero lo que encontramos fue un poste del cerco. Astillado. Maltratado. Golpeado. A punto de colapsar. Minda lo había hecho pedazos. Por un largo y tenso momento, nadie se movió.

Y entonces, de pronto, fue como si se rompiera una represa: estallamos en carcajadas.

Nos morimos de la risa, sorprendidos por lo absurdo que habíamos presenciado. Y para nuestra sorpresa, mi tía Minda, en vez de avergonzarse, empezó también a reírse con nosotros, temblando de la risa. Aquella noche se convirtió de terror a comedia, y su valentía se convirtió en una leyenda familiar.

Sus pesadillas continuaron, aunque ninguna la llevó de nuevo a usar el machete. Se manifestaban de otras formas—unas la dejaban sin respiración, otras la hacían gritar. Siempre corríamos a su lado, calmándola, consolándola con palabras suaves hasta que al fin se tranquilizaba.

Las risas de aquella noche fueron reemplazadas por momentos de miedo y tristeza. Nosotros la acompañamos más de cerca y con más cuidado para que no se sintiera sola. Aunque las batallas en sus pesadillas eran invisibles para nosotros, estábamos allí, ofreciéndole toda la paz que podíamos.

Una tarde andábamos corriendo por todo el lugar y entramos al valentierro a toda velocidad. Al pasar junto a la cama de mi tía Minda, vimos que estaba dormida. Nos detuvimos para observarla y notamos algo distinto. El ambiente se sentía sereno, con una calidez que antes no estaba allí.

Era una imagen extraña—tan extraña que todos guardamos silencio. Durante tanto tiempo, sus noches habían sido inquietas, plagadas de terrores invisibles. Dormir era un lujo que apenas conocía. Pero ahí estaba: su rostro ya no era pálido, sino que mostraba un leve color saludable. Era una señal prometedora, un rayo de esperanza. Mientras dormía en paz, nos inclinamos hasta sentir su aliento.

Segundos después—

Se despertó de repente, gritando.

—¡Perro estúpido! —gritó, mientras el eco de su voz se extendía por toda la casa. Su tono, agudo y desconocido, cortó el silencio como una navaja. Nos echamos hacia atrás, asustados.

No fueron solo sus palabras—fue la manera en que las dijo. La dureza en su tono era extraña, como si no fuera de ella. Su rostro se transformó por un instante en algo irreconocible, con los ojos desorbitados, enloquecidos, extraños. Era como si hubiera regresado de un lugar que nosotros no podíamos ver, atrapada en una pesadilla que la había seguido incluso después de despertar.

Mita llegó de inmediato, tratando de calmarla con palabras suaves, con la mano sobre su hombro. La tensión en el rostro de mi tía Minda fue cediendo poco a poco, pero el malestar que se había instalado en nosotros persistía.

De pronto, se escuchó un crujido leve, como hojas secas movidas por el viento. Luego, la mesa de madera rechinó. Los platos se sacudieron, chocando entre sí con un sonido que parecía a punto de romperlos. Un murmullo bajo y rítmico se alzó en el aire inmóvil.

El tamborileo de una mesa comenzó a sonar, como si Don Tibet estuviera dirigiendo la oración en ese mismo instante. Aquellas sesiones solo se hacían de noche. Nunca de día. Nunca un sábado. Y, sin embargo, parecía que se estaba llevando a cabo—ahí mismo, en ese momento.

El estómago se le encogió a Mita al pensar que esto no debería estar sucediendo.

El rostro preocupado de Mita reflejaba cómo su mente intentaba darle sentido a lo ocurrido. La hora y el día no coincidían. El lugar tampoco. Incluso el aire del valentierro se sentía fuera de sitio. No eran solo los gritos de mi tía Minda lo que nos había perturbado; era todo. Los ruidos, el ambiente, esa sensación constante de que algo no estaba bien.

Un escalofrío invadió todo el cuerpo de Mita.

¿Alguien—o algo—condujo la Oración en lugar de Don Tibet?

Una vez que mi tía Minda se calmó y el valentierro recuperó la calma, Mita salió con rumbo a la casa de Don Tibet, caminando rápido por el camino polvoriento. Él vivía solo a dos cuadras, pero la distancia le pareció ser más lejos.

Al llegar, fue el mismo Don Tibet quien abrió la puerta, con su expresión habitual y cálida, aunque con un poco de curiosidad al ver a Mita frente a él.

Sin pensarlo dos veces. Mita le contó sobre los ruidos extraños, la sensación durante la Oración y el estallido repentino de Minda. Mientras hablaba, el rostro de Don Tibet se transformó, cargado de preocupación.

La noticia lo desconcertó; lo dejó tan intranquilo como a ella. Entonces dijo algo que le heló la sangre a Mita: él no había hecho ninguna oración ese día. Creía que ya habían ahuyentado a los seres misteriosos que los atormentaron por casi un año. Sus esfuerzos, oraciones y rituales habían sido constantes. Lo había logrado. Pero ahora, algo había ocurrido sin él.

Si él no hizo la oración, ¿entonces quién lo hizo?

O peor aún—¿qué y por qué lo hicieron?

La pregunta quedó suspendida entre ellos, cargada de implicaciones que ninguno se atrevía a decir en voz alta.

Sin decir una palabra más, Mita se dio la vuelta y apresuró el paso de regreso a casa. Su corazón latía con fuerza mientras aceleraba sus movimientos. Con toda la fuerza de su alma, suplicó al Creador. Rogó por protección, por el fin de aquello que se había despertado ese día. Pidió seguridad—no solo para mi tía Minda, sino para todos nosotros. Con cada palabra implorada, la desesperación crecía y la esperanza temblaba como una llama débil en la brisa.

Y entonces—silencio.

Pasaron varios días sin que nada ocurriera. Las cosas extrañas cesaron por completo. No hubo más susurros, ni ecos de rituales invisibles, ni cambios inexplicables en el ambiente.

La vida volvió a la normalidad. Pero, aunque los días siguieron su curso y las risas regresaron al valentierro, y mi tía Minda seguía mejorando, la pregunta permanecía en lo profundo de nuestras mentes:

Si Don Tibet no hizo la oración...

¿Entonces quién lo hizo?

Las pesadillas nunca nos dejaron. Esperaban. Silenciosas. Invisibles. Ocultas en la oscuridad, aguardando el momento en que bajáramos la guardia. Las sombras seguían ahí, pero la vida nos arrastraba hacia adelante. No importaba cuán lejos fuéramos, las pesadillas siempre nos seguían.

***

Mudarnos al pueblo significó entrar en lo desconocido, pero con ello vino un alivio abrumador.

Vivir en el cerro nos había dejado aislados y cargando con luchas diarias que parecían no tener fin. La transición a un nuevo vecindario se sintió como un soplo de aire fresco: una oportunidad para empezar de nuevo y recuperarnos de nuestras dificultades. La presencia de más personas, el acceso a comodidades y el simple cambio de ambiente mejoraron significativamente nuestras vidas. Todo se sentía mucho mejor, más alegre y por primera vez en mucho tiempo, con esperanza. Nuestra mudanza al pueblo no fue solo un cambio de dirección, sino un nuevo comienzo.

Esta nueva vida trajo experiencias frescas, pequeñas alegrías y aventuras inesperadas. Rápidamente hicimos amistades con nuestros amigables vecinos, quienes nos recibieron como si fuéramos una familia perdida. Nosotros, los niños, nos adaptamos con rapidez, entregándonos a los juegos, explorando cada rincón de nuestro nuevo hogar y disfrutando de ese sentido de pertenencia que durante tanto tiempo había estado ausente en el cerro. El sentido de comunidad y pertenencia en el pueblo llenó un vacío que ni siquiera sabíamos que existía.

Entre las amistades que marcaron nuestros días estaban Maximino, Lisha y Matías, hermanos que se convirtieron en nuestros compañeros más cercanos, siempre listos para la diversión y la aventura. También nos hicimos amigos con Daniel y Chilo, que vivían solo unas casas más abajo. Ellos nos compartieron sus tradiciones, nos enseñaron nuevos juegos e incluso cómo recolectar alimentos silvestres que nunca habíamos visto antes.

Pasamos incontables tardes explorando, riendo y compartiendo historias. Mientras más fuerte se hacía nuestro lazo, más me daba cuenta de lo especial que eran esas amistades. ¿Quién habría pensado que pasar poco tiempo con ellos cambiaría mi vida para siempre? Trajeron una alegría y una conexión que nunca había sentido, haciendo que este nuevo hogar realmente se sintiera como nuestro lugar.

Durante ese tiempo, seguía comunicándome con Wil, Tito y Yan, mis amigos del otro lado de la calle en nuestra casa original, porque todos íbamos a la misma escuela.

Aunque ya no vivíamos cerca, la escuela nos mantenía unidos. Sin embargo, fuera de la escuela, todo había cambiado. La distancia entre nosotros —solo unos pocos kilómetros— parecía mucho más lejos de lo que era. Después de clases, cada uno regresaba a su rutina, envuelto en las responsabilidades del día a día. Ya no teníamos el lujo de pasar las tardes o los fines de semana juntos, jugando en las calles o perdiéndonos en conversaciones largas como antes. Nuestro lazo seguía ahí, pero el tiempo juntos se había reducido.

A pesar de la distancia, verlos en la escuela me daba una sensación de familiaridad y consuelo. Aunque no pudiéramos visitarnos después de clases, los momentos compartidos durante el día—las risas entre clases, los cuentos en el recreo y caminar parte del camino a casa—nos mantenían conectados y me recordaban la fuerte amistad que siempre habíamos tenido. Aunque la vida nos llevó por caminos distintos, nuestra conexión no desapareció; simplemente se ajustó a los cambios que no podíamos controlar.

Pero en cuanto comenzamos a reconstruir nuestra casa, tuvimos más oportunidades de vernos otra vez. La construcción nos trajo de regreso al viejo vecindario, y con ello, las caras conocidas de Wil, Tito y Yan. Siempre que estaba por ahí, aprovechábamos la ocasión para ponernos al día, aunque fuera por un rato.

Aunque no podíamos pasar tanto tiempo juntos como antes, esos momentos se sentían como si nunca nos hubiéramos separado. Bromeábamos, recordábamos viejos tiempos y disfrutábamos del simple placer de estar juntos. El proceso de reconstrucción fue largo y agotador, pero ver a mis amigos otra vez me devolvió una sensación de normalidad y alegría en medio de tantos cambios.

Con los años, algunos de mis amigos se mudaron. Algunos desaparecieron de mi vida totalmente. Aun así, sus sonrisas permanecen en mi memoria, ecos del pasado a los que a veces desearía volver. Me pregunto dónde estarán ahora, si alguna vez recuerdan esos días como lo hago yo. Tuve la oportunidad de ver a Maximino unas cuantas veces, pero a través de los años, nunca lo volví a ver. Espero que sepa que él todavía sigue en mi mente.

Pero hay amistades que no se desvanecen.

Wil, Tito y Yan... ellos siguen presentes. Aun cuando la vida nos llevó por distintos caminos, siempre encontrábamos la forma de reconectarnos. Ya fuera en la escuela, en una visita rápida o en una esquina conocida, nuestra amistad perduraba. Sin importar lo que cambiara, ellos siempre estaban ahí.

3

La Devoción de Tres Hermanos — El Amor de Una Madre

De izquierda a derecha: mis tíos Santiago (Chago), Alejandro (Jando) y Lucas.

No teníamos nada durante el tiempo que vivimos en el valentierro. La pobreza nos despojó incluso de lo más básico, convirtiendo lo esencial en lujos fuera de nuestro alcance. Nuestro refugio era simple—una estructura frágil con lonas estiradas en ambos extremos y los lados de manaca. No era gran cosa, pero por ahora era nuestro hogar.

Sobrevivíamos con comidas básicas—lo esencial que llenaba nuestros estómagos, pero siempre nos dejaba con el deseo de comer mejor. Comer lo mismo todos los días nos aburría, pero aprendimos a valorar lo poco que teníamos. A pesar de sus limitaciones, nuestro hogar tenía una calidez innegable. El amor y la unión compensaban lo que el dinero no podía dar. Compartíamos historias, encontrábamos humor en los momentos más simples y disfrutábamos de la compañía mutua.

Hacíamos lo mejor posible con nuestro pequeño espacio, confiando en la creatividad y el ingenio para que el valentierro se sintiera como un verdadero hogar. Nos reuníamos al anochecer, contando historias—evitando siempre las personales, para no empeorar nuestra realidad. Cuando llovía, el golpeteo de las gotas sobre el techo de paja era como una canción que nos hacía relajarnos, un pequeño consuelo en una vida difícil. No importaban los problemas que enfrentáramos, nos teníamos los unos a los otros, y eso bastaba para seguir adelante.

Cada día era un reto, pero lo enfrentábamos con resistencia. Las pequeñas alegrías—como hacer juguetes con pedazos viejos de madera o de metal, ver el atardecer y jugar con nuestros primos y amigos—se convirtieron en nuestros mayores tesoros.

Mita tenía tres hijos más—Lucas, Chago y Jando—que años atrás se habían mudado a una ciudad lejana, mucho más grande que nuestro pueblo. Aunque estaban lejos, nunca se olvidaron de nosotros. De vez en cuando nos enviaban cajas de comida, les decíamos encomiendas, y cuando llegaban, era como recibir cajas llenas de tesoros. Estas cajas traían delicias modernas que nunca habíamos probado; solo las veíamos en las tiendas—galletas, frutas enlatadas, chocolates y otras golosinas. Cada entrega se sentía como una ocasión especial, una escapatoria breve de nuestras comidas monótonas de tortillas, arroz y frijoles.

Esperábamos con ansias la apertura de la caja, con los ojos muy abiertos por la emoción. Mita o mi Tío Lito la abrían con cuidado, y mientras lo hacían, conteníamos la respiración, esperando ver qué sorpresas traía adentro. En cuanto veíamos las golosinas, la emoción estallaba. Cada nuevo producto sacado de la caja era una maravilla—extraño, exótico y fascinante. Por un momento, nos sentíamos en la cima del mundo, disfrutando de la emoción de experimentar algo más allá de nuestro alcance.

Nos reuníamos para saborear cada bocado de las delicias compartidas, sabiendo que eran raras y pasajeras. Cada sabor era un lujo, cada mordida un regalo. Los adultos se aseguraban de repartirlas con justicia, para que todos recibiéramos nuestra parte. Las golosinas duraban días, y cada bocado cargaba un profundo sentimiento de gratitud.

Las cajas también contenían víveres que estaban fuera de nuestro alcance por la difícil situación económica. Descubríamos productos enlatados, pastas, cereales, quesos, condimentos y otros lujos que solo quienes tenían dinero podían comprar. Algunos ni siquiera los había visto antes, y mi curiosidad ardía con anticipación. No podía esperar a probarlos, sin importar lo que fueran.

Para nosotros, no eran solo víveres; eran tesoros raros, pequeños milagros que alegraban nuestros días.

Esas cajas traían más que comida—traían cariño, amor y el recordatorio de que no estábamos olvidados. Simbolizaban el amor de familia, el lazo que resistía la distancia. Y en esos momentos, mientras nos sentábamos juntos a disfrutar nuestro pequeño banquete, nos sentíamos verdaderamente bendecidos.

Mita, siempre ingeniosa y talentosa en la cocina, aceptaba el reto de transformar esos ingredientes en algo extraordinario. Durante los días siguientes, demostraba su habilidad culinaria creando comidas que nos dejaban asombrados y encantados. Cada platillo era una revelación, lleno de sabores y texturas que rara vez habíamos probado. Gracias a su talento e imaginación, lo que en cualquier otra casa sería una comida sencilla, en la nuestra se convertía en un banquete digno de reyes.

Nos reuníamos a comer con emoción, sentándonos donde había lugar, algunos de pie, viendo con asombro mientras Mita servía sus deliciosos platillos. La anticipación hacía que cada bocado supiera aún mejor. Cada comida se sentía como si estuviéramos en un restaurante fino, un lujo que nunca habíamos imaginado. Saboreábamos cada bocado, conscientes de que esos momentos eran breves y poco comunes.

Esas comidas no eran solo alimentos; eran el amor de Mita servido en un plato. En nuestro hogar tan sencillo, nos hacían sentir ricos. Se convirtieron en algunas de las comidas más inolvidables de nuestras vidas, no solo por lo ricas que estaban, sino por la alegría, el consuelo y la unión de nuestra familia.

Cada caja que llegaba era más que alimento físico, era una cuerda de vida emocional. Nos recordaba que, a pesar de la distancia, nuestros familiares lejanos seguían amándonos y preocupándose por nosotros. Su generosidad no solo llenaba nuestros estómagos, sino también nuestros corazones, levantándonos el ánimo justo cuando más lo necesitábamos.

Incluso mucho después de que se acababan las últimas golosinas, los recuerdos quedaban. Esos momentos se volvieron parte especial de nuestra historia familiar, un recordatorio de que el amor y la bondad pueden cruzar distancias y dejar huellas para siempre. Aprendimos a valorar las bendiciones pequeñas de la vida, a encontrar alegría en los actos más sencillos y a apreciar los lazos que nos mantenían unidos.

Aunque esas ayudas nos sostenían de muchas formas, mi mamá, Edith, fue quien desempeñó el papel más importante para mantenernos a flote. Cada dos semanas nos mandaba dinero—nuestra salvación. Gracias a eso, aunque la comida no fuera exótica, nunca nos faltó un plato en la mesa, ropa para vestirnos ni lo esencial para seguir adelante.

Cada uno tenía solo dos cambios de ropa, y con su ayuda, de vez en cuando podíamos comprar una camisa nueva o un pantalón. Aunque su ayuda era modesta, hacía una diferencia enorme. Gracias a ella, a veces podíamos darnos el lujo de comer carne o algo diferente a lo de siempre.

Mi madre trabajaba sin parar como costurera para ganar ese dinero, y cada centavo que nos mandaba venía cargado de su amor y sacrificio. Sin su apoyo, la carga de la pobreza habría sido mucho más pesada. Ella no solo nos ayudó a sobrevivir—nos dio esperanza. Su entrega total nos recordaba que no estábamos solos, que había alguien allá en la lejanía luchando por nosotros, aunque fuera desde lejos.

Mi madre había prometido volver después del huracán que nos desplazó, pero la tormenta tenía otros planes. Su destrucción no solo afectó a nuestro pueblo—arrasó con todo el país. Las aguas arrastraron caminos y puentes, destruyeron casas y dejaron a miles sin hogar, incluyendo a nosotros.

Ese desastre obligó a mi madre a posponer su regreso mucho más de lo que pensaba. El caos económico que vino después hizo imposible que encontrara trabajo en nuestro pueblo. Cerraron negocios y las oportunidades desaparecieron. Si ella hubiera regresado, no habría podido mantenernos. Simplemente no había nada que hacer.

Al final, quedarse lejos fue la decisión correcta. Había conseguido un trabajo estable en la ciudad donde vivían mis tíos, lo que le permitió mandarnos el dinero que tanto necesitábamos. Esa ayuda lo fue todo: nos dio de comer, nos vistió y nos sostuvo en los tiempos más difíciles. Su sacrificio nos dio estabilidad cuando el mundo parecía rebelarse contra nosotros.

Nuestra familia era grande—éramos ocho: Mita, Lito, Minda, Lenya, Teti, Mary, Chely y yo. Mantenernos a todos no era fácil; mi mamá no podía sola. Mi tío Lito ayudaba como podía, haciendo trabajos aquí y allá. A veces trabajaba en el campo, otras veces vendía cosechas o leña, juntando lo poco que podía.

A pesar de sus esfuerzos, se notaba el peso que cargaba. Mi tío llevaba en los hombros el cansancio, el estrés y la lucha para ayudarnos. Pero por más dura la situación, más duro trabajó y nunca se rindió. Su fuerza y dedicación nos mantenían firmes.

Mi madre, sin embargo, era extraordinaria. Dondequiera que iba, hacía amigos con facilidad. La gente se sentía atraída por su calidez, su esfuerzo y su carácter. Sus patrones la adoraban por su dedicación y por el excelente trabajo que hacía.

Trabajaba en fábricas desde que tenía yo tres años y medio, pero nunca se quedaba mucho tiempo en un solo lugar. Ella era inquieta, siempre buscando una mejor oportunidad. Si un trabajo no le funcionaba, intentaba otro, siempre con la esperanza de un mejor sueldo o con mejores condiciones. Pero no importaba a dónde fuera, nunca se olvidaba de nosotros.

Nunca quiso estar lejos por mucho tiempo. Necesitaba volver a casa, estar con nosotros para recordarnos que seguía siempre presente. Su amor y sacrificios moldearon nuestras vidas. Aunque no estuviera con nosotros físicamente todos los días, su presencia se sentía. Su meta siempre fue asegurarse de que tuviéramos lo necesario y darnos un futuro mejor.

Cuando era niño, mi mamá tomó la decisión de llevarnos, a mi hermana y a mí, a vivir con ella en la ciudad. Pensó que tenernos cerca sería una vida mejor para ella y para nosotros. Pero en lugar de ser una buena decisión, terminó siendo un error que puso a prueba su fortaleza de formas que jamás imaginó.

Cuidar a dos niños pequeños sin ayuda se volvió demasiado. Las exigencias de ser madre, trabajar y mantener un hogar la dejaron agotada. Yo tenía solo cuatro años y mi hermanita apenas dos, los dos llenos de energía y siempre demandando atención.

Después de algunos meses, no pudo más. Todo se le vino encima y, aunque deseaba tenernos con ella, era demasiado para ella sola. Con el corazón hecho pedazos, tomó la difícil decisión de regresarnos con Mita, confiando en que allí estaríamos bien cuidados. Prometió no volver a cometer ese mismo error, entendiendo que, a veces, la estabilidad vale más que la cercanía.

Mi madre estaba agotada, especialmente desde que me enfermé gravemente. Faltó al trabajo muchas veces para quedarse a mi lado, intentando desesperadamente que me recuperara. Cada visita al médico era un golpe para sus finanzas, ya de por sí limitadas; además de mi enfermedad, mi hermana y yo seguíamos siendo pequeños y necesitábamos constante atención.

Mi mamá tenía solo veintitrés años, enfrentando sola las dificultades de criar a dos hijos. A pesar de su juventud, ya había vivido más luchas que muchas personas en toda una vida. Llevaba con ella las lecciones que había aprendido en casa—lecciones de resiliencia, trabajo duro y amor incondicional, inculcadas por Mita y mi abuelo Antonio.

Dejarnos con Mita no fue abandono, fue una necesidad. Las oportunidades en nuestro pueblo eran escasas, y mi madre sabía que no podía
darnos la vida que deseaba si se quedaba allí con nosotros. Hizo lo que
muchas madres hacen—sacrificó su comodidad y su tiempo, trabajando
incansablemente para mandarnos el apoyo que tanto necesitábamos.

Cada día lejos de nosotros era una prueba de su entrega. Cada Lempira
que ganaba, cada hora extra que trabajaba, cada noche sin dormir—todo
era por nosotros. Soportó el dolor de la separación para que nosotros
pudiéramos tener un mejor futuro.

Sus luchas la forjaron; la convirtieron en alguien inquebrantable. Se
volvió más fuerte y decidida. Y en todo momento, siempre nos puso a
nosotros como su prioridad.

Su historia no es solo de sufrimiento. Es una historia de fuerza inmensa,
de amor sin límites y de un espíritu que nunca se rindió. Ella no solo
aguantó—luchó. Tomó decisiones que ninguna madre tan joven debería
tener que tomar, pero lo hizo todo con la esperanza de que algún día todo
valdría la pena.

Incluso en los momentos más duros, su amor nos sostuvo. Aunque no
estuviera físicamente con nosotros todos los días, nunca nos abandonó.
A través de sus sacrificios, mantuvo unida a nuestra familia, aun con la
distancia.

Su compromiso inquebrantable se convirtió en nuestro cimiento, su
fortaleza en la fuerza que nos empujaba hacia adelante. Incluso en nuestras
horas más oscuras, su amor nos alimentaba y su fuerza nos mantenía
unidos—siempre.

4

La Tormenta Que Le Llamamos Hogar

Lito

Construido por Papá Quintín, nuestro valentierro temporal se parecía a la parte superior de una casa con techo de manaca, pero su techo estaba directamente sobre la tierra—igual al que mi tío Lito construyó en el cerro después del huracán. Era una estructura rústica, hecha no porque debía ser así, sino por necesidad y con prisa. Por dentro, era acogedor pero sencillo, un lugar donde la supervivencia pesaba más que la comodidad.

Mita, nuestra abuela, cocinaba afuera en una estufa improvisada, hecha con unas piedras grandes y una lámina vieja de metal. La cocina al aire libre, cubierta con una lona de plástico, se volvió el corazón de nuestro hogar. No importaba lo humilde que fuera nuestra situación: el ritmo constante de cortar verduras, el ruido del hervor de la comida en una olla negra y desgastada por tanto uso, y el aroma reconfortante de un platillo ya casi listo hacían que el espacio se sintiera más cálido y vivo.

Nos juntábamos alrededor del fuego, observando y ayudando mientras Mita preparaba cada receta con paciencia y amor, sus manos trabajando con la eficiencia de quien había pasado toda una vida haciendo mucho con muy poco.

Incluso en la dificultad, había algo sagrado en esos momentos—la forma en que nos sentábamos juntos, esperando con ansias un plato de comida caliente. El hambre hacía que las comidas simples supieran extraordinarias. Cada bocado era una pequeña victoria, un recordatorio de que habíamos sobrevivido otro día.

Cuando llovía, Mita tenía que adaptarse para cocinar; lo hacía dentro del valentierro, usando una estufa hecha con un pequeño contenedor metálico redondo y viejo. El calor del fuego hacía que el espacio, ya de por sí pequeño, se sintiera sofocante, y el humo espeso y enroscado llenaba el aire. Tosíamos y nos secábamos los ojos llorosos, los pulmones ardiendo mientras tratábamos de ignorar la sensación de ardor. El olor fuerte a humo mezclado con la humedad de la lluvia creaba un aroma raro que se quedaba en nuestra ropa, cabello y piel.

En los días de tormenta, la lluvia golpeaba con tanta fuerza que no nos quedaba más opción que levantar las lonas de los lados para dejar salir el humo—una decisión que invitaba al caos, porque el viento entraba fácilmente y hacía que todo volara. Las lonas aleteaban violentamente, y sus bordes sonaban como látigos. Ráfagas de aire frío se colaban y nos hacían temblar, mientras las gotas de lluvia salpicaban nuestras pocas pertenencias, formando charcos en el suelo desnivelado.

Cocinar se volvía imposible. El fuego se agitaba en todas direcciones, luchando contra el viento y la lluvia. Algunos días, a Mita no le quedaba otra opción que dejar de cocinar, apagar el fuego, cerrar las lonas y esperar a que el clima mejorara para poder comer de nuevo.

El hambre arañaba nuestros estómagos mientras nos acurrucábamos juntos, aferrándonos unos a otros para conservar el calor. La lluvia caía sin cesar durante días, y el viento feroz no daba tregua. Parecía que la tormenta no acabaría jamás, atrapándonos en un ciclo interminable de frío y hambre.

En los peores momentos, el viento era tan fuerte que parecía que nuestro aposento se convertiría en llamas. Las ráfagas avivaban el fuego de la estufa, acercándolo peligrosamente al desastre. Teníamos que apagarlo antes de que se descontrolara. Entonces comenzaba el verdadero caos—nuestras pertenencias volaban por todos lados, como si la tormenta misma hubiera entrado. Papeles revoloteaban, la ropa se caía y corríamos desesperados, agarrando lo que podíamos para que el viento no robara lo poco que teníamos. Nuestro refugio se suponía que era nuestro protector, pero en cambio se volvió un campo de batalla.

Y, aun así, después de cada tormenta, encontrábamos la manera de seguir adelante. Cuando el cielo finalmente se despejaba, el mundo afuera se sentía maravilloso, como si la naturaleza pidiera disculpas por su crueldad. El valentierro se transformaba en un refugio pacífico, y afuera podíamos disfrutar del cálido sol.

Pasábamos los días corriendo descalzos por el patio, gozando de la libertad del espacio abierto. Nuestra risa resonaba en el aire mientras jugábamos con juguetes improvisados, y nuestra imaginación no tenía límites.

La voz de Mita nos llamaba desde la cocina, advirtiéndonos que nos quedáramos cerca, pero sus palabras siempre tenían calidez, no restricción. El olor de su comida, una mezcla de especias familiares y algo único en ella, llenaba el aire, envolviéndonos como un abrazo cálido.

El calor del sol nos abrazaba, aunque fuera por un rato, ahuyentando los fantasmas de nuestras noches. Durante esas horas soleadas, éramos solo niños una vez más, sin el peso de la supervivencia.

Pero algo faltaba. Nos tomó mucho tiempo darnos cuenta de que la música que solía escucharse durante las cenas había desaparecido. Los fuertes vientos del huracán se habían llevado esa parte de nuestra vida.

La música era constante en nuestro hogar anterior. Cantábamos mientras hacíamos las labores y mientras preparábamos la cena. Las canciones eran un consuelo, un recordatorio de que estábamos juntos y de que nos teníamos los unos a los otros, sin importar lo difíciles que fueran los días o las noches.

El ritmo de nuestras vidas cambió tanto que lo que antes nos daba alegría y consuelo se perdió en un recuerdo lejano, opacado por la urgencia de sobrevivir. Con cada día que pasaba, las melodías que una vez resonaron en nuestros corazones se hacían más débiles, tragadas por la dura realidad de nuestra nueva existencia.

Con el tiempo, los atardeceres después de cada cena también cambiaron. Ya no se escuchaban las risas de antes ni las conversaciones que llenaban la casa. Todo se sentía más silencioso, como si algo se hubiera apagado sin que nadie lo notara. Aun así, seguimos adelante, adaptándonos poco a poco a nuestra nueva vida.

Esa adaptación no fue fácil. Cada día implicaba aprender a vivir con menos y cuidar lo poco que el huracán nos había dejado. Con espacio limitado, nos aferramos a las pocas pertenencias que milagrosamente sobrevivieron a la tormenta. Entre ellas estaban las dos viejas sillas plegables y mi burrito de raíz de bambú, sin cabeza, un tesoro al que me aferraba con todas mis fuerzas. De alguna manera, habían resistido la furia del huracán. Aunque desgastados y golpeados, seguían siendo nuestras únicas prendas, resistentes—igual que nosotros.

Mita logró conseguir una pequeña mesa redonda para tres personas. El espacio estaba ya muy apretado, pero alcanzaba. El resto de nosotros comíamos sentados en las dos camas, en el suelo o simplemente de pie. Todas las noches, y cada vez que llovía, metíamos la mesa, las sillas y el burrito adentro para protegerlas. Ya habían soportado tanto, y queríamos conservarlas el mayor tiempo posible. Después de todo, eran todo lo que teníamos.

Con el espacio reducido, las dos camas apenas cabían, dejando poco lugar para los demás niños. Dormíamos en el suelo, acomodándonos en cualquier espacio pequeño que encontrábamos. Cuando el suelo estaba mojado, la situación se volvía aún más difícil.

Poníamos una lona de plástico sobre el piso húmedo, a veces encharcado, para bloquear la humedad. Encima colocábamos capas de cartón como barrera contra el frío y luego lo cubríamos con una sábana. No era mucho, pero era lo mejor que podíamos hacer.

A pesar de estos arreglos improvisados para dormir, lográbamos descansar. Se volvió parte de nuestra rutina nocturna—nuestra versión de normalidad. Pero hasta esa frágil sensación de comodidad estaba siempre en amenazas de disrupción.

Las lonas en cada extremo del valentierro no podían con los elementos. El viento aullaba, agitándolas violentamente, y temíamos que se rompieran y nos dejaran expuestos. Cuando la tormenta estaba en su peor momento, torrentes de agua inundaban el valentierro, empapando todo—nuestras camas, mantas y los últimos restos de calor a los que nos aferrábamos.

Durante esas tormentas feroces, la supervivencia se convirtió en una prueba de resistencia. No teníamos opción más que separarnos en grupos pequeños, acurrucándonos para mantenernos calientes y protegidos mientras la lluvia azotaba nuestro frágil refugio. El golpeteo constante de las gotas en las lonas y el techo era ensordecedor, un eco interminable del caos afuera. El viento era implacable, jalando locamente la delgada barrera de plástico y manaca—nuestra única defensa contra la furia de la tormenta.

Pero acurrucarnos nunca fue suficiente. Mi tío y yo luchábamos contra la tormenta, sujetando las lonas en cada entrada con toda la fuerza que podíamos reunir. Cada ráfaga de viento se sentía como una fuerza invisible que intentaba arrancarlas de nuestras manos, amenazando con quitarnos el último pedazo de seguridad. Las lonas azotaban y se zafaban, golpeando como alas desesperadas que luchaban por liberarse. Cada vez que asegurábamos un lado, otra esquina amenazaba con soltarse. La lucha nunca terminaba.

El agotamiento me invadía. Los dedos me dolían por el frío, rígidos de tanto sujetar los bordes de la lona con desesperación. Mi ropa y todo mi cuerpo, empapados, temblaban sin control. A mi lado, mi tío luchaba igual de fuerte, respirando con dificultad mientras soportábamos aquella miseria. Mita saltaba a ayudar cuando podía, forcejeando con una lona mientras mi tío corría entre nosotros para asegurarla. Mis primas, mis hermanas y los demás tenían frío, y se notaba el peso de su sufrimiento. Cada minuto que pasaba parecía una hora, pero no teníamos otra opción: resistir a como diera lugar.

Perder las lonas significaba perderlo todo. Sin ellas, el viento y la lluvia brutales seguirían empapando nuestra ropa, nuestras camas y la poca comida que quedaba. Pensar en acostarnos en un pedazo de tierra empapada para intentar dormir, solo para despertar en un charco y encontrar nuestras pocas pertenencias destrozadas, me llenaba de miedo.

Luchamos contra las tormentas por horas—empapados, temblando, azotados por vientos que aullaban como si tuvieran vida. El cielo permanecía oscuro, día y noche, girando con furia. Había refugio, pero no era seguro. El techo goteaba, y cada ráfaga parecía que podría arrancarlo todo. Pero las noches eran lo peor. Ahí era cuando el frío nos atormentaba sin cesar, y la oscuridad nos presionaba desde todos lados. No había paz. No había misericordia. Solo las tormentas... y nosotros.

5

La Casa Que Se Negó a Caer

Teti

Aunque la tormenta nos había desplazado, todavía teníamos un hogar—al menos, lo que quedaba de él. El huracán lo había dejado en ruinas, arrancando el techo, destrozando las ventanas y puertas, y reduciendo las paredes de tierra en escombros. El costo de reconstruir parecía inalcanzable, y mi tío sabía que tomaría tiempo y dinero—dos cosas de las que teníamos muy poco. Por ahora, no nos quedaba más que quedarnos en nuestro humilde refugio, sin saber cuánto tiempo tomaría restaurar nuestra casa.

Reconstruir no era tarea sencilla. Mi tío Lito tenía que encontrar la manera de reunir los fondos suficientes para cubrir las reparaciones, y eso tomaría meses. Con pocas opciones, decidió vender una parte del terreno en el cerro y algunas de las vacas que nos quedaban.

Lito siempre había sido cauteloso al deshacerse de la tierra y las vacas. No eran solo posesiones; eran los últimos pedazos del legado que mi abuelo Antonio nos dejó. Mi tío las había dejado con otra persona en lugar de traerlas al cerro con nosotros, porque sabía que sus constantes mugidas molestarían a mi tía Minda. En cambio, las confió a alguien para que las cuidara, y las visitaba dos veces por semana para recoger leche y queso.

Dejar ir la tierra y las vacas le pesaba mucho. Cada venta se sentía como cortar otro hilo que lo unía a su padre. No eran solo animales; eran una memoria viva de mi abuelo, un hombre que nunca conocí, pero al que anhelaba conocer. Aunque mi tío Lito aún esperaba reconstruir el ganado algún día, la prioridad ahora era asegurarse de que tuviéramos un hogar de cualquier modo. Por difícil que fuera la decisión, no tenía otra opción.

Yo también sentí profundamente esa pérdida. Esas vacas y esa tierra eran más que recursos—eran símbolos de una historia a la que me aferraba. A menudo imaginaba las historias que mi abuelo podría haber contado, las lecciones que habría compartido y la calidez de su presencia que nunca conocería. Venderlas se sentía como ver cómo mi conexión con él se desvanecía aún más. Entendía por qué teníamos que hacerlo, pero eso no mejoró mis sentimientos.

Antes, teníamos tantas vacas pastando libremente en las tierras alrededor de nuestra casa. El paisaje y los ruidos de una granja próspera llenaban mi infancia. La propiedad estaba llena de vida: enormes cerdos crecían para la matanza, bandadas de gallinas picoteaban el suelo, patos caminaban chapoteando en charcos y pavos caminaban orgullosamente. Tres perros de caza activos rondaban la finca, recordándonos siempre la energía del lugar.

Cada día era una sinfonía de movimiento y sonido, un mundo intocable. Pero ahora, poco a poco, ese mundo se desvanecía.

La finca prosperaba de amanecer a anochecer, vibrante y llena de propósito. Mi tío dirigía un equipo de cinco hombres que trabajaban incansablemente para mantener la granja. Cada día alimentaban al ganado, cuidaban la tierra y realizaban las tareas interminables de la vida agrícola. Mi tío enviaba a dos de ellos a supervisar los campos de caña, yuca, maíz, arroz y banano, asegurándose de que las cosechas crecieran fuertes y sanas. Pero durante la siembra y la cosecha, necesitaba todas las manos disponibles. Llevaba a todo su equipo a los campos y contrataba ayuda extra, convirtiendo la granja en un torbellino de actividad.

Para nosotros, los niños, la granja era lugar de trabajo y aventura. Mientras los adultos se encargaban de las tareas más grandes, nosotros ayudábamos alimentando animales, limpiando corrales y ordenando el patio. Aunque nuestras manos siempre estaban ocupadas, nunca se sentían como una carga. Había alegría en las responsabilidades compartidas, en las risas que llenaban el aire mientras trabajábamos juntos. La energía de la granja era contagiosa, y nos sentíamos orgullosos de saber que cada uno tenía un papel en su funcionamiento.

Las mañanas empezaban con el canto inconfundible de los gallos, sus voces resonando por todo el pueblo. Eran nuestro despertador natural, anunciando un nuevo día antes de que el sol se asomara. Cada gallo tenía una voz distinta, mezclándose en un coro tan familiar como el aire que respiramos. Sus cantos ponían en movimiento al pueblo: los animales despertaban, los trabajadores se preparaban y la granja lentamente cobraba vida.

Movimiento, ruido y propósito llenaban esos días de mi infancia. Saboreaba cada minuto, sin conocer otra vida que esa. El ritmo de la vida en la granja me moldeó, atándome a la tierra y a los animales de una manera muy personal.

Pero con los años, la abundancia que conocimos empezó a desaparecer. Uno a uno, los recursos que definían nuestra granja se fueron perdiendo. Las vacas, los cerdos, las gallinas, todo fue desapareciendo hasta que un día ya no quedó nada. Cuando crecí, la vibrante colección de animales con la que había vivido se había vuelto solo un recuerdo. La granja ya no era el refugio bullicioso que fue alguna vez.

***

Cuando mi tío Lito consiguió el dinero, no perdimos tiempo. Nos remangamos las mangas de las camisas y comenzamos a trabajar. La casa, ya frágil antes de la tormenta, había recibido un golpe brutal. Apenas se mantenía en pie. Las paredes se habían derrumbado en montones de polvo y escombros. El techo casi no existía. Lo que quedaba de la estructura podría colapsar en cualquier momento.

Pero esa era nuestra casa. Y estábamos decididos a devolverle la vida.

Antes de comenzar a reconstruir, tuvimos que limpiar los escombros que quedaron. Fue un trabajo agotador. El huracán dejó un desastre de paredes rotas, vigas caídas y capas de barro y desechos. Día tras día, retiramos los escombros, cada carga recordándonos lo que habíamos perdido.

Nuestras manos se lastimaron de tanto levantar objetos pesados; nuestras espaldas dolían por doblarnos y apalear sin descanso. El sol y la lluvia nos golpeaban sin piedad, pero seguimos adelante. No teníamos otra opción porque era nuestro hogar.

Mi tío Lito contrató a trabajadores para reconstruir todo el techo, una tarea demasiado complicada para que nosotros lo hiciéramos. Se aseguró de que quedara sólido y seguro, lo suficientemente fuerte para resistir a futuras tormentas.

Reconstruir la casa fue un proceso lento y agotador, aún más difícil por el clima implacable que constantemente interrumpía nuestro avance. Cada vez que avanzábamos, la lluvia caía con fuerza, obligándonos a detenernos y esperar a que pasara. La tierra se convertía en un lodo espeso y resbaloso bajo nuestros pies, haciendo que hasta las tareas más simples fueran una lucha contra la naturaleza.

A pesar de los contratiempos, seguimos adelante. Cuando por fin se terminó el techo, el trabajo se volvió más manejable. Con protección sobre nuestras cabezas, ya no teníamos que trabajar bajo el ataque directo de la lluvia ni del sol ardiente. Pero el alivio fue breve: lo más difícil aún estaba por venir—reconstruir las paredes.

Las paredes, hechas de lodo espeso, representaban un reto que ponía a prueba nuestra paciencia. Cada vez que intentábamos dar forma a una pared, la lluvia nos empapaba de pies a cabeza y deshacía gran parte de nuestro esfuerzo. La tierra mojada se pegaba a nuestra piel y ropa, haciendo que cada paso fuera más duro. Continuamos nuestra lucha contra los elementos, decididos a que la casa volviera a tomar forma, centímetro a centímetro.

Nos tomó más tiempo del que esperábamos, pero finalmente las cuatro paredes volvieron a estar en pie. La sensación de logro fue alentadora. Mirar la estructura que habíamos reconstruido con nuestras propias manos nos llenó de orgullo y alivio, a pesar de todo lo que habíamos pasado.

La cocina yacía en ruinas, reducida a escombros dispersos y débiles restos de lo que alguna vez fue. Las paredes de tierra se habían derrumbado, el techo destrozado y las vigas de madera que antes eran fuertes ahora estaban rotas e inútiles. El corazón de nuestro hogar, donde antes la calidez y la risa llenaban el aire, ahora no era más que un espacio vacío.

El fuego de tierra, que solía crepitar con el fuego mientras Mita preparaba nuestras comidas, estaba deshecho bajo los escombros, su forma familiar apenas reconocible. Se habían ido las paredes ennegrecidas por años de cocina. Los lugares que guardaban nuestras ollas e ingredientes, y el aroma reconfortante de las especias y el pan recién horneado, también habían desaparecido.

Solo quedaban pequeños fragmentos del pasado—unas pocas piedras dispersas, una olla de cocinar medio enterrada y el olor persistente a madera quemada mezclado con la tierra húmeda. Ver esto fue triste, un recordatorio doloroso de cuánto habíamos perdido.

No teníamos tiempo para lamentarnos. Teníamos que reconstruir, restaurar lo que la tormenta nos había arrebatado. Aunque la cocina estaba en ruinas, nuestra determinación para devolverla crecía más fuerte que nunca.

Desesperadamente queríamos reconstruirla con láminas de metal, una estructura que resistiera el tiempo y el clima. Pero el dinero escaseaba, y el dinero solo pudo permitir reconstruir la casa principal.

No tuvimos otra opción que construir una cocina con techo de paja, igual que antes. Usamos hojas secas de palmas de corozo para formar el techo que, aunque no tan fuerte como el metal, tenía un encanto rústico. Era un regreso a las viejas costumbres, un símbolo de resistencia. Pero, a ojos de los vecinos, era señal de pobreza.

La gente murmuraba al pasar, desaprobando con la cabeza nuestra cocina rústica. Para ellos, era señal de que teníamos poco y que no habíamos superado las dificultades de la vida. Pero para nosotros, era un signo de perseverancia. Estábamos reconstruyendo con lo que teníamos, creando algo de la nada. Eso era motivo de orgullo.

A pesar de nuestra determinación, no podíamos ignorar la tristeza que nos invadía. Extrañábamos nuestra vieja cocina.

Era más que un lugar para cocinar—compartíamos historias, la calidez irradiada del fuego, el aroma del maíz tostado y el pan fresco llenaba el aire.

Años de cocinar sobre el fuego habían ennegrecido las paredes y el techo; cada mancha guardaba la historia de incontables comidas preparadas con amor. Esas paredes se habían ido, y teníamos que empezar de nuevo.

Pero al tomar forma la nueva cocina, nos dimos cuenta de que, aunque la estructura había cambiado, el espíritu permanecía. Seguía siendo hogar mientras Mita estuviera presente.

La champa de atrás quedó tan destruida que ni siquiera consideramos reconstruirla. Usamos la madera como leña y el resto lo amontonamos en un solo lugar. Luego, le prendimos fuego a lo que sobró.

Nos dábamos ánimos mientras levantábamos vigas pesadas, alisábamos paredes y limpiábamos tierra y escombros hasta que nos dolían las manos.

Cada pequeño logro—una pared que se sostenía, una ventana bien puesta, una viga en su lugar—nos daba fuerzas para continuar.

El progreso fue lento. Día a día, la casa iba dejando de ser solo una estructura en medio de los restos de la tormenta para convertirse, poco a poco, en un hogar habitable una vez más.

Después de ocho largos meses de esfuerzo incansable, la casa finalmente estuvo lista. Las paredes se mantenían firmes y el techo nos protegía haciendo nuestro nuevo hogar más cálido y acogedor.

A pesar de las dificultades, lo logramos.

Un profundo sentimiento de orgullo y alivio nos invadió al estar juntos, mirando lo que habíamos reconstruido con nuestras propias manos. Habíamos soportado meses de dificultades, pero ahora era nuestro hogar.

Por primera vez en mucho tiempo, volvimos a sentir alegría. La casa, aunque no perfecta, era sólida.

Mientras nos adaptábamos a nuestro nuevo hogar, nos dimos cuenta de algo más: las presencias que alguna vez nos atormentaron no habían vuelto. Aun así, los recuerdos seguían vivos en nuestras mentes, siempre presentes.

Desde el último encuentro aterrador, las sombras que antes se deslizaban por nuestras noches desaparecieron. Los susurros extraños y la presencia escalofriante se esfumaron por completo.

Al reconstruir nuestra casa, también reconstruimos la paz.

El peso que nos había agobiado por tanto tiempo había desaparecido. Nuestra nueva casa ya no emanaba el miedo ni el dolor del pasado. En su lugar, la esperanza empezó a llenar el ambiente de alegría.

Un nuevo capítulo había comenzado. Y esta vez, estábamos listos para vivirlo.

6

Perchado en el Tejado — Un Nuevo Presagio

Minda

Volver a nuestra casa se sintió como la última pieza de un rompecabezas—la cereza del pastel. Pero esta vez, la casa se veía diferente. El huracán había arrancado el viejo techo de manaca, dejándonos sin opción más que reemplazarlo con un techo nuevo de lámina. Fue una transformación dramática que le dio a nuestro hogar un aspecto más moderno y pulido. Las láminas metálicas brillantes reflejaban la luz del sol, llamando la atención de vecinos y transeúntes.

Nuestra casa siempre había sobresalido—pero no por las razones correctas. Era la única casa con techo de manaca en la calle principal y las calles de los lados. Entre filas de casas bien cuidadas con techos sólidos y paredes pintadas, la nuestra parecía una reliquia de otra época—un símbolo de nuestra pobreza. Recordaba a todos que éramos diferentes, pobres.

Pero el nuevo techo de lámina cambió todo. No solo nos protegía de los elementos, sino que cambió la forma en que la gente nos veía. Por primera vez, nuestra casa no era un símbolo de lucha, sino de progreso. La superficie

brillante relucía bajo el sol, anunciando al mundo que habíamos reconstruido, sobrevivido y nos negábamos a ser definidos por la adversidad.

Regresar a la casa no era solo reclamar nuestro espacio, sino nuestra dig-
nidad. El techo no era solo hojas de metal, sino una insignia de resistencia.
Se alzaba como un recordatorio de que habíamos soportado tormentas y
habíamos salido con más fortaleza.

Esa casa, que alguna vez fue un lugar donde nos sentíamos expuestos
y vulnerables, ahora parecía llena de esperanza. Por fin podíamos alzar la
cabeza, sabiendo que habíamos reconstruido nuestro hogar con nuestras
propias manos.

Mientras nos adaptábamos a la vida en nuestro nuevo hogar, el orgullo y
la sensación de logro crecían. El techo de lámina era solo el comienzo. Ya no
solo sobrevivíamos; avanzábamos. Quedaba mucho por hacer; los cambios
que habíamos hecho nos daban una nueva determinación.

Ahora que estábamos de regreso, finalmente podía volver a la vida que
había dejado atrás. La familiaridad del vecindario me llenaba de emoción.
Cada calle y cada esquina guardaba recuerdos—amistades, juegos de infancia, una vida que había sido pausada.

Lo mejor fue reunirme con mis amigos del otro lado de la calle. No lo
habíamos hecho en lo que parecía una eternidad, pero en el momento en
que nos reencontramos para siempre, fue como si no hubiera pasado el
tiempo. Me recibieron con los brazos abiertos, y sus risas y bromas me
hicieron sentir en casa de nuevo.

La tormenta nos había quitado mucho, pero no todo. Habíamos perdido, habíamos luchado, pero también habíamos reconstruido. Y ahora,
con un techo fuerte sobre nuestras cabezas y un renovado sentido de
pertenencia, estábamos listos para comenzar de nuevo.

***

Una noche, un mes después de habernos mudado de nuevo a la casa,
golpes violentos y repentinos rompieron el silencio de nuestro sueño. El
ruido era intenso y alarmante, como si alguien estuviera lanzando piedras

sobre nuestro techo. El sonido nos despertó a todos, llenando la habitación de confusión y temor. Mi corazón latía acelerado mientras trataba de entender lo que pasaba.

Mi tío Lito, siempre el protector, se levantó rápido de la cama y agarró su linterna de baterías y su machete. A la linterna le decíamos foco. Decidido a atrapar a quien causaba el disturbio, salió a investigar. Todos conteníamos la respiración, escuchando sus pasos mientras caminaba con cuidado alrededor de la casa. La situación era tensa mientras esperábamos que regresara con respuestas.

Después de unos minutos, mi tío regresó frustrado. Nada. Sin huellas. Sin movimiento. Solo silencio. El patio y la calle estaban vacías, y no había señales de intrusos. Era como si nadie hubiera estado ahí. Quienquiera que fuera —o lo que fuera— simplemente hubiera desaparecido por arte de magia.

—Quizás huyeron en cuanto me vieron salir —especuló mi tío, con la voz cargada de enojo y alivio.

Media hora después, los golpes comenzaron de nuevo—más fuertes esta vez, más insistentes. Los ruidos resonaron por toda la casa, provocando una nueva ola de pánico. Mi tío, decidido a resolver el misterio, saltó de la cama y tomó otra vez su linterna y el machete. Se movió rápido, con una expresión de frustración y determinación.

Corrió afuera, recorriendo los alrededores de la casa, la calle de enfrente y las de los lados, iluminando sus pasos con la luz brillante de la linterna mientras buscaba a los intrusos. Revisó cada esquina, cada sombra, pero no encontró nada. Todo estaba desolado; la noche, silenciosa, sin señales de movimiento ni de alguien causando el disturbio.

Después de un buen rato de búsqueda, mi tío regresó, más frustrado que antes.

—No hay nadie ahí afuera —dijo con voz baja pero firme.

—No lo entiendo. Es como si se hubieran desvanecido en el aire.

La sensación de inquietud se hizo más fuerte. Todos estábamos preocupados, sin saber qué pensar. Las repetidas agresiones y la ausencia del culpable hacían que todo fuera aún más inquietante. Mi tío vigiló el resto de la noche, pero los golpes no volvieron a sonar.

A pesar de su vigilancia, ninguno de nosotros pudo dormir fácilmente. El misterio de los golpes en el techo no fue resuelto, convirtiendo lo que debería haber sido una noche tranquila en una llena de miedo.

Al día siguiente, mi tío recorrió el vecindario, preguntando si alguien había visto a la persona que lanzaba piedras sobre nuestro techo. Tocó puertas y habló con varios vecinos, esperando que alguien hubiera visto algo. Desafortunadamente, ninguno había visto a nadie sospechoso. Sin embargo, todos mencionaron haber oído los fuertes golpes provenientes de nuestra casa durante la noche.

Varios vecinos admitieron que se habían sorprendido con los golpes y se habían levantado para ver qué pasaba. Abrieron sus ventanas y miraron hacia nuestra casa, pero estaba demasiado oscuro para ver algo.

A pesar de la falta de confirmación visual, los vecinos estaban preocupados. Mi tío les agradeció por su tiempo e información, sintiéndose frustrado y aliviado. Le alegraba saber que otros también habían oído los ruidos, pero el misterio del culpable invisible seguía sin resolverse.

Ese día, la sensación inquietante persistía. La falta de respuestas solo aumentaba la tensión en nuestro hogar. Nos preguntábamos quién —o qué— causaba los ruidos y por qué escogieron nuestra casa.

La noche siguiente, volvió a suceder lo mismo. Los golpes fuertes en el techo comenzaron otra vez, resonando por toda la casa y despertándonos a todos. Mi tío, ahora más decidido que nunca a atrapar al culpable, tomó rápido su linterna y machete y salió corriendo. Escaneó la zona con cuidado, moviendo los ojos de un lado a otro en busca de alguna señal de movimiento.

Lito caminó de un lado a otro por las calles, asomándose por lugares escondidos y detrás de los arbustos. Nada. No había huellas en la tierra.

Ninguna sombra que se moviera. Solo el silencio inquietante de un pueblo dormido, ajeno a lo que nos acechaba.

Después de su búsqueda exhaustiva, mi tío regresó, con la frustración volviéndose inquietud. No era solo que no hubiera encontrado nada, sino que era el silencio, la completa ausencia de cualquier rastro, lo que más lo inquietaba. Incluso volvió a preguntar a los vecinos al día siguiente que también se habían despertado con el ruido, pero ninguno había visto nada.

La noche siguiente no hubo ruidos ni golpes. En cambio, se escuchó un ruido agudo, algo deliberado, raspando sobre el techo de metal—como garras probando su agarre. El sonido era extrañamente familiar, y lo reconocimos de inmediato. Nos recordó al constante rascar del pájaro en el techo de manaca cuando vivíamos en el cerro.

Sin embargo, esta vez el ruido era aún más perturbador. Sonaba como si algo estuviera arañando el nuevo techo de metal. El sonido era más intenso, resonando por toda la casa con un chirrido áspero y metálico. A diferencia del suave y apagado rascar sobre el techo de manaca, este era mucho más duro, agudo y desagradable, tan desagradable que nos hacía rechinar los dientes y nos provocaba un escalofrío por todo el cuerpo.

El techo de metal amplificaba cada rasguño, haciendo que las vibraciones recorrieran toda la casa y volvieran la situación aún más inquietante. Aquellos sonidos interrumpían nuestro sueño y nos llenaban de pavor. Parecía un recordatorio de que algo seguía ahí, sin importar lo incómodo o imposible que pareciera.

Mi tío salió con el foco en mano, cuyo resplandor cortaba la noche. Apuntó la luz hacia el techo. Un destello de plumas. Una silueta contra el cielo iluminado por la luna. Y entonces—ahí estaba.

Posado como una estatua, un pájaro enorme lo miraba fijamente. Inmóvil. Observando. Esperando.

El pájaro se parecía mucho al que nos había acosado en el cerro. Mi tío no podía creer lo que estaba viendo y se quedó allí, paralizado de incredulidad. Su presencia resultaba inquietante; era como si fuera imposible que realmente fuera él mismo.

El ave negra lo observaba con ojos intensos, cargados de furia, como si lo reconociera. Por un instante, el tiempo pareció detenerse: los dos quedaron atrapados en un silencio tenso. Luego, tan rápido como apareció, el pájaro alzó el vuelo y se perdió en la oscuridad. Mi tío lo siguió con la mirada hasta que desapareció, sintiendo una mezcla de alivio y preocupación. Regresó a la casa tratando de asimilar lo que acababa de presenciar.

Mi tío nos reunió en la sala para contarnos lo que había visto.

—Vi al pájaro negro cuando lo alumbré con el foco —comenzó, con la voz todavía temblando por la incredulidad.

—Y ahí estaba, ese pájaro, igualito al de las montañas.

Nos miramos preocupados; la tensión en la habitación era palpable.

—¿Estás seguro de que era el mismo pájaro?

—Preguntó Mita, con el ceño fruncido.

—Estoy seguro —respondió mi tío, negando con la cabeza—. Tenía esos mismos ojos furiosos. Solo me miró y luego se fue volando.

—¿Qué significa esto? —susurró Mary, apretando fuertemente su manta.

—No lo sé —admitió mi tío, encogiendo los hombros—. Pero no puede ser coincidencia. Primero los ruidos en el techo y ahora esto.

—¿Cree usted que intenta decirnos algo? —preguntó Mary, con la voz temblorosa.

—Tal vez —dijo mi tío pensativo. —O tal vez nos está siguiendo por alguna razón. Pero debemos tener cuidado.

Lenya, siempre práctica, intervino:

—Deberíamos hacer algo para ahuyentarlo. Quizás colgar algo en el techo. —Lo intentaremos —mi tío estuvo de acuerdo—. Pero por ahora, vamos a descansar. Esto lo resolveremos juntos mañana.

Mientras nos acomodábamos de nuevo en nuestras camas, la inquietud persistía. Susurramos en la oscuridad, tratando de entender los extraños sucesos.

—¿Creen que el pájaro va a regresar? —preguntó Chely en voz baja.

—Espero que no —respondí, tratando de sonar más valiente de lo que sentía—, pero si regresa, espero que estemos listos.

Con eso, finalmente nos quedamos dormidos, aunque inquietos, preocupados y con la mente llena de preguntas. El misterio del pájaro y su conexión con nuestro pasado reciente nos perseguían en sueños, dejándonos ansiosos por lo que la próxima noche podría traer.

La noche siguiente, el pájaro negro volvió a hacer su presencia. El familiar sonido de rasguños comenzó, resonando por toda la casa y haciéndonos sentir escalofríos. Durante unos quince minutos, el ruido continuó, implacable e inquietante. Nos quedamos despiertos en nuestras camas, tensos, recordando lo ocurrido la noche anterior.

Finalmente, mi tío decidió que no podía seguir ignorándolo. Tomó su linterna y, con un suspiro pesado, salió. Los demás nos quedamos dentro, con los ojos muy abiertos, aterrados y expectantes. Sabíamos que el pájaro traería problemas.

Cuando mi tío salió al frente de la casa, la luz de su linterna cortó la oscuridad mientras buscaba el origen del ruido en el techo. Su corazón latía con fuerza al ver al pájaro posado allí, su silueta oscura dibujada contra el cielo nocturno. El pájaro lo miró fijamente, con ojos intensos y ardientes que brillaban bajo la luz del foco.

Lito pensó en intentar ahuyentar al pájaro, pero el recuerdo del peligro que nos había causado en el cerro lo detuvo. El pájaro ya nos había traído muchos problemas antes; ¿podría vengarse si trataba de espantarlo?

En lugar de eso, se quedó ahí, iluminándolo con la linterna, esperando que se fuera pronto. El pájaro parecía indiferente, continuando con los rasguños como burlándose. Lo miraba con ojos intensos, como retándolo.

El sonido persistía, resonando en la quietud de la noche y aumentando la tensión.

A pesar de los intentos de Lito por intimidarlo, el pájaro se quedó ahí plantado. Se quedó firme, desafiando con cada rasguño. La frustración de mi tío crecía al darse cuenta de que su presencia no servía de nada. Lito se sintió frustrado y derrotado, sabiendo que era impotente ante ese intruso persistente.

Después de lo que pareció una eternidad, finalmente Lito se rindió y regresó a la casa. El peso de la derrota cargaba en sus hombros. Lito quería protegernos, mantener lejos al pájaro y a los problemas que representaba, pero ahora se sentía indefenso y sin saber qué hacer.

Cuando entró, vimos la preocupación en su rostro.

—Ese maldito pájaro no se va —dijo en voz baja, con frustración y miedo.

—Siguió rascando como si yo no estuviera ahí.

Nos miramos con preocupación; la sensación de impotencia se extendía en la habitación. La presencia del pájaro era más que una molestia; nos recordaba los peligros que parecían perseguirnos.

No sabíamos qué quería ni por qué nos había escogido. ¿Era realmente solo un pájaro? ¿O algo más... algo que nos había seguido desde las montañas, aferrado a nosotros como una maldición? ¿Nos estaba observando, esperando el momento justo para atacar? Nadie se atrevía a decirlo en voz alta, pero todos lo sentíamos: esto no era un animal común. Tenía un propósito. Y, de alguna manera, nosotros éramos parte de él.

Mi tío se sentó, frotándose las sienes, tratando de encontrar una solución. Los demás nos reunimos a su alrededor, en silencio, apoyándolo. La situación parecía grave y la sensación de miedo era evidente.

—Tenemos que hacer un plan —dijo Mita en voz baja, rompiendo el silencio—. No podemos dejar que este pájaro controle nuestras vidas.

Eran como las tres de la mañana cuando el pájaro finalmente alzó el vuelo, y una mezcla de alivio y preocupación nos invadió. Sabíamos que no era el fin, pero sentíamos el peso de su llegada.

—Parece que es el mismo pájaro —dijo Lito, con la voz cargada de preocupación. Tenemos que prepararnos para lo que venga.

—Pensé que el pájaro de las montañas estaba muerto —dije.

—Yo también —respondió mi tío.

Nos miramos en silencio, con el miedo y la incertidumbre claros en la mirada. El pájaro negro había regresado; su presencia era un eco inquietante de viejos temores. Mientras intentábamos volver a dormir, el rasguño arriba nunca nos dejó olvidar: el pájaro estaba vigilando, esperando.

El regreso del pájaro fue como una nube oscura que se cernía sobre nosotros. Nos recordó el miedo y la inquietud que sentimos la última vez que estuvo presente. Por más que tratáramos de ignorar, su mera presencia acechaba y nos hacía sentir incómodos; nuestros días alegres llenos de risas y diversión parecían desvanecerse, reemplazados por una sensación de temor y preocupación.

Desde la llegada del pájaro y los ruidos en el techo, las pesadillas regresaron con fuerza. Dormir se volvió una lucha, dando vueltas en la cama, atormentados por sueños perturbadores. El pájaro parecía traer consigo un sentimiento de fatalidad que no podíamos sacudir, por más que lo intentáramos. Nuestro hogar, que antes se sentía seguro y feliz, ahora se sentía oscuro y aterrador.

A pesar de nuestros esfuerzos por seguir con nuestras vidas, el regreso del pájaro nos afectó profundamente. Era un recordatorio constante del pasado y una fuente de nuevos temores. Su presencia opacaba incluso los momentos de diversión con amigos, haciendo difícil disfrutar de los pequeños placeres de la infancia.

El pájaro se había vuelto más audaz, eligiendo el mismo lugar al atardecer con una precisión escalofriante, posándose de forma prominente contra el cielo. Todos podían verlo, y permanecía inmóvil, como si nada le importara. Cada vez que distinguíamos su silueta inquietante, una ola de miedo nos atravesaba, resucitando temores que con desesperación habíamos intentado enterrar. Su presencia nos recordaba constantemente nuestras luchas pasadas, infiltrándose incluso en nuestros sueños con una incomodidad persistente.

Al caer el sol, el pájaro parecía volverse más imponente, especialmente cuando comenzaba a oscurecer. Se sentía como un mal presagio, una señal de que nuestros problemas estaban lejos de terminar. Intentábamos seguir con nuestras vidas, pero su presencia siempre rondaba en lo más profundo de nuestras mentes, proyectando una sombra sobre cada uno de nuestros quehaceres.

Por las noches, las pesadillas continuaban, cada vez más vívidas e implacables. Despertábamos empapados en sudor; el rascado sobre el techo seguía ahí. El pájaro permanecía arriba, como si nos vigilara, un mensajero de algo oscuro y destructivo. El miedo era abrumador, y resultaba difícil sacudir la sensación de que algo terrible estaba por suceder.

Mientras el pájaro se posaba, sus plumas oscuras recortadas contra el cielo crepuscular, no podíamos evitar recordar los eventos inquietantes que siguieron a su aparición anterior. Ver su silueta recortada contra la luz que se desvanecía despertaba recuerdos inquietos. Esperábamos con todo el corazón que esta vez fuera diferente, que su presencia no fuera más que una coincidencia.

Cada tarde, cuando el sol se ocultaba y el cielo se teñía de tonos naranjas y rojizos, la figura del pájaro se volvía aún más perturbadora. Permanecía ahí, observándonos con sus ojos siniestros, como si supiera algo que nosotros no sabíamos. Era imposible ignorarlo; su sombra se proyectaba sobre todo lo que hacíamos.

La imagen del pájaro crecía en nuestras mentes, robándonos la paz incluso dentro de la aparente seguridad de nuestro hogar. Dormir se volvía cada vez más difícil. Evitábamos mirar al techo, como si ignorarlo pudiera hacerlo desaparecer.

Tratábamos de mantenernos fuertes, dándonos ánimo y apoyo. Pero el temor era una constante, una presencia silenciosa que pendía sobre nosotros como una nube negra. Por más que quisiéramos convencernos de que el regreso del pájaro era solo una coincidencia, en el fondo sabíamos que era mucho más que eso.

Por más que lo intentáramos, nos encontrábamos mirando al techo durante las primeras horas de la noche, donde el pájaro solía posarse. Sus ojos fijos parecían adivinar cada uno de nuestros movimientos. Era como si el pájaro hubiera asumido un rol maligno, portador de algo terrible, su calma escondiendo una intención siniestra para perturbar nuestra paz.

Con el paso de los días, el peso de la presencia del pájaro se hacía más fuerte. Las conversaciones en familia se volvieron susurradas, las risas se desvanecieron. El pájaro había regresado—no por casualidad, no por error. Y una tarde, cuando la última luz del crepúsculo se desvanecía, hizo algo nuevo. Dio un salto. Luego otro.

Y por primera vez, dejó escapar un sonido—un graznido bajo y gutural que nos estremeció. Parecía una advertencia. Una promesa.

A pesar del aura inquietante que el pájaro traía y de las pesadillas recurrentes que provocaba, encontramos algo de consuelo en que, por ahora, nadie estaba enfermo. A diferencia de cuando mi tía Minda cayó misteriosamente enferma, todos estábamos sanos. La ausencia de los extraños síntomas que ella sufría fue un alivio que nos permitió respirar un poco más tranquilos. Sin embargo, el recuerdo de su sufrimiento seguía allí, ensombreciendo nuestra frágil paz y dejándonos preguntar qué pasaría después.

No podíamos olvidar los días angustiosos en que la enfermedad inexplicable de mi tía Minda llenó nuestra casa de miedo e incertidumbre. Cada síntoma que mostraba, cada susurro que escuchábamos y cada visión eran un rompecabezas que no logramos resolver. Ahora, con el aterrador regreso del pájaro, esos recuerdos volvían, trayendo consigo una mezcla de alivio y terror.

Las horas de luz nos brindaban tranquilidad, ya que todo permanecía más calmado y sin incidentes, permitiéndonos tratar de normalizar nuestras rutinas diarias. La presencia inquietante del pájaro desaparecía con el calor y la luz brillante del sol, dándonos un respiro necesario de la ansiedad constante que nos provocaba durante la noche.

Como siempre, nos sumergíamos en nuestras tareas y actividades habituales, encontrando consuelo en la rutina diaria. Los ritmos sencillos de la vida—cuidar la propiedad, preparar la comida y compartir risas en familia—nos daban una distracción reconfortante. Por momentos, casi podíamos olvidar al pájaro posado en el tejado, cuya presencia quebraba nuestro sentido de seguridad.

Con el paso de los días, tratamos de continuar con nuestras vidas, orando y esperando que el pájaro desapareciera para siempre. Nos aferrábamos también a la esperanza de evitar las enfermedades y desgracias que mi tía Minda había sufrido.

La presencia del pájaro parecía más que deliberada—era intencional. Se posaba quieto, desafiándonos a reaccionar. Mientras lo observábamos, el miedo nos apretaba la garganta y la frustración arañaba nuestra impotencia.

7

Atrapados Bajo Alas Negras

Papá Quintín

Mi tío Lito era un guitarrista fantástico. Todas las tardes, justo antes del atardecer, sin falta se sentaba con su guitarra en el patio frente a la casa. Le encantaba compartir su amplio repertorio de canciones, tocando melodías nuevas y viejas. Su música llenaba el aire y creaba un ambiente tranquilo y alegre que todos esperábamos con ansias cada día.

A veces, la música de mi tío atraía a una pequeña multitud. La gente se reunía alrededor para disfrutar de sus canciones, incluidos nosotros, los niños. Nos sentábamos en el pasto, escuchando atentamente cada tema que tocaba. El sonido de su guitarra y su voz al cantar creaban una atmósfera pacífica y alegre que nos unía a todos.

Una tarde, mientras el sol descendía lentamente, proyectando un cálido resplandor sobre el paisaje, una calma serena se apoderó del ambiente. Lito se sentó en una de las viejas sillas azules, sus dedos deslizándose sin esfuerzo sobre las cuerdas mientras cantaba bellas melodías. Su voz profunda y melodiosa se mezclaba armoniosamente con el aire de la tarde, envolviéndonos en un ambiente de tranquilidad y satisfacción.

—Ei, Lupe, Lupita mi amor, yea, yea... mi amor es Lupe —cantaba con armonía.

Como el pájaro siempre llegaba al atardecer, Lito comenzó a tocar más temprano para evitar su intrusión. Pero, perdido en sus melodías, a menudo perdía la noción del tiempo... hasta que el ominoso aleteo anunciaba la llegada del ave maligna una vez más.

Una tarde, mientras mi tío se dejaba llevar por la belleza de su música, la tranquilidad se rompió de repente con gritos agudos que resonaron por toda la casa. Lito, con el rostro lleno de preocupación, dejó su guitarra y corrió hacia adentro para ver qué pasaba. Yo también me levanté del suelo y lo seguí rápidamente. Al entrar, descubrimos que varios murciélagos volaban por toda la casa. Lenya, Mary, Teti, Chely y Minda intentaban espantarlos desesperadamente, gritando en pánico. Los murciélagos parecían revolotear a su alrededor sin dejarse vencer.

Al unirnos, el pánico también se apoderó de mí. Nunca habíamos visto a esas criaturas horribles invadir nuestra casa. La voz de Lito se elevó por encima de los gritos, firme pero urgente:

—¡Dejen de gritar! ¡No les van a hacer nada!

Después de un rato, logramos espantar a los murciélagos con escobas y almohadas, agitándolas en todas direcciones.

En esos días, era común dejar puertas y ventanas abiertas porque el barrio se consideraba seguro. Así, la fresca brisa de verano circulaba libremente por toda la casa, aliviando un poco el calor. Las entradas abiertas creaban un ambiente feliz y fresco, con el aire fluyendo y trayendo tranquilidad a nuestro hogar. Sin embargo, con la casa de par en par, los murciélagos entraron fácilmente, sin encontrar ninguna barrera que los detuviera, y aprovecharon al máximo esta oportunidad.

Al día siguiente, justo antes del anochecer, Lito suspiró profundamente, sintiendo cómo la tensión del día salía de su cuerpo mientras se acomodaba en su silla frente a la casa. Colocó su guitarra frente a él, listo para tocar su primera melodía. Sin embargo, antes de tocar una sola nota, su momento de calma se rompió abruptamente con gritos agudos que cortaban el aire con mayor intensidad y urgencia que la noche anterior. Sin dudarlo, Lito saltó de su silla y corrió de nuevo a la casa, solo para encontrarse con una visión horrible.

Toda la casa estaba llena de una enorme cantidad de murciélagos, aún más numerosa que la noche anterior, cuyos vuelos erráticos proyectaban sombras que causaban pánico y desorden.

El aire era caótico mientras los murciélagos se lanzaban y se movían en todas direcciones, obligándonos a agacharnos y esquivar. Enloquecidos, agarramos cualquier cosa que estuviera a nuestro alcance — almohadas, cobijas, escobas — para defendernos y sacarlos de la casa. Mita y mi tía Minda comenzaron a rezar en voz alta, sus voces elevándose por encima del ruido mientras pedían ayuda divina para librarnos de esos intrusos asquerosos. Mi tío Lito, defendiendo nuestro hogar junto a nosotros, trataba de espantar a las criaturas implacables.

Esos momentos fueron intensos, y la mayoría de nosotros temblábamos de miedo. Todos los niños salimos de la casa para escapar, dejando a los adultos atrás. Después de calmarnos, Mary, Lenya y yo reunimos valor y regresamos para ayudar.

Mientras la pelea continuaba, el tiempo parecía detenerse. Los murciélagos volaban y chillaban por todos lados. Poco a poco comenzaron a alejarse, y los perseguimos sin detenernos. Cuando el último murciélago abandonó nuestra casa, estábamos exhaustos.

Los murciélagos ya habían venido dos veces, llenando la casa de terror. Como logramos ahuyentarlos, creímos que no volverían. Pensamos que era la última vez que los veríamos y nos confiamos. Pero estábamos equivocados, porque aquella calma momentánea traería problemas inesperados... pero peores.

Los murciélagos regresaron la tarde siguiente, pero esta vez no eran unos pocos: eran una marea oscura que se arremolinaba en el cielo hasta volverse una nube siniestra. Se lanzaron contra la casa desde todos los ángulos, penetrando por puertas, ventanas y rendijas, desbordando cada rincón con sus chillidos agudos que desgarraban los oídos. El aire vibraba bajo el aleteo frenético de sus alas, como si una fuerza sombría se hubiera materializado para devorarlo todo. Revoloteaban fuera de control, estrellándose contra paredes y muebles, embistiéndonos con una furia errática que parecía querer arrancarnos el alma.

Nunca habíamos visto tal cantidad de murciélagos. Era como si el cielo se hubiera desgarrado para desatar aquella plaga infernal. La escena era espantosa: una multitud de siluetas negras girando a nuestro alrededor, sus alaridos atravesando la mente como un lamento de ultratumba. El batir de sus alas retumbaba como tambores de guerra invocados por algo que no era de este mundo. Los golpeábamos con lo que encontrábamos, desesperados por abrirnos paso entre la marea, pero era inútil. Por cada uno que caía, otros surgían de la nada, como si fueran engendrados por la misma oscuridad que se filtraba en la casa.

Era evidente: no eran simples animales, sino mensajeros de una fuerza oculta que nos observaba y se deleitaba con nuestro terror.

El olor era aún más fuerte que el día anterior. El aire apestaba a amoníaco por sus excrementos, un hedor penetrante que se adhería a todo. Nuestra ropa y cabello quedaron impregnados, y la casa entera absorbió ese mal olor, volviéndose casi irrespirable.

El caos de ese momento no se parecía a nada que hubiéramos vivido antes. Las otras noches de ataques parecían insignificantes en comparación con esta. Cada rincón estaba tomado, cada respiro se sentía como veneno entrando a los pulmones. El techo vibraba con el peso de las criaturas, y las paredes parecían latir con sus chillidos, como si la casa misma estuviera agonizando. No sabíamos si resistir o huir, porque en ambos casos la oscuridad nos perseguía, implacable, como si hubiera decidido que ninguno saldría de allí con vida.

Luchamos con todas nuestras fuerzas para escapar de esas criaturas. Por momentos, su ataque parecía interminable, y el miedo amenazaba con quebrar nuestra resistencia. La situación era desesperante; los murciélagos giraban a nuestro alrededor en un torbellino sin control.

En medio del caos, mi tía Minda corrió a la cocina. Poco después volvió con una antorcha encendida y empezó a espantar a los murciélagos. Las llamas los asustaron y comenzaron a alejarse de ella. Al ver esto, Lito fue por más antorchas. Regresó rápido y nos las entregó a Mita, Lenya y a mí, quedándose con una para seguir luchando.

El resplandor anaranjado iluminaba la oscuridad infestada, y por primera vez aquella noche sentimos un poco de ventaja. Los murciélagos chillaban con furia, girando en círculos, pero evitaban acercarse demasiado al fuego. El humo y el calor llenaban la casa, mezclándose con el hedor insoportable, y cada rincón parecía un campo de batalla entre la luz y la sombra. Nosotros agitábamos las antorchas con desesperación, formando un muro improvisado de llamas. La marea oscura retrocedía poco a poco, como si supiera que esta vez estaba perdiendo la batalla.

Con las antorchas nos sentimos más fuertes. Al moverlas hacia ellos, los murciélagos, asustados por el fuego, empezaron a alejarse. La luz y el calor los confundían y salían desesperados por dondequiera que podían. Aunque la pelea continuaba, ahora teníamos la ventaja. No dejamos de mover las antorchas hasta que todos desaparecieron.

Después de que se fueron, cerramos las ventanas rápidamente para asegurarnos de que no entrara ninguno más. Exhaustos, cubiertos de sudor y con rasguños en la cara y en los brazos, celebramos nuestra victoria.

Nos quedamos un momento allí, recuperando el aliento y mirando incrédulos el resultado. La batalla había dejado nuestra casa en un estado desastroso. La sala, antes acogedora, y las camas parecían ahora un campo de batalla, con muebles volcados y objetos rotos por todas partes.

Esta era la tercera noche consecutiva en que los murciélagos atacaban nuestra casa con una furia implacable. Su presencia inquietante parecía deliberada, no un simple accidente del destino. Tras el tercer asalto seguido, resultaba imposible pensar que fuera coincidencia. No eran visitantes indeseados; era una invasión calculada. Pero ¿por qué? ¿Qué los atraía hacia nosotros? ¿Qué fuerza oscura los impulsaba a regresar noche tras noche?

Después de lo ocurrido, Lenya notó que el pájaro no se presentó en la casa. Las dos noches anteriores había estado allí, pero desaparecía justo cuando los murciélagos llegaron. Era como si presintiera lo que estaba por suceder.¿Habíamos ignorado las señales de advertencia? ¿O su ausencia ahora formaba parte del mismo terror que se desplegaba dentro de nuestra casa?Entonces lo comprendimos: el pájaro no era un visitante cualquiera, sino un guardián silencioso. Su presencia había sido una señal, una advertencia que no supimos escuchar.

Mi tío Lito soltó un suspiro profundo.

—Tenemos mucho trabajo por delante —dijo, con la voz cargada de preocupación, pero con determinación. Por ahora, necesitamos encontrar un lugar donde quedarnos.

Sin otra opción, la casa de mi tía Yolanda fue lo único que se nos ocurrió. No teníamos otro lugar a donde ir. Recogimos lo que pudimos sin perder tiempo: ropa y sábanas limpias que Mita había guardado cuidadosamente en unas cajas. Con todo lo que pudimos cargar, nos dirigimos a la casa de mi tía Yolanda.

Un poco más de un mes después de regresar a nuestra casa, Papá Quintín hizo un cambio importante: vendió su casa y compró una propiedad a solo dos cuadras de nosotros. El nuevo lugar tenía más espacio, y además de la casa principal, había una casita más pequeña en el terreno.

Papá Quintín era el esposo de mi tía Yolanda y un hombre maravilloso. Tenía una fortaleza tranquila que te hacía sentir seguro solo con su presencia. Siempre estaba ahí para lo que necesitáramos, ya fuera ayudando con reparaciones, ofreciendo consejos sabios o simplemente siendo una presencia constante en nuestras vidas. Su amabilidad brillaba en todo lo que hacía, desde la manera en que hablaba hasta cómo trabajaba incansablemente para apoyar a quienes lo rodeaban.

Papá Quintín era más que un tío por matrimonio—era como un padre. Llenaba el vacío que otros dejaron en nuestras vidas, no con grandes gestos, sino con su confiabilidad y calidez inquebrantables. Siempre nos trató como familia. Si yo necesitaba guía, me la daba. Si necesitaba seguridad, me la brindaba. Y si solo necesitaba un momento tranquilo de compañía, él lo sabía muy bien.

La presencia de mi Papá Quintín era una fuente de consuelo y estabilidad en un mundo lleno de incertidumbre. Hacía que nuestras dificultades fueran más llevaderas, dándonos la seguridad de que todo estaría bien. Su mudanza cerca de nosotros solo fortaleció nuestro vínculo, consolidando su papel como alguien en quien siempre podíamos confiar.

Como la casita más pequeña estaba vacía, mi tía Yolanda se encargó de hacerla más cómoda para que nos instaláramos de manera confortable. Trajo varias lonas de cuero y petates, que colocó cuidadosamente sobre el piso. Luego los cubrió con sábanas y nos trajo cobijas adicionales para mantenernos abrigados durante la noche.

Aunque sencilla, la casita era lo suficientemente amplia para que todos pudiéramos dormir cómodos dándonos un lugar necesario para descansar. Después de todo lo que habíamos pasado, tener un lugar seguro para dormir era una bendición. Esa noche, mientras nos acomodábamos, el cansancio nos venció rápido acompañado de un profundo sentimiento de gratitud.

Al día siguiente regresamos a la casa y comenzamos el arduo proceso de limpieza, conscientes de que tomaría más de un día. Lavamos todo cuidadosamente: murciélagos muertos, ropa, sábanas, paredes y muebles, asegurándonos de que ningún objeto quedara sin limpiar. Desinfectamos cada superficie y lavamos todo lo posible. El olor penetrante se había impregnado en cada rincón, haciendo la tarea aún más difícil.

A pesar de nuestros esfuerzos, trabajamos hasta lastimarnos las manos. Abrimos todo lo que pudimos para ventilar la casa, pero el mal olor persistía. El amoníaco se aferraba obstinadamente al aire, atrapado en cada rincón. Durante casi una semana, el olor insoportable nos acompañó, un recordatorio constante de la invasión reciente que se negaba a desaparecer.

Por suerte, teníamos dónde quedarnos durante esos días, pero nuestros corazones anhelaban la comodidad de nuestro propio hogar. Una semana fuera fue mucho tiempo, y deseábamos desesperadamente regresar a nuestro hogar. La posada temporal de Papá Quintín fue una bendición, y le agradecimos su generosidad y hospitalidad.

De regreso en nuestra casa, cerramos y aseguramos las seis ventanas y las tres puertas principales antes del anochecer, protegiendo cada acceso contra posibles intrusos. Revisamos con cuidado cada cerradura, chequeando los pasadores para confirmar que todo quedara firme. El recuerdo de la invasión de los murciélagos nos mantenía en constante alerta.

Sabíamos que no podíamos permitir más ataques, así que revisamos varias veces todas las entradas para no dejar ningún hueco o abertura. El esfuerzo fue minucioso; no queríamos dejar nada al azar. Al asegurar y revisar la última ventana, estábamos seguros de que todo quedaba bien sellado.

La tensión era desesperante mientras nos preparábamos para el regreso de los murciélagos. Habíamos sellado cada puerta y ventana con firmeza, decididos a no dejar entrar a ninguno; rezábamos para que Dios los mantuviera alejados. Desafortunadamente, los murciélagos regresaron esa noche, pero esta vez estábamos listos.

Al intentar entrar, los murciélagos se encontraron con una barrera mortal. Rebotaban contra las puertas y ventanas de madera, sus cuerpos chocando una y otra vez contra las defensas. Los ruidos retumbaban por toda la casa, un recordatorio constante y escalofriante del caos que habían causado días atrás.

El golpeteo constante de los murciélagos contra la casa se prolongó durante horas, un estruendo perturbador que retumbaba por todos lados. Con cada impacto, la ansiedad crecía y nos aferrábamos unos a otros, deseando que terminara. Al fin, el golpeteo implacable se fue apagando poco a poco, hasta desvanecerse por completo... pero el alivio apenas duró un instante. Casi de inmediato, el silencio fue quebrado por el rascar insistente del pájaro negro en el techo, reemplazando el terrible ruido de los murciélagos con una amenaza distinta.

El ruido agudo y rasposo de garras arañando el metal llenó el aire, tan persistente e inquietante como el ataque de los murciélagos. Podíamos sentir las vibraciones en el techo; parecía que el pájaro estaba furioso, quizá porque le habíamos negado la entrada a los murciélagos en nuestra casa. La transición de los golpes al rasguño mantenía nuestros nervios de punta, transformando lo que debía haber sido una noche tranquila en otra llena de tensión y miedo.

El rascar continuó durante lo que parecieron horas. Hablábamos en susurros, diciendo que los murciélagos ya se habían ido y que no volverían a molestarnos, pero el miedo seguía aferrado a nosotros, imposible de apartar. El tiempo se arrastró lentamente hasta que, por fin, los rasguños se apagaron, dejando un silencio absoluto.

Mientras nos preparábamos para acomodarnos por el resto de la noche, revisamos toda la casa para asegurarnos de que estuviera bien cerrada. Hablamos sobre cómo prepararnos para la posible visita de los murciélagos la noche siguiente. Planeamos fabricar más antorchas y comprar querosena para estar listos y poder ahuyentarlos si lograban entrar de nuevo.

Después de revisar todas las cerraduras y asegurarnos de que la casa estaba segura, sentimos una mezcla de cansancio y alivio mientras nos reuníamos en la sala. Con una sonrisa tranquila, mi tío Lito tomó su guitarra y comenzó a tocar, llenando el aire con una melodía serena que calmaba la tensión en la habitación. Las suaves cuerdas y notas melodiosas nos envolvieron, apaciguando nuestros nervios y trayendo paz al ambiente. Mientras disfrutábamos de la música, el alivio nos invadía, señal de que las horas tensas finalmente habían terminado. Al final decidimos dar por terminada la noche y nos retiramos a nuestras camas, en busca de un descanso merecido.

A la mañana siguiente nos esperaba una vista espantosa. Cientos de murciélagos muertos cubrían el suelo alrededor de la casa, sus cuerpos retorcidos de manera antinatural, como si algo los hubiera aplastado en pleno vuelo antes de arrojarlos al suelo. Sus alas estaban extendidas, congeladas en agonía, mientras otros estaban amontonados contra las paredes, como si hubieran intentado desesperadamente arañar con todas sus fuerzas para poder entrar. El olor a putrefacción, espeso y sofocante, llenaba el aire, mezclándose con algo más antiguo... algo profundamente incorrecto.

Una capa oscura de cuerpos sin vida rodeaba la casa, formando una barrera grotesca. Sus bocas permanecían abiertas, como si hubieran gritado justo antes de morir. El aire estaba saturado de un hedor insoportable. La descomposición se aferraba a nosotros, impregnando la piel, la ropa y hasta los sentidos, como si quisiera marcarnos para siempre.

No era solo muerte — era una advertencia.

A pesar de nuestro asco y mala sorpresa, sabíamos que debíamos actuar rápido. Nos pusimos guantes y mascarillas, preparándonos para la desagradable tarea. Reunimos los murciélagos muertos y formamos un gran montón en el centro de la propiedad. El trabajo fue agotador y duro, pero necesitábamos devolverle la normalidad a nuestro hogar.

Cuando terminamos de amontonarlos, les prendimos fuego. Las llamas rugieron, consumiendo los cuerpos y enviando grueso humo negro al aire. Observamos en silencio, esperando que esta medida drástica ahuyentara a los demás murciélagos y evitaran regresar.

Mientras el fuego ardía, sentimos un respiro de optimismo, aunque con cautela. Las llamas parpadeaban y se movían, como una señal de cierre y de inicio nuevo. Nos aferramos a la esperanza de que la pesadilla hubiera terminado y que, por fin, la paz regresara a nuestro hogar.

La siguiente noche, mientras la oscuridad cubría la casa, nos preparamos para el ataque antinatural. Esperamos con ansiedad la llegada de los murciélagos una vez más, pero, para nuestra sorpresa, nunca aparecieron. Los minutos se hicieron horas sin señal alguna, y poco a poco el alivio comenzó a invadirnos. Tampoco apareció el pájaro, lo que nos dio un respiro adicional.

Pasaron varios días y ni los murciélagos ni el pájaro regresaron. Cada noche nos sentábamos en tensa espera, preparados para su reaparición, atentos a cualquier batir de alas o al chillido que rompiera el silencio. Sin embargo, con el paso de los días sin señal alguna, la tensión que antes nos dominaba comenzó poco a poco a desvanecerse.

Al principio, el silencio parecía un regalo. Pero el silencio tiene la capacidad de transformarse en algo distinto. Cada noche que transcurría, nuestra ansiedad disminuía... pero algo más crecía en su lugar. Una espera. Una vigilancia. Una pregunta sin respuesta.

Finalmente nos permitimos relajarnos totalmente, disfrutando las noches con una sensación de alivio que no habíamos sentido en mucho tiempo. Risas y calidez llenaban el aire cuando nos reuníamos, compartiendo historias y sonrisas que habían estado ausentes por demasiado tiempo. El peso del miedo lentamente se levantó de nuestros hombros y, por primera vez en mucho tiempo, nos atrevimos a creer que lo peor había quedado atrás. Nuestra casa, antes llena de tensión, se sentía más calmada, llena de paz recién encontrada y un optimismo cauteloso.

Y sin embargo... algo estaba mal. El silencio no era alivio—era la calma antes de la tormenta. El pájaro—nuestro implacable tormento—desapareció. No había aleteos. No había rasguños. Nada.

Por primera vez no podíamos prepararnos para defendernos, porque ignorábamos qué era lo que se acercaba. Sentíamos la presencia de algo invisible, impredecible... imposible de detener. La ausencia del pájaro no era alivio, sino un giro inquietante: una pausa en una historia que aún no concluía, un respiro antes de que comenzara la verdadera pesadilla. Algo nos observaba. Algo aguardaba. Y, por primera vez, no teníamos idea de lo que estaba por venir.

Su ausencia resultaba extraña. Nos habíamos acostumbrado a su presencia amenazante, al rasguño constante en el techo, a la sensación constante de que siempre nos vigilaba. Durante tanto tiempo nos habíamos preparado para su intrusión nocturna, esperando su regreso con la misma persistencia sombría de siempre. Pero noche tras noche, el techo permanecía en silencio.

Este cambio inesperado nos llenó de esperanza. Comenzamos a creer que el fuego que habíamos encendido, que consumió el montón de murciélagos muertos, había logrado ahuyentar a todos los demás. El fuego había sido un esfuerzo desesperado y final para reclamar nuestro hogar, y ahora parecía que había funcionado. La ausencia del pájaro nos hizo pensar que finalmente nos habíamos librado de las fuerzas oscuras que nos habían atormentado.

El temor persistente que siempre llegaba con el atardecer comenzó a desvanecerse. Ya no pasábamos las noches preparándonos para el regreso del pájaro, atrapados en un ciclo de miedo e incertidumbre. En cambio, lentamente recuperamos nuestras noches, permitiéndonos existir sin el peso constante de la espera.

Conforme los días pasaron, nuestra confianza creció. La continua ausencia del pájaro nos tranquilizaba, haciéndonos creer que quizá habíamos expulsado a todos los demonios. La pesadez sofocante que había dominado nuestra casa se levantó, reemplazada por una tan esperada sensación de paz. Respiramos con más calma, sintiendo que finalmente habíamos salido de la oscuridad que había ensombrecido nuestras vidas durante tanto tiempo.

***

Después de aquel misterioso sábado, cuando Minda gritó: —¡Perro estúpido!, Mita estaba más que lista para ir a la Oración ese martes. Sentía una urgencia por asistir, con la esperanza de encontrar, dentro de esas paredes, respuestas a los extraños sucesos que nos habían sacudido. Después de lo ocurrido ese sábado, ella esperaba con ansias el momento de la Oración.

Esa noche, cuando llegaron, la casa de Don Tíbet estaba sumida en un silencio oscuro. Con Yolanda a su lado, Mita notó de inmediato que algo no estaba bien. No se filtraba ni un destello de luz por las rendijas de las puertas ni por las ventanas, y aquella rareza le provocó un escalofrío. El silencio no era normal; parecía impuesto, casi antinatural.

Mita dudó por un momento, incómoda pero decidida. El peso del silencio la aplastaba, casi la ahogaba. Algo no estaba bien. Dio un paso adelante y tocó la puerta, primero suave, luego un poquito más fuerte, con movimientos deliberados. Esperó, con el corazón latiendo con fuerza y los oídos atentos a cualquier sonido. Pero solo hubo silencio.

Preocupada, Mita tocó una última vez, esta vez con más fuerza, sintiendo el aire atrapado en su garganta. Se quedó allí, esperando. Nada. La casa permanecía muda, como si nunca nadie hubiera estado ahí.

Confundida y preocupada, Mita miró a su alrededor, con la esperanza de ver a algún vecino o a alguien que pudiera explicar el extraño silencio de la casa. Pero la calle estaba silenciosa y oscura, sin nadie a la vista. Su mente era un torbellino de incertidumbre, incapaz de entender la situación. Finalmente, ambas mujeres decidieron regresar a casa, con pasos ligeros y preguntas sin respuesta.

Mita esperó ansiosa hasta el jueves para intentarlo de nuevo, confiando en que el extraño silencio del martes pasado hubiera sido solo un accidente. Cuando llegó el día, corrió hacia la casa de Don Tibet, con el corazón lleno de esperanza y preocupación. Al acercarse a la puerta, el mismo silencio la recibió: las puertas seguían cerradas, igual que aquel martes. Su esperanza, aunque titubeante, seguía viva, impulsándola a tocar la puerta una vez más.

Golpeó, como lo había hecho antes, pero no obtuvo respuesta. La casa parecía aún más quieta que en su visita anterior. El calor y la energía que alguna vez la llenaron parecían haberse desvanecido por completo. La preocupación de Mita crecía con cada segundo que pasaba. Se quedó allí, sin saber qué hacer, aferrada a la esperanza de que alguien abriera la puerta. El silencio persistía, incomodándola, resonando en sus oídos como un eco inquietante.

Desanimada y con un profundo sentimiento de pérdida, Mita finalmente se dio la vuelta para irse. Mientras caminaba hacia casa, la preocupación la consumía. ¿Dónde se habría ido? ¿Por qué la casa estaba tan vacía, tan sin vida? Las preguntas giraban en su mente, pero no encontraba respuestas. La incertidumbre la invadía, dejando su corazón lleno de tristeza e inquietud.

Al día siguiente, Mita salió en busca de respuestas, impulsada por la curiosidad y la preocupación ante la repentina ausencia de Don Tibet. Fue a la casa de Don Pedrito y Doña Tonina, sabiendo que serían las personas indicadas a quienes acudir. Más que vecinos, se habían convertido en amigos entrañables, ese tipo de personas que hacen que un lugar se sienta como hogar. Sus hijos, Daniel y Chilo, eran algunos de mis amigos más cercanos, lo que fortalecía aún más nuestra relación con ellos.

Además de su naturaleza cálida y acogedora, Don Pedrito y Doña Tonina tenían otro vínculo importante con Don Tibet: eran sus parientes y vecinos desde hacía algún tiempo. Si alguien sabía a dónde se había ido o por qué había desaparecido, eran ellos. Para Mita, esta visita no solo era para averiguar dónde estaba Don Tibet, sino también una oportunidad para fortalecer sus lazos con ellos.

Después de un poco de conversación casual, Mita finalmente llegó al motivo de su visita. Miró a Don Pedrito y a Doña Tonina y les hizo la pregunta que tenía en mente:

—No he visto a Don Tibet en mucho tiempo. ¿Saben dónde está?

Aunque habló en voz baja, su preocupación era inconfundible. Sus palabras transmitían una inquietud que no podía sacudirse, una urgencia silenciosa que la acompañaba constantemente. Las cosas parecían no estar bien, y Mita estaba decidida a descubrir por qué.

Don Pedrito y Doña Tonina se miraron el uno al otro, con una evidente duda. Era como si se comunicaran en silencio, debatiendo si revelar o no lo que sabían. Al final, Don Pedrito habló en tono bajo:

—Tuvieron que salir de la casa de prisa. Pero no nos dijeron por qué. Doña Tonina, percibiendo la necesidad de agregar algo más, intervino rápidamente:

—Nos pidió que no se lo dijéramos a nadie más que a usted. Dijo que confiáramos en él, pero eso es todo lo que sabemos.

Mita asintió, pero su mente ya le daba vueltas al escuchar esas palabras.

—Me pregunto por qué se fue sin avisarnos —dijo en voz baja, dejando que su voz se apagara mientras consideraba las posibilidades.

En el fondo, una pequeña voz le susurraba que tal vez su partida repentina tenía algo que ver con ella, después de la visita del sábado pasado. El pensamiento quedó allí, plantando dudas y curiosidad en su mente.

—¿Parecía preocupado o... diferente antes de irse? —preguntó Mita, tratando de indagar más, con la esperanza de armar el rompecabezas.

Doña Tonina frunció el ceño, como intentando recordar.

—Parecía... preocupado, quizás. Pero no dijo mucho. Solo que tenía que irse y que no debíamos preocuparnos.

La preocupación de Mita se profundizó.

—Gracias por decírmelo. Por favor, avísenme si tienen noticias de él —dijo, acompañando sus palabras con una pequeña sonrisa.

Al terminar la conversación, las palabras seguían dando vueltas en su mente. Sentía que había algo más en la partida de Don Tibet, algo que nadie estaba diciendo.

***

Días después, cuando el pájaro hizo su aparición una vez más, Mita pensó en buscar a Don Tibet, pero la duda la detuvo. La última vez que lo había buscado, regresó con las manos vacías: él no estaba allí y nadie sabía a dónde se había ido.

Aun así, Mita confiaba en que Don Tibet regresaría pronto. Tal vez sentiría que lo necesitábamos y aparecería por su cuenta, siempre que siguiera en la zona. Ella creía que tenía un don especial, casi un sexto sentido, para presentir cuándo alguien requería su ayuda. Se aferró a esa idea, repitiéndose que Don Tibet volvería cuando llegara el momento. Y si la situación empeoraba, estaba dispuesta a salir a buscarlo.

Pero cuando los murciélagos descendieron esa noche, con sus alas frenéticas y chillidos agudos llenando el aire, Mita supo que ya no podíamos seguir ignorando las señales. Sin dudarlo, decidió que era hora de regresar al barrio de Don Tibet, esperando contra toda esperanza que él hubiera regresado y pudiera brindarnos protección, o al menos darnos algunas respuestas sobre lo que nos estaba acechando.

Cuando Mita llegó al barrio, su corazón se hundió al enterarse de que Don Tibet aún no había regresado. La decepción pesó sobre ella; hacía tanto que no lo veía que empezó a preguntarse si alguna vez volvería. La dura realidad de su ausencia la golpeó: esta vez estábamos solos.

Con el paso de los días, el miedo comenzó a envolvernos, creciendo bajo la superficie. Nuestra situación se estaba saliendo de control y, por primera vez, nos preguntamos quién vendría a ayudarnos. La esperanza de ser rescatados de aquella pesadilla empezó a desvanecerse, dejándonos una profunda sensación de impotencia y abandono.

8

Una Noche de Terror Acechante

Pablo y Beno

Finalmente dejamos ir la tensión constante; el peso del miedo se fue disolviendo poco a poco al darnos cuenta de que no había más intrusos acechando en las sombras. El ambiente se sentía más feliz, y abrazamos las pequeñas alegrías y la paz, por primera vez en lo que parecía una eternidad. La risa regresó a nuestra casa, las conversaciones fluyeron sin esfuerzo, y la inquietud que nos había atrapado durante tanto tiempo se desvaneció en el fondo.

Reanudamos nuestros juegos, corriendo libremente por el vecindario y visitando a nuestros amigos sin la preocupación constante que antes nos seguía a todos lados. La vida volvió a sentirse normal.

Pasaba cada momento junto a mis amigos Wil, Tito y Yan, y mis primos Beno y Pablo. Corríamos por las calles, la risa expandiéndose por todo el vecindario mientras nos perdíamos en juegos y aventuras que hacían que el mundo se sintiera más seguro. Cada día me entregaba por completo al juego, abrazando esa distracción como un salvavidas.

Cuanto más tiempo pasaba con ellos, menos pensaba en casa: en el peso de nuestras luchas, en la incertidumbre que se cernía sobre nosotros como una tormenta que parecía no tener fin.

Me mantenía ocupado, llenando las horas con movimiento, ruido y compañía. Corríamos por los campos, nadábamos en el río, trepábamos árboles y creábamos nuevos retos para poner a prueba nuestros límites. Cada momento era una escapatoria de los pensamientos que me negaba a enfrentar. Quedarme quieto significaba silencio, y el silencio dejaba espacio para la preocupación.

En casa, la realidad era seria: las dificultades, las desgracias, el miedo a lo que podría venir. Pero con mis amigos y primos, podía fingir que la vida era simple. Por un rato, solo éramos niños libres, sin cargas, correteando hacia algo mejor.

Sin embargo, un pensamiento inquietante se negaba a desaparecer, incluso mientras disfrutábamos de esta nueva tranquilidad. ¿Qué había causado que los murciélagos atacaran en primer lugar? ¿Por qué habían venido con tanta insistencia y por qué desaparecieron tan de repente? Las preguntas persistían, infiltrándose en nuestros pensamientos durante los momentos de silencio, susurrando en la quietud de la noche cuando el mundo parecía demasiado tranquilo.

Sabíamos que quizá nunca resolveríamos algunos misterios, pero no podíamos sacudir la sensación de que esto ocultaba algo más de lo que entendíamos. Incluso mientras disfrutábamos nuestros días, agradecidos por la paz que tanto habíamos anhelado, esas preguntas sin respuesta seguían rondando en nuestra mente, esperando el momento en que ya no pudiéramos ignorarlas.

Una tarde, el inquietante silencio del atardecer se rompió cuando el pájaro regresó, su silueta oscura apenas visible bajo la luz que se desvanecía. Se posó en nuestro techo con un golpe pesado que resonó por todo el tranquilo vecindario.

Esta vez, no permaneció en silencio; soltó un chillido agudo, sus gritos cortaban el aire como si anunciaran su regreso.

El rasguño de sus garras contra el techo metálico creó un sonido inquietante que alarmó a todos en la casa. La molestia fue tan intensa que hizo que varios vecinos salieran de sus casas, frotándose los ojos y mirando hacia nosotros, intentando comprender la fuente de aquel ruido perturbador.

Con preocupación en sus rostros, se reunieron afuera, susurrando entre ellos, sus voces cargadas de curiosidad e incomodidad. Era como si el ave trajera consigo un oscuro presagio, una tensión pesada flotando en el aire, dejando a todos en alerta.

Podíamos sentir cómo su incomodidad crecía, como si el regreso del pájaro hubiera despertado algo profundo en ellos: un miedo o una superstición que no podían ignorar. Aunque nadie lo decía abiertamente, el mensaje era claro: creían que nosotros éramos la causa de aquel extraño y perturbador fenómeno, y esperaban respuestas que no podíamos dar.

Ya entrada la noche, una picazón incómoda e insistente traspasó nuestros sueños, intensificándose hasta obligarnos a despertar, invadidos por una desesperación inexplicable. Aturdidos y desorientados, tanteábamos en la oscuridad, tratando de entender aquella molestia pegada a nuestra piel.

Asustada y desesperada, Mita tomó rápidamente el candil. El olor familiar a aceite quemado llenó la habitación cuando encendió un fósforo, y el resplandor cálido y palpitante de la luz iluminó lentamente el espacio a nuestro alrededor.

A medida que la luz se extendía, también crecía nuestro horror. Nuestros ojos se abrieron con incredulidad: miles de chinches, sus pequeños cuerpos caminando por todas las superficies. Cubrían las camas, extendiéndose sobre las sábanas y las colchas.

Lo que antes era un lugar seguro se transformó en paredes cubiertas por una masa oscura de puntos negros que se movían sin dirección alguna, como si solo existieran para causar dolor y horror. Nuestra casa se había convertido en un campo de batalla invadido por intrusos implacables.

Pero el descubrimiento más terrible aún estaba por venir. Al bajar la mirada, el terror nos invadió: las chinches no solo cubrían el suelo y los muebles, sino también nuestros cuerpos. Sus diminutos cuerpos se aferraban a nuestra piel, y podíamos sentir sus mordidas dejando una irritación ardiente y punzante.

El pánico recorrió nuestros cuerpos mientras saltábamos de las camas, rascándonos desesperadamente para desprender a los horribles insectos, solo para descubrir que ya estábamos cubiertos de picaduras rojas e inflamadas.

Mientras la realidad caía sobre nosotros, un profundo sentimiento de miedo nos paralizó. Los insectos habían invadido todo nuestro hogar y nuestros cuerpos, convirtiendo nuestro refugio en una pesadilla. El aire se llenó con el sonido de nuestros movimientos frenéticos, las uñas rascando la piel mientras intentábamos librarnos de los pequeños invasores y del tormento que provocaban.

No podíamos quedarnos en casa, ni siquiera dormir, con esa infestación apoderándose de cada rincón. Ver las chinches avanzando sin rumbo —por las camas, las paredes, el piso y, lo peor, sobre nuestros cuerpos— nos dejaba asqueados e impotentes.

La atmósfera opresiva de la habitación, densa de miedo y con la presencia implacable de los insectos, dejaba claro que necesitábamos salir de inmediato.

Lito, actuó sin dudar. Sus ojos se movían con rapidez, evaluando la situación con urgencia y determinación. Alcanzó una caja llena de ropa que habíamos empacado apresuradamente días atrás, como precaución contra una pesadilla como esta.

Con un firme agarre, me entregó la caja, su expresión transmitiendo tanto calma como urgencia.

—Toma esto —dijo, con voz firme pero cargada de tensión. —Tenemos que salir de aquí ya.

Mientras agarraba la caja, mis manos temblaban por la adrenalina que recorría mi cuerpo. Lito tomó otra caja; sus movimientos eran rápidos y precisos, y no había duda de la gravedad de la situación.

Se dirigió a los demás, su voz autoritaria dando instrucciones claras.

—Agarren lo que puedan. Nos vamos de aquí, ahora mismo —ordenó Lito, sin dejar espacio para discusiones—. No podemos quedarnos.

La urgencia en su voz nos impulsó a actuar. El hogar, antes acogedor y ahora convertido en un lugar de tormento, debía ser abandonado — al menos por la noche.

Nos apresuramos a reunir nuestras pertenencias y cualquier cosa que pudiéramos necesitar, intentando en vano esquivar las chinches que habían invadido nuestras vidas.

El aire fresco de la noche nos recibió cuando salimos corriendo, en contraste con la atmósfera sofocante que habíamos dejado atrás. Finalmente pudimos respirar, pero la sensación de inquietud permanecía.

Nos reunimos afuera, con cajas en mano, intercambiando miradas preocupadas mientras intentábamos asimilar lo ocurrido. Ver nuestra casa oscura y silenciosa frente a nosotros era triste, pero se sentía como si algo mucho más siniestro que una simple infestación nos hubiera expulsado.

El aire nocturno se enfrió mientras quitábamos las chinches de la ropa y la piel. La intensa comezón nos atormentaba, pero no había tiempo para lamentarnos.

Lito y Mita se pusieron en acción de inmediato, enfocando su atención en las necesidades prácticas del momento.

Entre todos nosotros, incluyendo a mi tía Minda, nos ayudamos cuidadosamente a quitarnos las chinches de nuestros cuerpos, asegurándonos de que no quedara ninguna. La linterna fue nuestra salvación, porque con la ayuda de su luz brillante pudimos revisarnos y revisar las cajas con nuestra ropa. Así estuvimos seguros de habernos librado de las chinches, tanto de nuestros cuerpos como de la ropa dentro de las cajas.

En esos días, no teníamos clósets ni armarios para guardar la ropa. En su lugar, Mita había empacado todo en cajas grandes y resistentes, organizándolas cuidadosamente para poder sacar y planchar la ropa cuando fuera necesario. Gracias a ella, esa noche las chinches no habían penetrado ninguna de las cajas, ya que estaban bien selladas con cinta adhesiva, lo que hizo nuestro trabajo mucho más sencillo.

Mientras Mita y Lito revisaban las cajas, nosotros temblábamos por el frío y el miedo de que las chinches aún se aferraran a nuestros cuerpos. Por suerte, la caja tenía ropa suficiente para todos: camisas, pantalones y capas adicionales para protegernos del frío nocturno. El olor familiar de casa impregnaba la tela, un pequeño consuelo.

Siempre pensando en todo, mi tío Lito sabía que la ropa no sería suficiente. Regresó corriendo a la casa, enfrentando el interior infestado, y volvió momentos después con otra caja. La caja contenía nuestras cobijas extras, limpias y libres de la infestación. Rápidamente las extendimos y las sacudimos con fuerza para asegurarnos de que no tuvieran ningún insecto. Después de revisarlas y ponernos la ropa, sellamos las cajas medio vacías, asegurándonos de que quedaran bien cerradas.

El sonido de la cinta adhesiva al despegarse y adherirse resonaba en la noche, un pequeño pero necesario acto de control en medio del caos. Saber que al menos el resto de nuestra ropa y cobijas estaban a salvo, libres de la infestación que había invadido nuestra casa, nos dio un leve alivio.

Seguíamos desplazados, nuestra casa inhabitable por la noche, pero al menos teníamos ropa limpia, cobijas tibias y la tranquilidad de saber que, por ahora, estábamos a salvo de las chinches.

De repente, nos dimos cuenta: el raspado persistente en el techo había cesado. El silencio, espeso y antinatural, nos envolvía como una presión invisible. Nadie notó exactamente cuándo se detuvo, pero el aire se sentía distinto.

Lito levantó la linterna, cuyo haz cortó la oscuridad. Seguimos la luz hasta el techo. Y ahí estaba.

Inmóvil. Observando.

La brisa nocturna apenas movía sus plumas. Lentamente desplegó las alas, como una declaración silenciosa de dominio. Sus ojos rojos brillaban — no solo observando, sino alimentándose de nuestro terror.

Un escalofrío nos recorrió. El pájaro había elegido este momento — ese preciso silencio — para revelarse. Su quietud parecía deliberada, como si esperara que reconociéramos el poder que ejercía sobre nosotros. La forma en que se mantenía firme, inmóvil pero consciente, transmitía un mensaje claro: no estaba allí solo para asustarnos.

Nos estaba vigilando.

Su actitud era más que la de una criatura defendiendo su territorio; parecía jugar con nosotros, prolongando nuestra ansiedad, alimentándose de nuestra impotencia.

Mientras nos observaba desde su lugar, no podíamos deshacernos de la sensación de que sabía lo que hacía, que conocía nuestro sufrimiento y que eso lo había atraído desde el principio.

El pájaro permanecía desafiante, sus alas extendidas como una sombra dominando el techo.

Y entonces, como para reafirmar su presencia, sus ojos — esos ojos antinaturalmente rojos y brillantes — parecieron incendiarse con una furia ardiente.

La linterna captó el resplandor en sus ojos, transformándolos en dos orbes de fuego que perforaban la oscuridad.

Por un momento, ninguno de nosotros se movió ni habló.

Estábamos hipnotizados, paralizados por la intensidad de su presencia. No parecía una simple criatura, sino algo con un propósito mucho más oscuro y profundo.

Su postura, su mirada feroz, todo en él irradiaba intención, como si estuviera allí por razones que escapaban a nuestra comprensión.

Finalmente, tras lo que pareció una eternidad, el pájaro se movió ligeramente, sus garras aferrándose al techo con una fuerza implacable. Estaba listo para volar, pero no antes de enviar su mensaje silencioso y ominoso: él seguía allí, vigilante, alimentándose de nuestro miedo, como si supiera que nuestro tormento apenas comenzaba.

Lo que lo había traído a nuestro techo, o lo que lo había impulsado a atormentarnos con sus gritos y rasguños, seguía sin resolverse. Y mientras permanecía allí, con las alas extendidas y los ojos llameantes, parecía advertirnos que el tormento estaba lejos de terminar.

En ese momento, comprendimos que su silencio no era señal de paz, sino el preludio de algo mucho más aterrador que aún no podíamos comprender.

Cuanto más lo mirábamos, más convencidos estábamos de que no era un pájaro común. Parecía encarnar algo más oscuro, algo que se alimentaba de la miseria humana.

Su presencia se sentía como un presagio, una advertencia de desgracias futuras, y su silencio parecía burlarse de nosotros, retándonos a encontrar consuelo en la ausencia de sus gritos.

Comprendimos entonces que no enfrentábamos solo a un animal; era como si estuviéramos ante una fuerza sobrenatural, algo que existía más allá de los límites de nuestro entendimiento.

El pájaro no se conformaba con nuestro sufrimiento; se deleitaba en él. Y esa realización nos llenó de un terror más profundo que cualquier cosa que hubiéramos experimentado antes.

Aquellos momentos nos hicieron sentir que enfrentábamos algo incluso más horrible que la primera vez. Quizá era un ave diferente. Se veía igual, pero traía consigo algo aún más siniestro que la anterior. Pensamos que ya habíamos superado lo peor durante nuestra experiencia en el cerro, pero era evidente que lo peor aún estaba por venir, y necesitábamos estar preparados.

El alboroto que causamos no pasó desapercibido. El aire de la noche, denso de tensión, se llenó de repente con el crujido de ventanas que se abrían mientras nuestros vecinos, despertados por nuestros gritos desesperados, se asomaban con cautela. Sus rostros, iluminados por la tenue y parpadeante luz del candil, aparecían en las ventanas de las casas cercanas. La luz débil proyectaba sombras inquietantes sobre sus rasgos, haciendo difícil saber si estaban curiosos, preocupados o molestos por el alboroto.

Algunos se inclinaban un poco más, entrecerrando los ojos en la oscuridad para tratar de entender el caos afuera. El brillo de la luz apenas penetraba la densidad de la noche, dejando gran parte de la escena oculta y aumentando el misterio de lo que sucedía. Susurros apagados flotaban en el aire mientras intercambiaban comentarios en voz baja, intentando juntar las piezas de lo que había causado tanto escándalo a esa hora.

Pero conforme pasaban los minutos y seguían sin entender del todo nuestra situación, ocurrió un cambio sutil. Uno a uno, los vecinos comenzaron a retirarse a la seguridad de sus casas. Las ventanas, antes abiertas con curiosidad cautelosa, se cerraron lentamente, con el sonido de la madera marcando su retirada. La suave luz de las lámparas parpadeó y desapareció, tragada por la noche, mientras el vecindario volvía a dormirse.

Quizá asumieron que solo era otro disturbio nocturno que se resolvería por sí solo, o tal vez estaban demasiado cansados y desorientados para ayudar. Cualquiera que fuera la razón, estaba claro que decidieron que no era su problema. Nos dejaron solos, parados en la oscuridad, en una calle que antes estaba llena de vida y ahora se sentía extrañamente silenciosa, despojada de los sonidos reconfortantes habituales. El bullicio de los vecinos, e incluso el suave susurro de las hojas en el viento, se habían desvanecido, dejando solo un silencio opresivo. Era como si el mundo contuviera el aliento, esperando que algo terrible ocurriera.

Nuestros gemidos y lamentos rompían el silencio, resonando contra las paredes de las casas cercanas y amplificando la atmósfera inquietante. El ruido que hacíamos no provenía solo del dolor físico; también era el reflejo del miedo, la confusión y el agotamiento. Era el sonido de personas llevadas al límite, abrumadas por los extraños y aterradores eventos que habían invadido sus vidas. Cada gemido cargaba el peso de nuestra impotencia; cada lamento, el testimonio del horror desconcertante que habíamos vivido.

Mientras permanecíamos allí, la oscuridad parecía cerrarse a nuestro alrededor, y nuestros propios ruidos se sumaban al peso del aire. La calle, tan familiar durante el día, se había transformado en algo casi irreconocible, cada sombra ocultando una amenaza potencial, cada esquina recordándonos lo vulnerables que éramos. El miedo que nos carcomía toda la noche parecía cobrar vida propia, creciendo con cada sonido inquietante que producíamos.

El silencio escalofriante solo hacía que nuestros gemidos y lamentos sonaran más fuertes y ominosos, como si la noche escuchara y se alimentara de nuestro miedo. En ese momento, nos sentimos completamente solos, abandonados a enfrentar las fuerzas desconocidas que habían penetrado nuestro mundo. Lo que antes era un lugar de confort y comunidad, ahora se había transformado en un paisaje de sombras y susurros, y éramos los únicos en habitarlo.

Cada ruido que hacíamos parecía reverberar en el vacío, recordándonos lo aislados que estábamos. La normalidad del día había desaparecido, dejando una realidad surrealista y de pesadilla. Y en esa oscuridad, con nuestras voces resonando, comprendimos lo lejos que estábamos de la seguridad.

Mientras permanecíamos allí, aún conmocionados por lo sucedido, llegó una amarga realización: realmente estábamos solos. El miedo o la confusión que había llevado a los vecinos a salir se disipó rápidamente, reemplazado por el deseo de mantenerse alejados de cualquier problema que pudiera habernos afectado. El calor de sus hogares, ahora cerrados al mundo exterior, parecía impenetrable.

Para ellos, fue solo una molestia momentánea, fácil de ignorar y olvidar al volver a sus camas. Para nosotros, sin embargo, la noche estaba lejos de terminar, y nuestro calvario se sentía aún más aislado ante su indiferencia.

Quedamos solos para enfrentar nuestros miedos y desafíos, con el peso de la noche oprimiéndonos con una intensidad casi insoportable.

Con el corazón adolorido, la piel aún inflamada y con picazón por las mordidas implacables, logramos atravesar la oscuridad de la noche guiados por la linterna de Lito, cada paso cauteloso por la inquietud y el malestar. La noche estaba silenciosa, excepto por el sonido de nuestros propios pasos. El camino conocido hacia la casa de mi tía Yolanda, uno que habíamos recorrido muchas veces, ahora parecía más largo y ominoso, como si las sombras se cerraran sobre nosotros, reflejando el caos que llevábamos dentro.

Cuando finalmente llegamos a la puerta de mi tía, el cálido resplandor de luz que se derramaba de sus ventanas nos trajo algo de alivio. Yolanda y su familia nos recibieron en la puerta, sus rostros marcados por la preocupación al ver nuestro estado. No necesitaban preguntar qué había pasado; la inquietud en sus ojos mostraba que ya sabían que algo andaba mal. Nos invitaron a entrar sin dudar, acogedores y reconfortantes.

Yolanda rápidamente sacó ungüentos calmantes y con sus manos suaves aplicaba la pomada sobre nuestra piel irritada. La frescura del remedio ofrecía algo de alivio, pero poco podía calmar el malestar más profundo que nos consumía: la ansiedad que se aferraba a nuestros pensamientos era como los terribles insectos que nos habían expulsado de casa. Su familia preparó un lugar para que descansáramos, igual que la última vez, colocando mantas y almohadas sobre los cueros, su amabilidad envolviéndonos como ángeles protectores frente a la dura realidad que habíamos enfrentado.

A pesar de sus esfuerzos, el sueño seguía siendo esquivo. Yacíamos en la calma de la casa de Yolanda, pero la suavidad de las mantas no lograba ofrecernos un consuelo absoluto frente a la tormenta de pensamientos que ocupaban nuestras mentes. Aunque algo aliviados por la pomada, la comezón de las mordidas persistía, haciendo incómodo y difícil conciliar el sueño. Los constantes recuerdos de lo vivido tampoco ayudaban. Pero no era solo eso: la ansiedad por lo que nos esperaba al volver a nuestra casa nos mantenía despiertos. La pregunta de cómo enfrentaríamos las chinches y cómo recuperaríamos nuestro espacio pesaba sobre nosotros, opacando cualquier esperanza de descanso.

Los ruidos de la casa y el viento incrementaban el temor, impidiendo cualquier sensación de calma. Estábamos a salvo, pero solo por un momento; el saber lo que aún nos esperaba nos seguía atormentando. Las horas pasaban y, a pesar de la amabilidad y el cuidado de la familia de mi tía Yolanda, el sufrimiento durante la noche nos arrebataba la paz.

Al amanecer, nuestros cuerpos estaban agotados, pero nuestras mentes permanecían alertas, inquietas por la preocupación. El miedo de la infestación, la incertidumbre de lo que haríamos después, se aferraban a nosotros como una sombra, recordándonos que, aunque habíamos escapado por ahora, la verdadera batalla estaba lejos de terminar. Con la primera luz de la mañana filtrándose por las rendijas de las ventanas, supimos que un nuevo día había llegado. Ese día exigiría más fuerza de la que habíamos reunido hasta entonces para enfrentar la dura tarea de recuperar nuestro hogar y nuestra paz.

Ya con la claridad del nuevo día, regresamos a nuestra casa, una mezcla de temor y determinación. La noche había sido larga e inquieta, pero sabíamos que no podíamos postergar más la realidad que nos aguardaba. Armados con herramientas improvisadas y una firme resolución, estábamos listos para trazar un plan que nos permitiera exterminar la infestación que nos había expulsado. Nuestros corazones latían con fuerza mientras nos acercábamos a la puerta principal, preparándonos para enfrentar los insectos malignos que nos habían atormentado la noche anterior.

Pero al entrar, algo no estaba bien. O quizá estaba demasiado bien. La casa, antes infestada de chinches, se encontraba... quieta. Demasiado quieta. El suelo y las paredes estaban completamente limpias, sin rastro de insectos. Las camas —donde nos habíamos retorcido y rascado en agonía— aparecían intactas, como si ninguna pesadilla hubiera ocurrido.

La incredulidad nos invadió mientras inspeccionábamos meticulosamente cada rincón de la casa. Revisamos cada esquina, volteamos cada mueble y examinamos cada espacio oculto. Nos movíamos despacio, con cuidado, negándonos a aceptar lo que veíamos. Sin embargo, no importaba dónde miráramos: no podíamos encontrar ni una sola chinche. La infestación, que parecía imposible, había desaparecido sin dejar rastro.

Por un instante quedamos paralizados, cruzando miradas cargadas de miedo más que de alivio. ¿Lo habíamos soñado? ¿Fue una alucinación de la noche anterior? No... la agonía había sido real. Nuestra piel seguía ardiendo con las mordidas frescas, las picaduras eran reales, el pánico también lo había sido. Y, sin embargo, las chinches —miles de ellas— habían desaparecido. No quedó un solo insecto, ni siquiera el olor característico de la infestación. Como si jamás hubieran existido.

Pero si habían desaparecido, ¿adónde se habían ido? ¿Y por qué? Un pensamiento se deslizó en mi mente: el pájaro. Se había quedado en silencio justo antes de que abandonáramos la casa. Y ahora, bajo ese mismo silencio antinatural, las chinches también se habían desvanecido. ¿Era casualidad... o estábamos siendo manipulados?

Mientras estábamos en medio de nuestra casa, ahora libre de chinches, la inquietud comenzó a regresar. ¿Qué había causado la infestación en primer lugar? Y, más importante aún, ¿qué la había hecho terminar tan abruptamente? Las preguntas giraban en nuestras mentes que no tenían respuestas. El silencio de la casa, que antes fue un alivio, ahora se sentía ominoso, como si ocultara algo que no podíamos ver.

No podíamos evitar preguntarnos si su desaparición significaba algo más... algo que todavía no comprendíamos. Por más que quisiéramos creer que el calvario había terminado, una parte de nosotros permanecía alerta, esperando que en cualquier momento ocurriera algo peor.

¿Habíamos perdido la razón? Casi parecía más fácil de creer. Quizá el miedo había distorsionado nuestras percepciones, llevándonos a la histeria. Pero las picaduras eran reales. La comezón era real. Nuestro sufrimiento compartido era real. Y, sin embargo, la casa —que había estado completamente infestada de insectos— ahora estaba como si nada hubiera pasado. Presioné mis uñas contra mi brazo, esperando que todo fuera solo un sueño. No lo era.

Cuestionamos nuestra cordura, preguntándonos si el estrés y el miedo habían deformado nuestra percepción, creando una ilusión compartida. Pero tan rápido como ese pensamiento aparecía, lo descartamos. No podía ser. Éramos ocho: Mita, Lito, Minda, Lenya, Teti, Mary, Chely y yo (Teto); cada uno había visto, sentido y soportado la misma experiencia horrible. Las mordidas en nuestros cuerpos, la huida frenética en la noche, la presencia ominosa del pájaro... todo era real.

Lo habíamos vivido juntos, cada detalle grabado en nuestra memoria. La realidad de lo que habíamos pasado era innegable. Sin embargo, la extrañeza de todo nos hacía cuestionar la naturaleza misma de lo ocurrido. La idea de que lo habíamos imaginado parecía absurda, pero incluso considerarla mostraba cuán afectados estábamos por los eventos de la noche.

Mientras nos curábamos las mordidas en los días siguientes, retomamos la vida con cautela, agradecidos por la paz que había regresado a la casa, aunque con una duda persistente. Ahora limpia y silenciosa, la casa irradiaba una energía extraña. Sabíamos que algo, más allá de nuestro entendimiento, se había infiltrado.

Al día siguiente de la invasión de chinches, decidimos limpiar toda la casa. Sacamos todos los muebles al exterior, incluyendo las camas, para revisar y tratar cada una de nuestras pertenencias. Lito fue a una tienda cercana y, tras un rato, regresó con un contenedor de malatión líquido, un pesticida potente y conocido por su efectividad.

Empezamos a rociar cuidadosamente cada mueble con una bomba manual, alcanzando cada rincón, cada esquina y escondite donde las chinches pudieran ocultarse. El olor fuerte y acre del malatión llenó el aire, un aroma penetrante pero necesario que parecía prometer una solución. Nada quedó sin tocar. Queríamos asegurarnos de que ningún insecto escapara.

Pasamos gran parte de la mañana rociando, y cuando terminamos, el olor del pesticida saturaba toda la casa. Dejamos que el veneno actuara durante varias horas, esperando que el químico penetrara lo suficiente para eliminar cualquier posible sobreviviente. Mantuvimos puertas y ventanas abiertas todo el día para ventilar el olor químico, mientras los muebles permanecían afuera bajo el sol ardiente.

Ya en la tarde, cuando el malatión había hecho efecto y el olor comenzaba a disiparse, nos pusimos a limpiar todo. Lavamos los muebles, desinfectamos las superficies y nos aseguramos de que no quedara rastro del pesticida que pudiera dañarnos. Sin embargo, un leve olor a malatión permaneció impregnado en la casa, un recordatorio persistente de la batalla que acabábamos de librar.

Finalmente, colocamos todo en su lugar, cansados pero aliviados. Volvimos a poner los muebles donde debían estar, preparamos las camas con sábanas limpias y sentimos que habíamos recuperado nuestro hogar. Sin embargo, aunque habíamos tomado todas las precauciones para eliminar las chinches, algunos de nosotros seguíamos en guardia, temiendo que algo hubiera quedado sin detectar. El leve olor a malatión era inquietante, pero al mismo tiempo, nos mantenía alerta.

Mientras tanto, el pájaro había desaparecido nuevamente, dejándonos en una anticipación inquietante. El silencio que dejó tras su partida era casi tan perturbador como su presencia. La imagen de sus ojos rojos penetrantes y sus alas extendidas seguía grabada en nuestras mentes.

Estábamos nerviosos; cualquier ruido o sonido extraño nos hacía sobresaltar, como si el pájaro pudiera reaparecer en cualquier momento. No sabíamos si realmente había desaparecido por completo, pero su ausencia solo aumentaba nuestra inquietud. El silencio debería haber traído consuelo, pero en cambio se aferraba a nosotros como un aliento contenido, esperando liberarse en cualquier momento. El pájaro se había ido... y, de alguna manera, eso resultaba aún peor.

9

La Invasión Que Nunca Anticipamos

Con Chely al frente, Teti la sigue en el centro, y Mary está atrás.

Pasó una semana. La comezón y la incomodidad de rascarnos por las picaduras de chinches eran recordatorios constantes de aquella invasión que no habíamos anticipado. Aunque las pequeñas marcas parecían insignificantes, cada picadura cargaba el peso de esa invasión. La vida siguió su curso, sin eventos importantes, y la ausencia del pájaro nos permitió, por fin, disfrutar de una tranquilidad nocturna.

Pero con ese silencio vino una inquietud sutil. Era ese tipo de calma que se siente frágil, como la calma antes de una tormenta. Disfrutamos la serenidad, pero algunos de nosotros permanecíamos tensos, esperando el próximo ataque. Cada ruido nos hacía mirarnos, preguntándonos si ese sería el instante en que nuestro reciente canto de victoria llegaría a su fin. El recuerdo de las chinches, los murciélagos y los movimientos impredecibles del pájaro nos mantenía en guardia, anticipando lo que pudiera suceder.

Sabíamos que el pájaro se había ido, pero en el fondo entendíamos que su ausencia era solo temporal. Tarde o temprano regresaría, y la incertidumbre de cuándo lo haría nos consumía. La idea de su inminente retorno nos tenía con los nervios de punta, desgastados por la expectativa de lo que pudiera venir.

La verdadera fuente de nuestra ansiedad no era únicamente su regreso, sino la imprevisibilidad de lo que pudiera traer consigo. ¿Volvería con sus molestias habituales o traería algo mucho peor? La posibilidad de una nueva calamidad, algo imposible de anticipar o evitar, colgaba sobre nosotros como una nube negra. Ya no se trataba solo del pájaro: era el miedo a lo desconocido, al caos escondido justo a la vuelta de la esquina. Caímos en un ciclo interminable de espera, imaginando cada posible escenario, y ninguno de ellos era alentador.

***

Una noche, poco después, mientras dormía, un frío intenso que se coló en la habitación me despertó de golpe. El aire estaba helado, y un silencio extraño dominaba el cuarto, una quietud que se sentía casi antinatural. Al permanecer inmóvil en la cama, percibí algo perturbador: objetos extraños y suaves estaban esparcidos por toda la cama. Las almohadas e incluso el marco de madera tenían parches helados en distintos puntos. Con temor, deslicé mis dedos sobre las sábanas y tropezaron con algo frío, esponjoso y pegajoso que me llenó de terror.

Podía sentir cómo el frío intenso se me metía bajo la piel, extendiéndose por distintas partes de mi cuerpo y volviéndose cada vez más incómodo con cada segundo que pasaba. La sensación era tan perturbadora que, instintivamente, me senté en medio de la cama, tratando de sacudirme aquella incomodidad espeluznante. Fue entonces cuando empecé a escuchar golpes suaves a mi alrededor. Pequeños objetos caían sobre la cama desde arriba, varios de ellos cayendo en mi cabeza, hombros y brazos.

¡No lo podía creer! Con horror, me los arrancaba desesperadamente del cabello, uno tras otro, y aunque no veía nada en la oscuridad, sabía lo que eran. La habitación parecía haberse vuelto viva, infestada por ellos, saturando el aire con su presencia invisible bajo el manto de la noche. La experiencia fue tan aterradora que me dejó paralizado, sin saber qué hacer, mientras el frío se me metía en los huesos. Entonces, un ruido de aleteos y arañazos crujientes comenzó allá arriba, como si quisiera acompañar aquel momento de terror con una melodía espeluznante.

Momentos después, mi prima Chely comenzó a gritar de repente:

—¡Hay sanguijuelas por toda mi cama! —(así llamamos en Honduras a las babosas).

Sus gritos resonaron por el cuarto, despertando a todos en medio del pánico. La habitación se llenó de voces asustadas mientras cada uno iba entendiendo lo que estaba ocurriendo. Lito, aún medio dormido, gruñó frustrado:

—¿Por qué hacen tanto...ruido?

Pero antes de que pudiera terminar la frase, el caos lo alcanzó también, dejándolo sin palabras.

En medio de la confusión, todos saltamos de las camas, intentando escapar de las sanguijuelas. Pero en cuanto nuestros pies descalzos tocaron el suelo, nos dimos cuenta de que estábamos pisando a las criaturas viscosas que lo cubrían todo. La sensación era espantosa: fría y pegajosa contra la piel, haciendo la experiencia aún más aterradora. Gritos de asco y pánico llenaron la habitación mientras tratábamos de escapar desesperadamente. Estaban por todas partes, convirtiendo nuestra noche en una pesadilla real.

Las sanguijuelas cubrían las paredes, el piso y el techo, su baba brillando bajo la tenue luz del candil, deformando las sombras en formas grotescas. Parecía como si la casa misma hubiera cobrado vida, sofocada bajo esa masa interminable de criaturas deslizantes.

El suelo estaba tan repleto que cada paso se sentía como pisar una grotesca y densa alfombra. El asqueroso chasquido bajo nuestros pies intensificaba el horror, con sus cuerpos viscosos retorciéndose a cada pisada. Su presencia abrumadora transformó el cuarto en una pesadilla palpable, tan horrenda y distorsionada que parecía que habíamos entrado en una visión siniestra.

Estas siniestras criaturas avanzaban con un propósito claro: se dirigían directamente hacia el lugar donde habíamos estado durmiendo, como si una fuerza oscura las atrajera. Al principio nos costaba creer lo que veíamos, pero mientras seguían su marcha implacable, comprendimos que no se movían al azar. Las sanguijuelas se deslizaban hacia nosotros, impulsadas por un propósito tan claro como aterrador.

Parecía un ataque coordinado, como si estas criaturas, aparentemente sin mente, actuaran bajo la influencia de una inteligencia siniestra. Se acercaban con una intención escalofriante, dejando un rastro de terror a su paso. La realización nos golpeó con fuerza: esto no era solo una ocurrencia extraña ni una infestación común; era un asalto dirigido directamente hacia nosotros.

Salimos corriendo hacia afuera, descalzos y en pijama, aplastando a las criaturas pegajosas bajo nuestros pies, lo que aumentaba nuestro pánico. Esta vez no pudimos quedarnos en el patio. El césped también estaba infestado de sanguijuelas, convirtiendo el suelo en una masa retorcida y resbalosa. No tuvimos más opción que seguir corriendo hasta el terraplén frente a la casa, a unos diez metros, donde finalmente nos detuvimos, sin aliento y temblando. Nuestros pies se sentían extraños por toda la baba y la tierra pegada a ellos.

Con linterna en mano, Lito se armó de valor y regresó a la casa, decidido a recuperar sus zapatos, venciendo el asco que lo invadía. La luz brillante del foco desgarró la oscuridad, desplegando ante nosotros una visión espeluznante, como si algo oculto hubiera estado esperando ser revelado. Cada paso que daba se encontraba con un crujido repugnante al aplastar sanguijuelas bajo sus pies descalzos. La sensación de sus cuerpos viscosos reventando le provocaba escalofríos, y no pudo evitar apretar los dientes con más asco, tratando de bloquear esa repulsión.

El cuarto, antes familiar y seguro, se había transformado en un lugar de pesadilla donde cada paso era una lucha contra la voluntad de no rendirse ante el horror. Las sanguijuelas estaban por todas partes, convirtiendo lo que debería haber sido una simple tarea en una prueba muy dura de soportar. Pero Lito siguió adelante, con su determinación intacta. Sabía que necesitaba esos zapatos.

Lito dudó por un momento, luego se dirigió al lugar donde había dejado sus zapatos. La luz brillante de la linterna los reveló, parcialmente enterrados bajo una masa de sanguijuelas. Lito rápidamente usó la base de la linterna para apartar a las criaturas. Agarró los zapatos y corrió de regreso a la calle. Los sacudió, asegurándose de que no quedara ninguna pegada. Después de limpiarse los pies lo mejor que pudo, se los puso, ignorando la baba que aún quedaba dentro de los zapatos. Por más asqueroso que fuera, volver a ponérselos se sintió como una pequeña victoria.

Con los pies ya protegidos, caminó un poco, probando cómo se sentía pisar a las sanguijuelas. El sonido húmedo y aplastante seguía presente pero más fuerte, pero ya no tenía el poder de estremecerlo. Lito había enfrentado lo peor de la noche y había salido con lo que necesitaba, su determinación más fuerte que los horrores que lo rodeaban.

Con los zapatos puestos, regresó rápidamente a la casa, avanzando con cuidado por el piso resbaloso para no caerse. Tomó una caja, luego volvió por otra y después por una más. La tarea se volvió difícil porque las sanguijuelas cubrían cada caja; sus cuerpos resbalosos hacían que las superficies fueran difíciles de sujetar. Lito no tuvo más opción que limpiarlas con sus propias manos. La textura fría y viscosa le provocó un escalofrío de repulsión.

Entró a la casa varias veces, luchando en cada viaje. El peso de las cajas y la necesidad de limpiarlas constantemente de sanguijuelas volvían el proceso agotador y repulsivo. Aun así, Lito siguió adelante, dejando que su determinación se impusiera sobre el horror. Dentro de las cajas había cobijas y ropa que necesitábamos con desesperación para el resto de la noche.

La mezcla del terror del que habíamos huido y el aire helado de la noche nos hacía temblar sin control. Nuestros cuerpos se sacudían no solo por el frío, sino por el puro horror de lo que acabábamos de vivir. Se sentía como una crueldad del destino, un déjà vu aterrador del que no podíamos escapar. Allí estábamos otra vez, enfrentando la misma situación desesperada de hacía apenas unos días, varados en medio de la noche.

Al aceptar nuestra realidad, solo nos quedaba un lugar donde buscar refugio: una vez más, teníamos que recurrir a mi tía Yolanda. Con el corazón hecho pedazos y el cuerpo al límite, caminamos hacia su casa, conscientes de que estábamos a punto de perturbar su tranquilidad. El horror que había invadido nuestro hogar nos había expulsado de nuevo, y ella era la única persona a la que podíamos acudir.

Lito iba adelante, sujetando con fuerza la linterna. Alumbraba cada casa que pasábamos, escaneando con ansiedad, como si esperara ver alguna sombra o rastro de la pesadilla que acabábamos de dejar atrás. Pero todo seguía en calma. Las casas estaban en silencio, sus fachadas limpias, sin una sola babosa a la vista. El contraste era desconcertante: mientras nosotros huíamos del caos, el vecindario seguía como si nada hubiera ocurrido.

Lito movía la linterna de una casa a otra, y en cada giro esperaba descubrir babosas trepando por las paredes de nuestros vecinos. Pero por más que buscamos, no apareció ni una sola. Aquello confirmaba lo que temíamos: el ataque había sido dirigido únicamente contra nosotros.

La ausencia total de sanguijuelas en el vecindario hacía que la verdad pesara aún más. Lo que habíamos vivido no fue un accidente ni un fenómeno compartido, sino un acto dirigido, personal. Y al acercarnos a la casa de Yolanda, ese pensamiento se volvió insoportable. Las casas, silenciosas e impecables, se alzaban a ambos lados como testigos mudos de nuestra desgracia.

Justo antes de partir rumbo a casa de mi tía, nos detuvimos frente a nuestra puerta. Lito sostenía la linterna con fuerza, pero no se atrevía a levantarla hacia el techo. No era necesario. Sabíamos que el pájaro seguía allí arriba, inmóvil. Observando. Esperando.

Elegir no alumbrarlo fue su forma de protegernos, como si al mantenerlo en la oscuridad pudiera alejarnos, aunque fuera un poco, del horror que nos rodeaba. Pero su presencia, silenciosa y constante, se sentía como una sombra pesada sobre nosotros, una advertencia muda de que lo peor aún no había pasado.

—¿Por qué solo nuestra casa? —murmuró Minda, con la voz temblorosa, entre miedo y desconcierto.

Nadie respondió. Su pregunta quedó suspendida en el aire, cargada con el peso de todo lo que habíamos vivido. Fue entonces cuando algo comenzó a tomar forma en nuestra mente. Como piezas que finalmente encajan en un rompecabezas, comprendimos que todo apuntaba hacia lo mismo: el pájaro negro en nuestro techo. Aquella figura oscura y siniestra era la cuerda invisible que unía cada evento extraño, cada noche de terror. Y con esa revelación, entendimos que nada de lo ocurrido había sido una coincidencia.

Empezamos a conectar los puntos y, de pronto, todo empezó a tener sentido. Cada evento extraño giraba alrededor de ese pájaro: los murciélagos que rondaban la casa, las chinches que infestaron nuestras camas, las sanguijuelas que cubrían las paredes, las pesadillas que no nos dejaban dormir... Todo, absolutamente todo, parecía comenzar y terminar con la presencia de esa ave negra posada en nuestro tejado. Incluso esa sensación inquietante de que algo nos observaba por las noches —una maldad que penetraba nuestra piel— parecía emanar de él.

Mientras tratábamos de resolver el rompecabezas, la verdad cayó sobre nosotros como agua helada. Ese pájaro no solo estaba ahí... lo causaba todo. No era un simple espectador: era el origen. Un presagio. Una advertencia viva de que algo más oscuro nos rondaba desde las sombras. Había estado orquestando el caos en silencio, cubriéndonos con su sombra como una amenaza constante.

La conexión era imposible de negar. El pájaro estaba ahí cada vez que algo salía mal. Siempre. Observando desde lejos, como esperando el momento justo. Y entonces lo supimos. La verdad nos envolvió en un frío espeso, imposible de sacudir. Nadie lo decía, pero todos lo sentíamos. Estábamos al borde de entender algo demasiado grande, demasiado feo.

—¿Ustedes creen que esto tenga que ver con... lo de Minda? —preguntó Mita en un susurro apenas audible.

Lito respondió con fuerza.

—Eso es... —dudó, cerró los puños—. No tiene sentido.

Nadie respondió. El pensamiento ya estaba sembrado, como algo podrido que habíamos ignorado demasiado tiempo.

Yolanda se estremeció.

—Entonces, ¿por qué se siente igual a lo de Minda?

—Pero todo empezó cuando ustedes se mudaron a la casa —dijo, con la mente a mil, repasando cada momento—. Los murciélagos, las chinches, las sanguijuelas... incluso las pesadillas.

—¡Tiene que haber algo que conecte con esto! —exclamó Mita con la voz apenas firme, dándole forma al miedo que todos teníamos atrapado en el cuerpo.

Nos quedamos en silencio. La pregunta flotaba entre nosotros, pesada, incómoda. Nadie quería decirlo en voz alta, pero las señas eran demasiado claras como para seguir fingiendo que no las veíamos. Algo conectaba la enfermedad de Minda con lo que estaba ocurriendo ahora, y esa posibilidad lo volvía todo aún más inquietante. ¿Y si el pájaro tenía que ver con todo esto?

—Tenemos que averiguar qué está pasando —dijo Lito, con firmeza en su voz, pero miedo notándose en los ojos—. Si lo de Minda está relacionado, tenemos que entender el cómo y el por qué. No podemos seguir ignorándolo.

La verdad cayó sobre nosotros como una sombra aplastante: quizás esta pesadilla había empezado mucho antes de lo que creíamos. Tal vez desde el momento en que ese pájaro apareció, y simplemente no supimos ver las señales. Los insectos, los sueños, las sensaciones extrañas... todo regresaba a esa figura negra y silenciosa. Y ahora, teníamos que enfrentarlo. Descubrir por qué nos había elegido a nosotros.

—Pero por ahora, tenemos que deshacernos de las sanguijuelas —dijo Lito, cambiando el tema, trayéndonos de vuelta al presente.

—¿Y si desaparecen solas, como pasó con las chinches? —preguntó Mary, con una chispa de esperanza temblando en su voz.

—Ojalá ya no estén —murmuró Minda, con ansiedad en la mirada, buscando en nuestros rostros algún consuelo.

—Pero no podemos confiarnos, por ahora hay que descansar... y prepararnos para lo peor —dijo Lito, con una determinación tan intensa que nos dejó sin palabras.

Sus palabras eran duras, pero ciertas. Ya habíamos pasado por demasiado, y sabíamos que esto no había terminado. Lo que venía, fuera lo que fuera, iba a exigirnos más de lo que podíamos soportar.

Mientras nos preparábamos para dormir, la noche se sentía más densa que nunca. El aire pesaba, cargado de silencios tenebrosos y pensamientos oscuros. Cada uno lidiaba con sus propios temores, intentando convencerse de que el descanso era necesario, aunque fuera difícil cerrar los ojos. En el fondo, todos sabíamos que lo peor aún podría estar por venir. El pájaro, las sanguijuelas, los sucesos extraños... eran solo fragmentos de una verdad que apenas empezábamos a comprender. Y con cada conexión que descubríamos, crecía la certeza de que esto no terminaría pronto.

Mientras nosotros los niños íbamos venciendo al sueño, Mita, Lito y Minda seguían despiertos. Sus voces bajas, hablando con cuidado, como si no quisieran que los demás escucháramos. Trataban de unir los eventos, de entender las conexiones. Estaban seguros de que ese pájaro era el mismo que apareció durante la enfermedad de Minda. Las coincidencias eran demasiadas, y algunas... demasiado exactas.

Aun así, por precaución o necesidad de no saltar a conclusiones, consideraron otras posibilidades. Pero ninguna teoría resistía el análisis. Una a una las descartaba, hasta volver siempre al mismo punto: el ave. La única constante.

La mañana siguiente trajo su propia pesadilla. Frente a nuestra casa, una pequeña multitud comenzaba a reunirse. Miraban con rostros tensos y miradas llenas de preguntas. Algunos venían por simple curiosidad, otros con una preocupación difícil de ocultar.

—¿Qué está pasando ahí? —susurró una mujer a su compañero. —No tengo idea —respondió él en voz baja—. Pero esto es horrible. —Nunca en mi vida había visto algo así —dijo ella, sin apartar la mirada.

Las paredes de nuestra casa estaban cubiertas por una ola viscosa de sanguijuelas, subiendo como si tuvieran algún propósito. Nadie se atrevía a hacer nada. Solo observaban.

Al pasar junto a una niña que sostenía de la mano de su madre, me miró con sus ojos grandes y preguntó: —¿Por qué hay tantas sanguijuelas en la pared?

Por un momento, no sabía qué responder.

—No lo sé —le dije, intentando sonreír.

Quise cambiar el tema.

—¿Cómo te llamas?

—Ali —respondió con voz clara.

—Es un nombre precioso. Nunca lo había escuchado antes.

—¿Cuántos años tienes, Ali?

—Siete —dijo con una sonrisa brillante. Ali era una niña hermosa, brillante, con una mirada viva. Su carita dulce y su nombre se quedaron grabados en mí.

Unos segundos después, escuché a mi tío llamarme. Me uní a los demás para intentar quitar las sanguijuelas, pero el nombre de Ali seguía dándome vueltas por dentro. Al rato, volví a mirar hacia la calle, pero ella y su madre ya no estaban.

Las sanguijuelas seguían avanzando, lentas pero implacables, dejando un rastro brillante bajo la luz gris de la mañana. La escena era irreal. El vecindario entero parecía contener la respiración, aguardando... a que algo rompiera por fin el silencio de aquella imagen, tan misteriosa como inquietante.

La gente empezó a acercarse, preguntando por qué había tantas sanguijuelas y de dónde habían salido. No les dimos respuestas. No porque no quisiéramos, sino porque ni nosotros lo sabíamos. Lo que sí nos sorprendió fue que algunos ofrecieran su ayuda. Hasta ese momento, nadie quería meterse en lo nuestro. Tal vez les dimos lástima, o tal vez la cantidad de esos insectos asquerosos fue tan abrumadora que los hizo reaccionar.

A diferencia de antes, todos parecían más dispuestos, más humanos. Ofrecían ideas, proponían soluciones. La mejor fue la más simple: sal. Mi tío aceptó la ayuda y varios corrieron a la tienda a comprar todas las bolsas que pudieran. Cuando empezaron a llegar, otros nos ayudaron a esparcirla por la casa. Don Lucas —el papá de mis amigos de enfrente— fue a ponerse botas de hule. Al regresar, no dudó en pisar las sanguijuelas. Se puso manos a la obra y los demás lo siguieron sin dudar.

Algunos incluso entraron a la casa para ayudarnos a echar sal en cada rincón. Verlos así, sin miedo ni sin juzgarnos, nos conmovió hasta las lágrimas. Hacía mucho tiempo que nadie nos tendía una mano, y eso nos devolvió un poco de fe. Tal vez todavía quedaba gente buena en el mundo.

Usamos bolsa tras bolsa, rociando sal por el suelo, los muebles, hasta las camas. Tal vez vaciamos el inventario del pueblo, pero la gente seguía llegando con más. Algunos pagaban con su propio dinero. La casa entera y sus alrededores quedaron blancos, como si hubiera nevado. Era una escena que nadie había visto antes.

Don Lucas se acercó a Lito, caminando con paso firme. Se inclinó un poco y le dijo en voz baja:

—Ahorita regreso.

Lito lo miró con sorpresa, curioso. Había algo en su tono, como si intentara descifrar qué estaba tramando Don Lucas.

—Está bien —respondió con cautela.

No pasó mucho tiempo antes de que Don Lucas regresara, esta vez con un grupo de hombres. Se reunieron en el patio de enfrente con una actitud decidida. Estaban listos. Traían machetes, palas, rastrillos, lo que pudieron encontrar. Algunos se pusieron a excavar un hoyo enorme en la parte de atrás de la propiedad, mientras otros acumulaban las sanguijuelas a montones. El sonido metálico de las herramientas, combinado con la respiración agitada de los hombres, llenaba el aire mientras trabajaban con fuerza. Se movían con prisa, sabiendo que no podían perder tiempo.

En un momento, Don Lucas se detuvo, se limpió el sudor de la frente y gritó:

—¡Síganle sin parar! ¡Ese hoyo tiene que estar más hondo!

Y siguieron, sin pausa. La cantidad de sanguijuelas era inmensa.

Cuando finalmente empezaron a lanzar las sanguijuelas al hoyo, Don Lucas roció gasolina y encendió un fósforo. El fuego estalló de inmediato. El mal olor era insoportable. Pero no se acabó ahí. Las sanguijuelas seguían saliendo de quién sabe dónde, obligándolos a repetir el proceso una y otra vez.

—Nadie sabe de dónde están saliendo —murmuró Don Lucas, mirando alrededor—. Es como si aparecieran de la nada.

Los hombres se miraron con inquietud, pero no se detuvieron. Querían acabar con aquella plaga inquietante. Aún con todo su esfuerzo, el miedo seguía presente, aferrado al ambiente. Algunos, vencidos por el asco, se alejaron sin decir nada.

Los que quedaron continuaron con firmeza. Iban a terminar el trabajo, sin importar las consecuencias de haberse metido en algo tan extraño y perturbador. Mientras las llamas rugían dentro del pozo y las sanguijuelas chispeaban y estallaban, sus rostros mostraban un cansancio profundo, acumulado por todo lo vivido.

Tal vez no eran solo las sanguijuelas lo que impulsaba la determinación de los voluntarios. Ya habían visto demasiado, habían estado demasiado cerca de los sucesos extraños que rodeaban a nuestra familia. El ave marcó un antes y un después—una señal de lo que estaba por venir. En la mente de los hombres, ya se había cruzado una línea invisible; les gustara o no, estaban involucrados. Desde su llegada, algo en el ambiente cambió. Ya no podían fingir que solo eran observadores.

Mientras las sanguijuelas seguían brotando, los hombres se mantenían alrededor del hoyo, con la luz del fuego proyectando sombras sobre sus caras. Por un instante, se permitieron creer que lo peor había pasado, que aquella presencia maligna que había penetrado nuestra casa había sido derrotada. Pero en el fondo, sabían que no era tan simple. La llegada del ave lo había manipulado todo, y ya no había marcha atrás.

Con una última mirada silenciosa, los hombres se dispersaron. Caminaban con pasos pesados, cargando la certeza de que esto apenas comenzaba. Puede que las sanguijuelas se hubieran ido, pero la inquietud seguía suspendida en el aire, como una nube negra que se escondía entre las sombras, esperando su momento para regresar.

Don Lucas se acercó a Lito, con la curiosidad pintada en el rostro.

—¿De dónde salieron? —preguntó.

—No lo sé —contestó Lito, rascándose la cabeza, desconcertado—. Solo han invadido nuestra propiedad. Las cinco casas que rodean la mía están vacías.

Mientras hablaba, Lito se dio cuenta de que no se había detenido a pensar en el origen de las sanguijuelas. Una sensación repentina de urgencia lo empujó a excusarse y comenzar a revisar los alrededores.

Recordó cómo se movían las sanguijuelas y decidió seguir ese rastro. El terreno tenía una inclinación suave, así que caminó en esa dirección. Encontró la línea de sal que habían colocado más temprano. Terminaba justo donde el suelo volvía a inclinarse, a unos siete metros y medio de la cerca del vecino. Agarró una pala y empezó a cavar al borde de la sal. Pero tras varios intentos, no encontró nada.

De repente, Lito sintió algo extraño: una sensación densa, como si algo tenebroso estuviera allí, oculto y vigilante. El malestar se le pegó al cuerpo, haciéndolo sentir tan incómodo que se apresuró a excavar más rápido para irse de allí. Luego regresó con los demás, guardando silencio sobre lo que había sentido. Decidió no contárselo a nadie.

El trabajo terminó a las dos de la tarde, y casi todos ya se habían ido. Antes de dar la vuelta, Don Lucas se quedó un momento reflexionando, limpiándose las manos en el pantalón.

—Si necesitan ayuda otra vez... ya saben dónde encontrarme.

Lito solo respondió con un leve gesto. No hizo falta decir nada: los dos lo sabían.

El ave seguía ahí. Observando. Esperando.

10

Un Descubrimiento Prohibido

De izquierda a derecha: Santitos, Mita y mi tía Minda sosteniendo a Yosa,
su hija.

Después de que todos se fueron esa tarde tras la infestación de babosas, la casa se sintió inquietantemente silenciosa, casi demasiado tranquila. Lito, al sentir que algo no estaba bien, reunió a la familia. La preocupación en sus ojos dejaba claro que no se trataba solo de una charla casual.

—¿Alguien ha notado algo raro en nuestra propiedad? No me refiero a lo que ocurre dentro de la casa —ya tenemos control de lo que ha estado pasando aquí—, sino afuera. ¿Algo que se haya sentido extraño o fuera de lugar? —preguntó con voz baja pero firme.

Nos miramos unos a otros y negamos con la cabeza. Ninguno de nosotros había notado nada inusual: ningún sonido, ninguna visión extraña, nada que explicara su inquietud.

Lito dudó por un momento y luego compartió lo que lo había estado inquietando. Describió la sensación extraña que lo había atrapado más temprano—algo que no podía explicar del todo, pero que no lo dejaba en paz. Estaba convencido de que algo en nuestra propiedad podía estar conectado con todo lo que nos ocurría, aunque no estaba seguro. De alguna manera, tendríamos que revisar la propiedad por completo.

Lito nos dividió en parejas, dando instrucciones claras con un tono firme y decidido. A cada par le asignó una zona específica de la propiedad, emparejando a un adulto con uno de nosotros, los niños. Como yo era el mayor, me tocó con mi hermana Lenya, que era la más cercana a mí en edad. Puso a Mita con Mary, a Minda con Teti y a él mismo con Chely.

Aunque nuestra propiedad era un poco grande, Lito insistió en que teníamos que revisar cada rincón. Insistió en que no podíamos darnos el lujo de saltarnos ni el pedazo de tierra más pequeño; no quería que se nos escapara nada importante. Así que nos pusimos a trabajar, conscientes de que cada paso podía revelar algo significativo.

Las cuatro parejas se dispersaron por toda la propiedad, dirigiéndose con determinación a las áreas que les habían sido asignadas. Lito mandó a Lenya y a mí al lugar donde había sentido la presencia extraña más temprano. No explicó por qué, pero nosotros no lo cuestionamos. Estábamos acostumbrados a seguir sus órdenes sin hacer preguntas; no teníamos otra opción.

Mientras nos dirigíamos al lugar, no podía evitar preguntarme por qué mi tío nos había enviado justo al sitio que lo había inquietado. Tal vez creía que nuestra niñez nos protegería de alguna manera, que las fuerzas malignas nos dejarían en paz. Era un pensamiento tenebroso, pero en el fondo sabía que no podíamos estar seguros. Aun así, seguimos adelante, aunque la tarea que teníamos por delante me erizaba la piel.

Mi hermana y yo estábamos tensos, con miedo, aunque la luz del día brillaba con fuerza. La presencia de los demás que estaban cerca ofrecía cierto consuelo, pero la inquietud seguía ahí, persistente. Lito había elegido deliberadamente el área contigua a la nuestra, ubicándose en un punto desde donde podía vigilarnos de cerca. Saber que estaba a solo un grito de distancia me daba algo de tranquilidad, confiando en que acudiría enseguida si algo salía mal.

Aunque el corazón me latía con fuerza en el pecho, mantuve un rostro valiente por mi hermana. Ella se aferraba a mi aparente calma, así que forcé una voz firme y le dije que no se preocupara. Le prometí protegerla, sin importar lo que pasara. Mis palabras temblaron un poco, pero esperaba que no lo notara. Necesitaba creer que estábamos a salvo, aunque yo no estuviera del todo convencido.

—Teto —la voz de Lenya apenas se escuchaba en un susurro. —¿Qué? —respondí suavemente, manteniendo el tono bajo. —Tengo miedo —admitió. —No tengas miedo, estoy aquí. Mi tío y el resto de la familia están cerca. —¿Y si nos pasa algo? —No va a pasar nada, ya verás. Terminemos rápido para poder reunirnos con ellos. —Está bien —murmuró.

Vi el miedo en sus ojos y supe que ella también lo veía en los míos. Lito había tomado la decisión correcta. Al llegar al borde de la sal, nada se sentía fuera de lo común. No había sensaciones extrañas ni movimientos en las sombras, solo el murmullo tranquilo de la tarde. Con algo más de calma, seguimos adelante, avanzando con cautela sobre la suave grama. Cada paso era deliberado; nuestros ojos recorrían cada centímetro del terreno, atentos a que nada pasara desapercibido.

Al acercarnos a la cerca, tres árboles de madreado de tamaño mediano (*Gliricidia sepium*) se alzaban frente a nosotros, con sus ramas balanceándose suavemente bajo la brisa cálida. Su copa frondosa proyectaba sombras irregulares sobre el suelo, un alivio bienvenido ante el sol implacable que aún permanecía alto. La frescura bajo su sombra se sentía más intensa, brindando un respiro momentáneo en el espeso calor del verano.

Estos árboles se extendían por el paisaje, recorriendo toda la línea de la cerca y envolviendo la propiedad en un denso muro verdoso que parecía protegerla. Su presencia le daba al lugar una sensación casi de aislamiento, como si la naturaleza misma nos estuviera cuidando. Alcancé a ver a mis primos, cumpliendo con su tarea tal como se les había indicado, aunque por momentos se tomaban breves pausas en la sombra, disfrutando del alivio pasajero del calor.

Deseé poder unirme a ellos por un momento—olvidar nuestra cuidadosa misión y disfrutar de la brisa que agitaba las hojas. Pero teníamos una tarea que cumplir, y las distracciones tendrían que esperar. Años atrás, mi abuelo Antonio construyó esta cerca de alambre de púas usando postes de madreado alrededor del perímetro. Con el tiempo, esos postes crecieron y se convirtieron en hermosos árboles verdes, transformando nuestra propiedad en un atractivo natural y frondoso.

Los árboles de madreado son comunes en nuestro país y en muchas otras regiones. Se les conoce con distintos nombres según el lugar. Son valorados por su versatilidad y resistencia, cualidades que los hacen ideales para postes de cerca y diversos usos. Una vez plantados, echan raíces con facilidad y se multiplican, transformando esos simples postes en árboles frondosos que terminan embelleciendo el paisaje.

Durante los meses de primavera y verano, estos árboles alcanzan su máximo esplendor. Sus ramas se cubren con una multitud de racimos de pequeñas flores rosadas, transformando el paisaje en una escena que nunca deja de asombrar. La vista de esas flores crea un paisaje deslumbrante: sus delicados pétalos atrapan la luz del sol y convierten a estos árboles en un espectáculo resplandeciente.

Las flores son comestibles, aunque en ese entonces no mucha gente las comía. Recuerdo que mi abuela, después de hervirlas en una olla, las revolvía con huevos y luego las freía. El sabor no era tan malo. No estoy seguro si hoy en día la gente todavía se la come.

Algunas personas usaban postes de madreado al construir sus casas, ya que la madera era duradera y fácil de conseguir. Con el tiempo, ocurría algo sorprendente: en lugar de permanecer como estructuras inertes, esos postes echaban raíces y brotaban nuevos retoños. Lo que al principio servía para sostener las casas, con el tiempo terminaba convirtiéndose en árboles completamente maduros y altos, formando parte de las viviendas.

Al poco tiempo, los postes retoñaban y las ramas crecían sin parar. Para evitar que se extendieran demasiado, la gente las recortaba con regularidad.

Pero no todos seguían esta práctica: algunos dejaban que la naturaleza siguiera su curso, permitiendo que los árboles florecieran alrededor de sus casas. Ver una vivienda entrelazada con un árbol en cada esquina era algo inusual, pero fascinante. En mi pueblo no era común, aunque sí más frecuente en las aldeas vecinas.

Mientras nos acercábamos con cuidado a la cerca, el sol de la tarde aún estaba alto. Caminábamos despacio, observando el área de un lado a otro, buscando algo fuera de lo común. Pero todo se veía igual.

Caminamos a lo largo de la cerca que daba a la calle hasta llegar a una zona cubierta de arbustos, deteniéndonos a unos seis metros de la esquina. Los matorrales se curvaban en un amplio semicírculo, extendiéndose desde esta cerca hasta la que corría paralela a la calle, ocultando gran parte de la vista. Al otro extremo se alzaba un árbol de tamaño mediano —le llamábamos *Lima*, un tipo de naranja. Su crecimiento descontrolado formaba una barricada natural, haciendo difícil atravesarla.

Cerca del árbol de *Lima* se alzaba otro árbol, más esbelto y menos ancho, distinguible por su claridad en medio de la maleza, cubierto de espinas, como si custodiara el lugar. A ese árbol se le conocía como *Cacho de buey* (Acacia cornigera) porque sus espinas crecían en pares y tenían la forma exacta de los cuernos de un buey. Las espinas eran de un color café oscuro, casi negro, y medían unas dos pulgadas de largo. Eran gruesas en la base, puntiagudas en la punta y tan fuertes que era casi imposible quebrarlas.

Esa parte de la propiedad siempre se había sentido apartada; la vegetación era tan espesa que apenas dejaba pasar la luz. Nunca habíamos pasado mucho tiempo allí—no por miedo, sino por la densidad de la maleza y tal vez por las espinas de ese árbol odioso.

Habíamos aprendido la lección de manera difícil, pero, aun así, de vez en cuando terminábamos allí. Las espinas eran implacables: se clavaban en nuestros pies descalzos y nos arañaban los brazos hasta dejarnos sangrando, llorando y pidiendo ayuda. El dolor, por sí solo, había sido suficiente para mantenernos alejados, excepto cuando el árbol de *Lima* estaba cargado de fruta en ese lado, después de haberlo dejado limpio en todas las demás partes. En esas ocasiones nos atrevíamos a entrar, enfrentando con cuidado las espinas para agarrar la mayor cantidad posible de limas antes de que cayeran y se pudrieran.

Sabíamos que, más allá del enredado exterior de los arbustos, el centro del matorral era más abierto, cubierto principalmente de hierba en lugar de ramas espinosas. Pero el verdadero reto era atravesar la capa exterior. Con los años, los arbustos se habían extendido hacia afuera, entrelazándose con las ramas bajas del *Lima* y a lo largo del semicírculo, haciendo casi imposible encontrar un punto de entrada.

Los matorrales a lo largo de la cerca, desde el árbol de lima hasta la esquina, también habían crecido altos. Eran espesos, y era imposible ver la propiedad desde la calle por ese lado, aunque esta se elevaba casi un metro y medio por encima del terreno; nadie podía ver el centro del semicírculo.

La calle, a la que llamábamos *el terraplén*, había sido construida en los años veinte, cuando levantaron el nivel del suelo para el ferrocarril, dejando un espacio entre la cerca y la calle de unos cinco metros. En ese entonces, el tren pasaba justo frente a nuestra casa.

Sin una abertura clara a la vista, elegí levantar una rama desde un punto más seguro, manteniendo una distancia prudente del árbol espinoso. Me agaché, apoyando las manos y las rodillas contra el suelo antes de arrastrarme hacia adelante. El terreno estaba áspero, cubierto de ramas y hojas secas que crujían bajo mi peso con cada movimiento. Mis manos luchaban por apartar las ramas y los bejucos que bloqueaban el paso. El espacio era estrecho, pero seguí avanzando, cuidando de no arañarme.

Detrás de mí, mi hermana dudó solo un instante antes de seguirme. Se movía con el mismo cuidado y cautela. Nos deslizamos hacia el espacio oculto más allá de los arbustos, dejando atrás el terreno abierto.

Al entrar en el espacio abierto, me enderecé, giré y extendí la mano para ayudar a mi hermana a ponerse de pie. No perdimos tiempo y dimos unos pasos cautelosos antes de que algo llamara nuestra atención. Justo enfrente de nosotros, un parche de tierra extrañamente desnudo se destacaba entre la vegetación. Ese lugar había sido limpiado por completo, a diferencia del resto del terreno, donde abundaban hierbas y pequeños matorrales. La tierra estaba visible, casi como si alguien la hubiera despejado a propósito. Montones de hierbas cortadas y plantas arrancadas yacían a un lado, medio secas, clara evidencia de que alguien había preparado ese espacio de manera intencional.

Mientras examinaba el área, mis ojos siguieron un rastro tenue que conducía hacia la propiedad vecina, la de Vilma. El sendero no parecía natural; alguien lo había formado, desgastándolo con pasos repetidos. Mi mirada se detuvo en la cerca, donde alguien había cortado parte del alambre de púas. Un escalofrío me recorrió las venas: alguien había entrado por allí.

Quien había elegido ese punto de entrada sabía lo que hacía. La casa de Vilma quedaba lejos de esta parte de la propiedad, lo que hacía poco probable que alguien notara a un intruso pasando por la cerca. Aprovecharon la distancia, la oscuridad y el aislamiento a su favor. Fuera quien fuera, lo había planeado con cuidado.

Intercambié una mirada con mi hermana y su expresión reflejaba mi misma inquietud. Alguien había estado allí recientemente. Pero ¿por qué? Y lo más importante: ¿volvería a regresar?

Dirigí mi mirada hacia el pequeño círculo, siguiendo el rastro que se extendía más allá de él. El sendero se perdía entre los arbustos altos, continuando solo un corto tramo antes de detenerse bruscamente cerca de la base del Cacho de Buey.

Alguien había marcado con cuidado otro círculo en el suelo un poco más adelante del primero, casi idéntico. Pero este era diferente. Un escalofrío me recorrió la espalda cuando mis ojos se posaron en él. Un círculo rojo había sido dibujado sobre la tierra, con un símbolo de rojo intenso, en el centro, rodeado de objetos extraños e inscripciones crípticas que no podía descifrar. Las marcas eran deliberadas—hechas con un propósito que yo no comprendía.

Rodeando el borde exterior del símbolo rojo había un cerco de espinas del árbol, clavadas en la tierra con las puntas hacia arriba y dispuestas con precisión, como si hubieran sido colocadas allí como barrera, ya fuera para proteger lo que estaba dentro o para impedir que algo saliera. Las espinas se veían antinaturales en su disposición, como si alguien las hubiera colocado cuidadosamente en lugar de haber caído al azar.

Dentro del círculo, una vela roja se encontraba en la parte trasera, con su cera seca que había goteado sobre la tierra, sumándose a la extraña y perturbadora escena. Alguien la había encendido muchas veces antes, dejando cera derretida alrededor de su base. Menos de la mitad quedaba por consumir, con senderos endurecidos de cera extendiéndose de forma irregular sobre el suelo. Quien la había colocado allí había regresado más de una vez para volver a encenderla durante la noche.

Un silencio profundo y pesado se apoderó del lugar, y por un momento olvidé respirar. La escena frente a mí resultaba inquietante: un mensaje silencioso dejado por alguien... o por algo.

Después de una breve duda, me volví hacia mi hermana y le susurré:
—Tenemos que salir de aquí... ¡ya! —mi voz temblaba. Sin esperar respuesta, la tomé de la mano y la jalé hacia el punto de entrada por donde habíamos pasado.

Primero ayudé a mi hermana a salir, observando cómo se arrastraba entre las ramas enredadas. Una vez que estuvo afuera, la seguí con cuidado hasta salir al otro lado. Mientras me sacudía el polvo de las manos y los restos de hojas de la ropa, miré alrededor y vi a mi tío examinando algo junto a la cerca.

Mi tío parecía perdido en sus pensamientos, completamente ajeno a lo que acabábamos de vivir, sin siquiera notar cuando salimos. Por un momento, fue como si se hubiera olvidado de nosotros.

—¡Tío! ¡Tío! —gritó Lenya, con la voz cargada de urgencia. Él giró un poco, pero no se movió. —¡Venga! ¡Encontramos algo! —añadí, siguiendo su llamado. Levantó la cabeza y su expresión pasó de una leve distracción a curiosidad. —¿Qué fue lo que encontraron? —preguntó, dando unos pasos hacia nosotros.

Sin perder un segundo, le expliqué rápidamente todo—los círculos extraños, el alambre de púas cortado, la vela derretida y la sensación inquietante en el aire. El rostro de mi tío se ensombreció mientras escuchaba, apretando con fuerza el machete que sostenía en su mano derecha.

Sin dudarlo, mi tío caminó por donde habíamos entrado y los seguimos de cerca, aunque con cautela. Chely quedándose atrás, tal como mi tío le había indicado. Apresurados, regresamos al punto de entrada, con lo ocurrido aún fresco en nuestra memoria. Al llegar, no perdió tiempo: levantó el machete y comenzó a abrirse paso entre los arbustos espesos, cortando un sendero angosto por donde nosotros nos habíamos arrastrado. Hojas y ramas caían a sus pies mientras despejaba el paso con movimientos rápidos y precisos.

Lenya y yo nos hicimos hacia atrás, observando mientras él trabajaba, conscientes de que lo que hubiera más allá del matorral era preocupante.

Al entrar, mi tío inspeccionó el círculo meticulosamente, sin parecer del todo seguro de lo que estaba viendo. De pronto, sentimos una energía negativa, potente y hostil, envolviéndonos por completo. Era como si una presencia invisible hubiera sido perturbada y no quisiera que estuviéramos allí. La sensación intensa nos recorrió el cuerpo con escalofríos hasta lo más profundo del alma.

Reconocí de inmediato aquella sensación; me hizo recordar los horrorosos hechos en el cerro. Las criaturas malignas que nos habían atormentado por tanto tiempo surgieron al instante en mi mente. En ese momento supe que lo que estábamos experimentando me resultaba familiar... y que nos esperaba un largo y aterrador camino.

Mi tío también sintió la misma tensión; se le notaba en la cara. Su expresión, normalmente tranquila, había cambiado por una de miedo.

—¡Tenemos que salir de aquí, ya! —gritó con la voz temblorosa.

Vi a mi hermana estremecerse mientras las lágrimas corrían por su rostro. Su expresión de miedo me desgarró el corazón. Sabía lo que estaba sintiendo y, sin dudarlo, extendí mi mano para tomar la suya. La guié desesperadamente por el sendero hacia el campo abierto, con mi tío Lito corriendo justo detrás de nosotros.

—¡Vengan rápido! —grité con fuerza mientras llamaba a los demás. La urgencia en mi voz era evidente; se apresuraron a venir sin hacer preguntas, aunque la curiosidad se notaba en sus rostros.

Una vez juntos, Lito, todavía recuperando el aliento, contó todo lo que habíamos encontrado y vivido. —Encontramos algo —dijo, con la voz intensa y teñida de desesperación—. Hay una presencia extraña dentro de los arbustos, y todos debemos evitarla. No se acerquen a ellos.

Señaló con el dedo para asegurarse de que entendiéramos a qué área se refería. —¿Qué crees que sea? —Preguntó Minda, con los ojos bien abiertos de miedo. —No lo sé exactamente, pero es peligroso —respondió Lito—. Sea lo que sea, no quiere que estemos ahí. Lo sentí fuerte... y no es de este mundo.

Con un horrible miedo apoderándose de nosotros, todos estuvimos de acuerdo. El rostro de Lito se endureció aún más cuando dio su última instrucción, esta vez con un tono firme y autoritario para asegurarse de que lo obedeciéramos. —Manténganse lejos de esa área. Por favor, no se acerquen y no le digan nada a nadie. No queremos despertar más problemas de los que ya tenemos.

Aceptamos sin dudarlo y lo tranquilizamos con un gesto serio. El miedo por lo que acabábamos de vivir era suficiente para mantener a todos alejados de esa zona. Sabíamos que Lito tenía razón; lo que fuera que estuviera ahí, era mejor dejarlo sin tocar.

Esa misma tarde, Lito recorrió el vecindario, deteniéndose en cada casa para hablar con los vecinos. Su primera parada fue en la casa de Don Lucas, quien estaba afuera, partiendo leña.

—Buenas tardes, Lucas —comenzó Lito, tratando de mantener la voz firme—. Quería preguntarle si ha notado algo extraño últimamente por los alrededores, quizás alguien merodeando cerca de nuestra propiedad.

Don Lucas arrugó la frente, pensando por un momento. —No, Lito, no he notado nada fuera de lo común —dijo, moviendo la cabeza—. ¿Por qué? ¿Pasa algo? —Solo quiero asegurarme de que todo esté bien —respondió Lito, sin querer causar alarma—. Gracias, Lucas.

Lito cruzó la calle hacia este lado y luego se dirigió a la casa de la esquina, atravesando la calle lateral de la casa de Vilma, justo cuando don Toño Lobo estaba a punto de entrar, cargando una bolsa.

—¡Hola, Lito! ¿Qué lo trae por aquí? —Lo saludó don Toño con una sonrisa. —Me alegra verlo, Toño. ¿Cómo está su esposa, Pimpa? —preguntó Lito con un gesto de la cabeza. Pero antes de que don Toño pudiera responder, Lito continuó: Quería preguntarle si ha notado algo inusual cerca de nuestra propiedad... algún extraño o algo fuera de lo común.

Don Toño se detuvo, pensándolo un momento. —No podría decir que sí, Lito. Todo está normal por aquí. ¿Hay algo de lo que debería enterarme?

Lito reflexionó por un momento y luego respondió: —Nada más estoy chequeando por si acaso. Nada de qué preocuparse, pero gracias por todo.

Don Toño hizo una pausa antes de responder: —No, Lito, no hemos notado nada extraño. Sin embargo, mientras hablaba, un destello de duda cruzó su rostro, y un gesto sutil sugería que no estaba del todo convencido.

Lito se sintió un poco incómodo y decidió marcharse, dejando a don Toño atrás, con la curiosidad reflejada en el rostro.

Lito tomó el camino contrario, pasó frente a nuestra casa y se dirigió hacia la casa de Santitos. La casa blanca tenía un aire de encanto y elegancia, con gruesas paredes de adobe recubiertas de cemento. La puerta principal estaba colocada en ángulo, orientada de forma estratégica hacia cuatro calles distintas, aunque una de ellas aún no se había abierto. Esa disposición le daba a la vivienda un aspecto distintivo y llamativo. A pesar de su diseño acogedor, en esos momentos las puertas y ventanas estaban cerradas.

La casa familiar se alzaba justo frente a la nuestra, silenciosa e inmóvil. Su patio delantero estaba cubierto por el suave resplandor del sol de la tarde. Lito continuó por la calle en ángulo que se inclinaba suavemente hacia arriba, un sendero estrecho que finalmente se encontraba con nuestra calle principal justo en frente de nuestra casa y la de Santitos.

Mientras Lito seguía caminando, las voces lejanas y el ladrido ocasional de un perro callejero se mezclaban con los sonidos naturales del vecindario. El olor a humo de leña y a comida siendo preparada para la cena venía de las cocinas cercanas, impregnando el aire cálido de la tarde. Mientras avanzaba por el sendero polvoriento, Lito observaba con atención, absorbiendo el entorno familiar antes de llegar a su nuevo destino.

Lito siguió caminando hacia la casa de doña Tea, situada en la esquina, al otro lado de la de Santitos. Como era de esperar, la puerta estaba completamente abierta.

Entre rocas pequeñas y medianas, dispuestas de manera estratégica, zinnias blancas y rosadas, y flores amarillas de flor de muerto adornaban ambos lados de la puerta, cubriendo la base de las paredes de tierra. Estas se extendían hacia el lado izquierdo de la casa, mezclándose con diversas clases de flores y arbustos florales de vivos colores, creando un matiz atractivo. Sus hojas se mecían suavemente con la brisa, aportando un toque de vida al encanto rústico de la vivienda.

Lito se acercó al umbral abierto sin dudar, y enseguida sus ojos distinguieron a doña Tea en la cocina, moviéndose de un lado a otro mientras preparaba la cena. A pesar de su edad avanzada, se desplazaba con ágil rapidez y movimientos precisos, concentrada en sus quehaceres, mientras el suave tintinear de los platos resonaba por toda la casa, llenando el aire con una sensación de vida cotidiana.

Desde donde estaba, Lito podía ver a lo largo de la sala hasta la cocina al fondo, cuyo resplandor cálido se dejaba entrever parcialmente detrás de los muebles. Sombras se acumulaban en las esquinas, suavizando los bordes y acentuando la quietud del espacio. Preparándose para llamarla, dio otro paso al frente, asegurándose de que su voz se elevara sobre el tenue murmullo de la actividad doméstica.

Al escuchar su voz, Rigo y Yeni —sus hijos menores, aunque ya crecidos— salieron de los cuartos, curiosos por la visita. Al reconocerlo, todos se acercaron a la puerta, incluida la propia doña Tea. —Buenas tardes —los saludó Lito nuevamente—. Solo estoy chequeando con todos mis vecinos para ver si han notado algo inusual cerca de nuestra casa. ¿Han visto algo extraño o a alguien rondando por ahí?

Todos respondieron que no habían visto nada, aunque se quedaron con la duda de por qué hacía esas preguntas. Lito no dio más explicaciones y, tras despedirse, se marchó del lugar.

Lito echó un vistazo hacia el patio de atrás de la casa de Vila, con la esperanza de ver a alguien, pero el lugar estaba vacío. Desde allí se alcanzaban a distinguir varios puntos clave: la carretera principal que pasaba justo enfrente, la comandancia al otro lado, la calle que conducía a la iglesia y nuestra casa, situada a unos doscientos metros de distancia, hacia el lado izquierdo, en dirección al río, aunque al otro lado de la calle.

Mientras tanto, su patio, de este lado, se extendía en ángulo hacia la calle de la iglesia, la cual cruzaba la carretera principal y terminaba justo frente a la casa de doña Tea. La propiedad de Vila se estrechaba en forma de triángulo a la orilla de esa calle, lo que le daba una apariencia particular y fácilmente reconocible.

Desde donde Lito estaba, podía ver todo el patio de ese lado: un espacio abierto con algunas palmas de coco medianas. En la cerca de enfrente, pegadito a la orilla de la casa, se alzaba un árbol de anona (*Annona dolabripetala*). El resto de la propiedad estaba cubierto de plantas con flores dispersas que terminaban en la parte de atrás, donde se encontraba la pila de cemento utilizada para lavar la ropa.

Todo el día, esa parte de la propiedad permanecía cubierta por una sombra acogedora, como si invitara a cualquiera a sentarse un momento y disfrutar de la tranquilidad del lugar. El suelo bajo los árboles estaba desnudo, sin maleza ni pasto, como si se barriera de forma natural. Todo se veía bien mantenido, lo que transmitía una sensación de orden y de buen cuidado.

En ese tiempo, Vila tenía una tiendita donde vendía golosinas y otros productos de uso diario. Me gustaba ir allí a comprar, y muchas veces nos atendía mi tía Pancha, una mujer bondadosa y muy amable con todo el mundo. Ella era la mamá de Vila y una persona conocida por casi todo el pueblo.

Lito, pensativo por un buen rato, notó que no había ninguna señal de movimiento, lo que lo hizo titubear por un momento. Pensó en dirigirse a la casa de Vila y tocar la puerta principal, pero algo lo detuvo. Por la distancia, dudaba que ella hubiera visto algo y no quería molestarla. Se quedó un instante, observando el silencio de los alrededores antes de seguir buscando respuestas.

De regreso a casa, Lito pasó frente a la vivienda de Santitos y notó que todas las puertas seguían cerradas, lo que hacía que el lugar se sintiera inusualmente silencioso. Decidió rodear la casa y buscar por la parte de atrás. El sendero angosto era irregular, y tuvo que saltar sobre algunos charcos de lodo formados por la llave de agua, ubicada a poca distancia de la cocina. Esa zona solía estar llena de agua y lodo por el uso constante, cuando el agua caía al suelo al lavar la ropa y realizar otras tareas diarias.

Al llegar a la parte de atrás, Lito se dirigió hacia la cocina —construida con paredes de tierra—, una estructura amplia, con las puertas completamente abiertas a ambos lados. La brisa de la tarde pasaba libremente, manteniendo una temperatura agradable en todo el lugar. El aroma de la comida y del humo de leña se escapaba, envolviéndolo como un abrazo familiar.

Lito se asomó y vio a Santitos junto al comal, presionando fácilmente las tortillas entre sus manos antes de colocarlas sobre el metal caliente. El ritmo de su trabajo llenaba el espacio, marcando una rutina tranquila mientras preparaba la cena.

Desde la puerta de la cocina se alcanzaba a ver nuestra casa, gracias a la abertura del otro lado, que daba directamente a la calle y ofrecía una vista despejada. Justo más allá de esa puerta, un amplio espacio de cemento, construido junto a la pared de la cocina y de la casa principal, permanecía libre, reservado para distintos usos: secar granos como maíz, frijoles y arroz, o servir de lugar para que los niños jugaran.

Santitos levantó la vista y sonrió al verlo. —¡Lito, pásate! Tómate una taza de café —le ofreció, señalando el jarrón de metal humeante colocado en una orilla del comal.

Él le devolvió la sonrisa, pero negó con la cabeza. —Gracias, Santitos, pero necesito llegar a mi casa muy pronto —respondió.

Ella no insistió; solo asintió con comprensión. Cuando Lito le hizo la misma pregunta que a los otros vecinos, la respuesta de Santitos fue parecida: curiosa, pero sin nada nuevo que aportar. Parecía que nadie había notado nada extraño. Aun así, la inquietud en el pecho de Lito permanecía mientras se daba la vuelta para marcharse.

Lito regresó a casa con la misma respuesta de todos los vecinos; nadie había visto ni escuchado nada extraño. Al sentarse con nosotros esa tarde, sacudió la cabeza con frustración.

—Nadie ha visto nada —dijo Lito, con la voz cargada de preocupación—. Es como si lo que sea que anda afuera se mantuviera oculto, escondiéndose en las sombras como un cobarde. Pero de ahora en adelante estaremos atentos y no podemos bajar la guardia.

Aceptamos en silencio, comprendiendo la seriedad de la situación. La falta de respuestas hacía más profundo el misterio, pero sabíamos que Lito no se detendría hasta descubrir la verdad.

11

Cuando la Oscuridad Tomó el Poder

Mi amigo Leiva está a la izquierda, la casa de Vila a un lado de él. Yo estoy a la derecha, con la casa de doña Tea al fondo. La carretera principal queda detrás de nosotros, y el camino hacia las montañas empieza allí, entre las dos casas. (1988)

Justo después de que Lito regresó a casa de hablar con los vecinos, nos relajamos por un momento, pensando que lo peor por fin había terminado. La batalla con las babosas había sido agotadora, las horas de trabajo interminables y el descubrimiento del altar nos habían sacudido hasta lo más profundo. Habíamos pasado por más de lo que jamás imaginamos, y con Lito de vuelta, creímos que al fin podríamos respirar.

Pero la paz no duró. El caos estalló de nuevo antes de que pudiéramos tranquilizarnos—repentino, imparable y mucho peor.

Esa noche, el ave regresó. Surgió de la nada, como si la hubieran invocado desde la oscuridad, aterrizando con fuerza sobre nuestro techo con un golpe que nos heló la sangre. Esta vez no había duda de su furia. Una energía poderosa lo rodeaba—oscura, antinatural y aterradora. El aire se volvió pesado con su llegada, y un silencio inquietante llenó la casa.

El ave ya no solo nos observaba. Traía consigo algo mucho más peligroso, algo a punto de desatarse—y estaba ocurriendo en ese mismo instante.

Entonces llegaron ruidos, distintos a cualquier cosa que hubiéramos escuchado antes. Lamentos bajos y escalofriantes subían y bajaban en intensidad, mezclándose con el áspero rasguño de las garras del pájaro contra el techo. El aire parecía encogerse a nuestro alrededor, denso y vivo. El ave ya no era solo una advertencia. Se había convertido en algo completamente distinto, algo lleno de furia, transformando nuestro hogar en un lugar de terror.

¿Por qué está pasando esto? ¿Acaso perturbamos algo mucho peor en nuestra lucha contra las sanguijuelas? ¿O fueron los vecinos, sin saberlo, quienes empeoraron las cosas? Fuera cual fuera la razón, la furia del ave había alcanzado un nuevo nivel, y no estábamos preparados para lo que vendría después.

Los gritos del pájaro se hicieron más fuertes, cortando la noche y despertando a todo el vecindario. Las ventanas se abrieron con crujidos mientras la gente se asomaba, buscando el origen del ruido. Pero nadie salió. Era como si algo los contuviera, advirtiéndoles que no se trataba solo del grito de un animal—era algo más allá de la comprensión humana. Y nadie estaba a salvo.

De repente, toda la casa pareció cobrar vida. Las puertas y ventanas se abrieron de golpe con una fuerza aterradora, haciendo que algunas cerraduras saltaran de su lugar y se sacudieran violentamente, como si manos invisibles las arrancaran y torcieran sus bisagras. Golpes fuertes y pesados retumbaban contra las paredes, sacudiendo los mismos cimientos de nuestro hogar.

Los susurros y los gemidos regresaron, pero esta vez en medio de nosotros, exhalando palabras frías y desconocidas en otro dialecto, directamente en nuestros oídos. Sentíamos la presencia de algo invisible de pie junto a nosotros, murmurando de una manera que nos hizo estremecer de miedo. Un aliento suave rozó nuestro cabello y nuestra piel, y un frío antinatural recorrió todo nuestro cuerpo, dejándonos paralizados de terror.

Sintiendo el peligro inminente, Mita y Lito actuaron de inmediato. Con gestos urgentes, nos reunieron a todos en el patio de atrás, formando un círculo protector. Los adultos se sentaron en el suelo alrededor de los más pequeños, protegiéndolos, mientras Lito nos ordenaba mantener los ojos cerrados. Juntos oramos, con voces temblorosas, mientras el caos en la casa se intensificaba.

Un viento feroz atravesó el patio, azotando los árboles en una danza frenética. En el terreno de Eliseo, a nuestra derecha, el enorme árbol de caimito (*Chrysophyllum cainito*) se sacudía con violencia, su amplia copa balanceándose mientras las ramas se quebraban y caían al suelo. Hojas de color marrón oscuro giraban en el aire, atrapadas en las ráfagas caóticas. Los madreados gemían bajo la presión, con sus ramas torciéndose incesantemente, como si intentaran no dejarse vencer. El viento arrastraba un lamento —ni humano ni animal—, sino algo distinto, algo peor.

El ventarrón era tan fuerte que no tuvimos otra opción más que regresar a la casa, aunque sabíamos que las cosas allí estaban muy mal, ya que los gemidos, los susurros y los fuertes golpes contra las paredes eran insoportables.

Al entrar en la cocina, el caos nos rodeó. Parecía como si una tormenta hubiera arrasado con el lugar: ollas, platos rotos y cubiertos estaban esparcidos por todas partes. La destrucción era devastadora, y el aire se sentía pesado; las extrañas presencias seguían ahí.

Lito nos agarró y nos jaló hacia un costado de la entrada de la cocina, empujándonos contra la pared. —¡Cierren los ojos! ¡Tápense los oídos! ¡Recen! —ordenó. Su voz era firme, pero podíamos escuchar el miedo detrás de ella.

La oscuridad se volvió más densa, tragándose la poca luz que quedaba. Entonces, un sonido se alzó por encima de todo el caos: un golpeteo constante contra una mesa de madera. Nos quedamos helados. La respiración se nos atoró en la garganta. Conocíamos ese sonido.

El miedo nos dominó. Algunos contuvimos los sollozos, sin estar seguros de si lo que estábamos viendo era producto de nuestra imaginación. Pero los golpes no se detuvieron. Eran intensos, constantes, imposibles de ignorar. Cada golpe nos provocaba un escalofrío. Lentamente, giramos la mirada hacia el centro de la cocina. Lo que vimos nos heló la sangre.

Una figura estaba sentada a la mesa, con la cabeza inclinada, golpeando la madera con el puño en un ritmo lento y constante. Su voz profunda llenaba la habitación, pronunciando palabras en un idioma que ninguno de nosotros comprendía. Pero su presencia fuerte e inquebrantable atravesaba el mal que se había apoderado de nuestro hogar.

Era don Tibet.

Su figura parpadeaba, casi translúcida, como si estuviera atrapada entre este mundo y otro. Incluso en ese estado fantasmal, su fuerza era evidente. Deberíamos haber sentido alivio al verlo, sabiendo que había venido a ayudarnos. Pero en cambio, nuestro miedo se intensificó. Incluso don Tibet, el hombre que siempre había sido una roca parecía estar luchando. Estaba enfrentándose a algo inmenso.

El tiempo se sintió eterno mientras el caos alcanzaba su punto máximo. Pero luego, tan rápido como había comenzado, todo empezó a calmarse. El viento aullante se apagó, los golpes cesaron y los susurros se desvanecieron en silencio. Y entonces, tan repentinamente como había aparecido, Don Tibet desapareció, dejando tras de sí solo un inquietante silencio.

El alivio nos golpeó como una ola, pesada y agotadora. Habíamos sobrevivido. Pero, en el fondo, sabíamos que esto aún no había terminado.

Alrededor de las once de la noche, justo cuando empezábamos a relajarnos, el ave regresó. Al principio, el sonido era suave—garras rascando contra el techo de láminas de metal, como una rama rozándolo con el viento. Pero pronto se volvió más urgente y frenético. El chillido agudo de las garras contra el metal llenó el aire, una señal inconfundible de que algo se acercaba.

Entonces llegaron los gritos. Al principio eran bajos, ásperos y casi desesperados. Pero a medida que pasaban los minutos, se volvían más agudos y penetrantes. El ave no solo hacía ruidos; parecía estar llamando a algo.

El aire se volvió denso con tensión, envolviéndonos como una cuerda invisible. Los pelos se nos pusieron de punta mientras nos mirábamos con inquietud, todos pensando lo mismo: —¿Qué más viene?

Podíamos sentir el peso de algo que nos observaba, esperando. La noche se alargaba, la oscuridad se cerraba cada vez más, pesada y sofocante. Cada segundo que pasaba solo hacía crecer el miedo.

Sumida en sus pensamientos, Mita finalmente pronunció las palabras que todos temíamos decir: —Todo empezó después de que encontramos el altar.

Nos quedamos rígidos. El recuerdo, aún fresco en nuestras mentes, nos golpeó como agua helada: el alambre de púas cortado, el círculo rojo, los símbolos extraños, las espinas y la vela roja. Todo había parecido incorrecto, como algo destinado a permanecer donde pertenecía; estaban ahí, escondidos por alguna razón. Era algo que no debíamos haber tocado, y sin saberlo, lo hicimos... y desencadenamos algo peor.

Esa horrible certeza se apoderó de nosotros. No solo habíamos tropezado con algo. Lo habíamos despertado. Y ahora, venía por nosotros.

Ya que Don Tibet había aparecido antes, calmando un poco las cosas, ahora era más importante que nunca preguntarnos dónde estaba y por qué no había venido en persona a rescatarnos.

¿Había visto algo más fuerte de lo que él pudiera enfrentar? ¿Se mantenía alejado a propósito? Fuera cual fuera la verdad, una cosa era clara: Ahora estábamos solos. Pero sabíamos que él entendía lo que nos estaba pasando. Y, de alguna manera, eso nos daba un pequeño consuelo.

El ave seguía rascando y chillando, cada vez más fuerte hasta que ya no pudo elevar más el sonido. Entonces, minutos antes de la medianoche, el ruido se detuvo de golpe. Un silencio escalofriante lo siguió de inmediato, convirtiendo esos momentos en una quietud inquietante y agonizante.

En lugar de celebrar o atrevernos a creer que lo peor había pasado, contuvimos la respiración y nos preparamos para el próximo ataque. Había algo en el aire... una presencia siniestra que acechaba en la oscuridad. Se sentía como si algo terrible estuviera tomando forma, cruzando lentamente de una realidad a otra.

Y presenciarlo, sin poder hacer nada, era simplemente desgarrador.

La quietud de la noche se desvaneció de pronto cuando el reloj marcó la medianoche. De la nada, un aullido fuerte atravesó la oscuridad, erizándonos la piel. Era un sonido que jamás habíamos escuchado antes. No provenía de algo común... y, sin embargo, tampoco sonaba como las cosas siniestras que ya conocíamos. Era distinto. Algo nuevo estaba ocurriendo esa noche.

Cada aullido llevaba una cualidad profunda e inquietante, reverberando en el aire y penetrando en nuestro ser. El sonido atravesaba las paredes, el suelo e incluso nuestros corazones, llenándonos de un terror imposible de sacudir. No era solo ruido; era una presencia oscura y misteriosa que nos envolvía, arrastrándonos a su dominio.

Parecían aullidos de un perro, pero no de esos comunes, sino de algún animal diabólico que resonaba en la noche. Cada sonido espectral amplificaba la angustia que ya se había sembrado en nuestras almas.

Nos cruzamos miradas llenas de horror, sabiendo que aquello que los provocaba estaba lejos de ser algo ordinario. El miedo se nos metía en el cuerpo como un frío imposible de sacudir.

Una vez más, el aire se sentía cargado de algo mucho más siniestro, denso, casi vivo. Solo podíamos esperar, con el corazón encogido, preguntándonos qué iba a pasar con nosotros.

Los aullidos continuaron, volviéndose más intensos y fuertes con cada minuto que pasaba. De pronto, se transformaron en un coro de gemidos escalofriantes que parecían venir de todas partes. A veces sonaban justo afuera de nuestra puerta, dejándonos paralizados; otras veces se escuchaban a lo lejos, creando la aterradora sensación de que no era solo un animal. En ocasiones, se sentían tan cerca que parecía que algo estaba rondando alrededor de la casa, moviéndose con una furia incontrolable... y, aun así, esperando, paciente, el instante de atacar.

Tal vez había más de un perro, pero en el fondo sabíamos que no era así. El sonido era demasiado distinto... demasiado intencional. Los gruñidos cargaban un peso, una presencia que se sentía mucho más amenazante que la de una banda temible de perros callejeros. Nuestros instintos gritaban que no se trataba de un animal ordinario acechando en la oscuridad; había algo más allá afuera, algo que desafiaba toda explicación.

El aullido constante seguía desgarrando la noche, interrumpiendo cualquier posibilidad de descanso o tranquilidad. Cuando pensábamos que volvería el silencio, el ruido se hacía más fuerte y perturbador. Las paredes de la casa ofrecían poca defensa contra los escalofriantes lamentos que llenaban cada rincón, envolviéndonos en un manto continuo de terror e incertidumbre.

La noche parecía avanzar lentamente, cada minuto alargarse. Permanecíamos completamente despiertos, pegados unos a otros, con los nervios desgastados y el corazón desbocado, haciendo que cada crujido de la casa nos recorriera con escalofríos. Afuera, la oscuridad parecía palpitar con una energía maligna que se filtraba en nuestros huesos. Era imposible encontrar descanso; los aullidos implacables se encargaban de ello. En lugar de dormir, nos quedamos allí, con los sentidos agudizados, tratando de captar cualquier señal de lo que pudiera estar acechando más allá de las paredes. Cada respiración se sentía pesada, y cada cambio del viento o golpe suave en el exterior amplificaba nuestra ansiedad.

Nos encontrábamos inseguros, preguntándonos por el origen de los aullidos fantasmales que resonaban en el aire. El inquietante coro de sonidos nos hacía cuestionar si tenía alguna conexión con las fuerzas malignas que seguían atormentándonos. El momento en que comenzaron resultaba especialmente escalofriante, justo después de que los perturbadores ruidos del ave se habían apagado. En ese instante, nos quedó claro, aunque no quisiéramos aceptarlo, que no teníamos otra opción más que enfrentar la dura realidad que teníamos delante.

Al día siguiente, el vecindario estaba en caos. Una sensación evidente de tensión y frustración había reemplazado la calma habitual de la mañana. Al mirar desde nuestra casa, vimos a los vecinos reunidos en pequeños grupos, con los rostros tensos de preocupación y enojo. Los inquietantes aullidos de la noche anterior los habían sacudido, dejándolos a todos nerviosos y alterados.

La gente hablaba en susurros apresurados; sus gestos eran animados y llenos de ansiedad. Algunos señalaban hacia nuestra casa, tratando de ubicar de dónde habían venido los aullidos, como si intentaran darle sentido a lo ocurrido. Otros se movían por sus patios con determinación, con movimientos bruscos y agitados. Los aullidos habían tocado una fibra sensible, alterando la frágil paz que todos habían intentado mantener con tanto esfuerzo.

Los sucesos de la noche anterior habían dejado una huella profunda. Los vecinos, normalmente serenos y reservados, mostraban señales de haber llegado a su límite. Ya fuera por los aullidos implacables o por el miedo que habían provocado, algo había cambiado. El sentido habitual de comunidad había dado paso a una ansiedad compartida, con todos sintiendo colectivamente que lo ocurrido no era solo una simple molestia. Era como si los aullidos hubieran despertado un miedo arraigado en cada uno, dejando al vecindario sumido en el desorden.

Los vecinos habían estado soportando por demasiado tiempo el ruido constante causado por el pájaro y los extraños e inquietantes sonidos que salían de nuestra casa. Al principio intentaron ser pacientes, restándole importancia a los disturbios como algo pasajero o inusual. Pero su paciencia se fue agotando a medida que las noches se alargaban y las perturbaciones se volvían más intensas. El escalofriante aullido del perro la noche anterior pareció ser la gota que derramó el vaso, llevando a todos al límite.

Los vecinos ya habían pasado por esto antes. Más de un año atrás, el ave había hecho lo mismo; lo único que lo detuvo fue cuando la familia se mudó.

—Tal vez la familia tenga que mudarse otra vez —murmuró alguien.

Un silencio cortante siguió a esas palabras. —No digas eso —advirtió otro vecino—. No está bien hablar así.

Pero esta vez, algo era distinto: el perro. Nadie había escuchado algo así antes. El ave siempre había sido aterradora, pero ahora, con el perro sumado a todo, el caos se sentía aún más siniestro. ¿Qué significaba? Y, lo más importante, ¿cómo se suponía que iban a detenerlo?

Esta situación estaba más allá de la comprensión de cualquiera, y esa impotencia solo alimentaba su enojo. Se enfrentaban a algo que desafiaba toda explicación y que no seguía las reglas habituales de las disputas vecinales. Se sentían atrapados y sin poder, sin una forma de expresar su frustración ni de actuar para detener los inquietantes sucesos. Lo único que podían hacer era sentirse molestos, con la rabia hirviendo bajo la superficie mientras enfrentaban la aterradora realidad de no poder cambiar su situación.

Todos los vecinos eran muy buenas personas, y nosotros comprendimos la situación por la que estaban pasando. Cada uno de ellos tenía sus propios miedos, preocupaciones y razones para actuar como lo hicieron. En el fondo sabíamos que, si hubiéramos estado en sus zapatos, a lo mejor habríamos hecho lo mismo. No se trataba de falta de valor ni de indiferencia, sino del instinto humano de proteger lo poco que aún se siente seguro cuando todo alrededor empieza a volverse incierto.

El ave regresó a nuestro techo como de costumbre, seguida por el constante rasguño y los inquietantes chillidos al caer la tarde. Continuó con su rutina y, apenas cesaron sus alaridos, el aullido del perro los reemplazó. Esta vez, los aullidos comenzaron mucho más temprano que la noche anterior, y todos comprendimos que nos esperaba una larga velada.

Esta vez los aullidos no provenían de todas direcciones como antes, sino de un solo punto, claro y definido. La fuente concentrada del ruido atrajo la atención de los vecinos, que con cautela se asomaron por sus ventanas, con la curiosidad mezclada con el miedo.

Los aullidos provenían de la esquina de nuestra propiedad, justo desde los arbustos altos y densos que se alzaban allí... en el mismo lugar donde habíamos encontrado el altar. Aunque cada casa estaba separada por más de cincuenta metros, el sonido se sentía inquietantemente cercano, demasiado próximo para poder ignorarlo.

El perro permanecía oculto entre la espesa maleza, aprovechando la oscuridad para moverse sin ser visto. El follaje era tan denso que apenas se alcanzaban a distinguir las sombras, pero los gruñidos, bajos y prolongados, bastaban para confirmar su presencia. Solo los ecos perturbadores rompían el silencio de la noche, mientras el animal acechaba, invisible, desde aquella esquina siniestra.

La situación había tomado un giro aún más inquietante. No solo habían regresado los aullidos, sino que ahora provenían de un punto específico: dentro de nuestra propiedad. El hecho de que nadie pudiera verlo aumentaba la tensión. Todos sabíamos que algo se ocultaba fuera de nuestra vista, pero la oscuridad impenetrable y los arbustos espesos mantenían al intruso cubierto, dejando a todos en un estado de terror.

***

Lito abrió con cautela la puerta del cuarto que daba a la calle. Su corazón latía con fuerza mientras los aullidos resonaban cerca. Él sujetaba el machete con firmeza en la mano derecha y una linterna en la izquierda, avanzando lentamente hacia la fuente del ruido. La noche estaba cargada de tensión, y cada crujido de sus pasos sobre el suelo amplificaba el silencio inquietante que se había apoderado del ambiente que lo rodeaba.

Con linterna y machete en mano, Lito avanzaba con cautela hacia los arbustos densos de donde brotaban los aullidos que rasgaban la noche. Los destellos de la linterna cortaban la oscuridad, proyectando sombras irregulares sobre las hojas que se mecían lentamente con el viento.

Cada paso se volvía más lento, mientras su pulso retumbaba en los oídos como un tambor lejano. El aire se volvió más helado y denso a su alrededor, y el silencio entre un aullido y otro resultaba aún más insoportable que el propio sonido. Lito sabía que estaba cerca, demasiado cerca, pero seguía avanzando, impulsado por una mezcla de miedo y determinación.

Apenas había dado unos pasos más cuando, sin previo aviso, un enorme perro negro se lanzó desde la maleza. Un gruñido distorsionado desgarró la noche, antinatural y escalofriante. El sonido se deformaba, retorciéndose en algo que no pertenecía a este mundo. Luego vino un chillido agudo, más parecido al lamento de un felino torturado que al ladrido de un perro. Sintió el frío colarse por cada rincón de su piel. La respiración de Lito se quedó atrapada en la garganta; su cuerpo se volvió rígido. Ese perro no era un animal común. Había algo en él... algo fuera de lo normal.

Lito se quedó inmóvil, con el aire suspendido en los pulmones y el pulso martillando tan fuerte que sentía que el corazón podía estallarle. Sus ojos se fijaron en la criatura, aunque cada instinto le gritaba que apartara la mirada... que corriera. El perro se alzaba a cierta distancia, pero su presencia resultaba asfixiante, como si el aire a su alrededor se hubiera vuelto denso y lo oprimiera con una fuerza invisible. Era enorme, de un tamaño antinatural, con el cuerpo cubierto por un pelaje más negro que el vacío mismo, absorbiendo la tenue luz que lo rodeaba como si fuera una sombra viva.

Y entonces estaban sus ojos. Dos orbes rojos ardientes brillaban como brasas en el abismo, atravesando la oscuridad con una intensidad aterradora. No solo resplandecían; palpitaban, como si algo antiguo y malévolo mirara desde dentro, alimentándose del miedo de Lito. Cuanto más los observaba, más sentía que la criatura lo estaba absorbiendo, deshaciéndolo desde adentro hacia afuera. Un gruñido profundo y gutural retumbó en su pecho, tan bajo y sobrenatural que vibró en el suelo bajo los pies de Lito. El sonido llevaba algo más que amenaza—tenía intención. Una advertencia. Una promesa.

Mientras Lito lo observaba, la criatura mostró los dientes—largos, irregulares y perturbadoramente blancos, brillando como huesos afilados en la oscuridad. Eran disparejos: algunos rotos, otros demasiado puntiagudos, como si se hubieran astillado y vuelto a crecer en algo monstruoso. Sus dientes frontales sobresalían, anormalmente largos y filosos como navajas, más semejantes a colmillos hechos para desgarrar carne que a los de un perro común. El estómago de Lito se anudó, un horror profundo y retorcido hundiéndose más allá de su ser. Un escalofrío helado le recorrió el cuerpo, erizándole la piel con la innegable urgencia de huir. Cada instinto le gritaba que se diera la vuelta y corriera, pero su cuerpo se negó a obedecer. Permanecía inmóvil, atrapado en la ardiente mirada de la criatura, incapaz de moverse o respirar, como si una fuerza invisible lo mantuviera sujeto en ese instante. Aquel miedo era distinto: crudo, antiguo… algo más profundo que el pánico.

De las fosas nasales de la fiera se escapaba una niebla extraña y fantasmal, que se retorcía en el aire como un hilo de humo. No se movía como un aliento normal—permanecía, densa y opresiva, como si la criatura exhalara algo mucho más peligroso que aire. Cada respiración parecía cargada de ira, como si contuviera una furia lista para estallar en cualquier momento. Sus enormes patas, negras como sombras, se hundían en la tierra sin emitir sonido alguno. Las garras al final de sus dedos eran largas y curvadas, bastante filosas como para penetrar la piel con facilidad. Cuando la bestia se movió ligeramente, las garras rasparon la tierra, produciendo un sonido seco y deliberado que recorrió el cuerpo de Lito como algo más que un simple escalofrío, uno tan intenso que apenas podía soportar. Nada en aquella criatura se sentía natural. No era solo un perro; era algo mucho peor, algo que pertenecía a las pesadillas, no al mundo real.

El cuerpo de Lito seguía inmóvil; sus músculos no respondían, aunque su mente le gritaba una advertencia desesperada. Sabía, sin la menor duda, que estaba ante algo que no debía existir. Aquello había salido de una pesadilla, trayendo consigo una oscuridad que ningún ser vivo debería enfrentar.

El perro permanecía en su lugar y, aun así, su furia intensa llenaba el aire con la promesa de un desastre inminente. Se mantenía en una postura amenazante, con cada fibra de su cuerpo tensa, lista para lanzarse en cualquier momento, mientras de él emanaba una rabia casi palpable. El instinto de Lito lo impulsaba a darse la vuelta y huir, pero sus pies parecían clavados al suelo. Entonces tomó una decisión en ese instante fugaz y, sin otra opción, retrocedió lentamente, sin apartar la vista de la criatura.

La creciente distancia entre ambos le trajo tanto alivio como temor. El perro seguía erguido, con los ojos encendidos en un resplandor inquietante que helaba la sangre en las venas de Lito. Aunque la criatura no se movía, su sola presencia bastaba para paralizarlo de miedo. Lito se había enfrentado a muchos peligros a lo largo de los años, pero jamás a algo tan aterrador.

Mientras retrocedía lentamente, con la respiración entrecortada, Lito le pedía al Creador que mantuviera a la bestia en su lugar. Al final de cuentas, el perro no dio ni un solo paso hacia el frente, dándole a Lito un leve alivio.

Aun así, el enfrentamiento con el perro agresivo lo había marcado profundamente. Sus manos, normalmente firmes, temblaban de manera visible, y su rostro había perdido todo color: vacío, casi sin alma. Cada paso que daba hacia atrás parecía cargado con un peso enorme, como si la angustiosa experiencia lo aplastara. Al llegar a la puerta principal, todo su cuerpo temblaba sin control. Al entrar, se desplomó en la cama más cercana, luchando por recuperar el aliento y recomponerse.

Mita se sentó en el borde de la cama junto a él, con la preocupación reflejada en sus ojos. Se inclinó un poco y le preguntó con suavidad: —¿Qué fue lo que viste allá afuera?

Lito abrió la boca para responder, pero ninguna palabra salió. Su rostro seguía pálido y las manos le temblaban sin control. Permaneció mirando al vacío, con la respiración entrecortada e irregular. Era evidente que estaba en estado de shock. Al ver que no estaba listo para hablar, Mita lo dejó tranquilo, dándole el espacio necesario para recuperarse.

Minutos después, Mita regresó con una taza de té caliente, cuyo suave aroma llenó la habitación. —Lito, toma esto —le dijo, colocándole la taza entre las manos después de que él lograra incorporarse con dificultad. El temblor le impedía llevarla a los labios, y Mita tuvo que ayudarlo. A medida que bebía, el calor fue disipando poco a poco la tensión de su cuerpo. Minutos después, el cansancio lo venció y cayó en un sueño profundo.

El cansancio pesaba sobre nosotros, drenando hasta la última gota de nuestras fuerzas. Cuando los latidos del perro finalmente cesaron, aprovechamos ese raro instante de calma y nos permitimos caer en el sueño, sin saber qué nos aguardaría al despertar.

***

Tres fuertes golpes retumbaron por toda la casa, arrancándome de mi profundo sueño. El corazón me latía con violencia mientras giraba bruscamente, tratando de ubicar el origen del ruido. Lo que vi me dejó sin aliento.

Siete ancianos de gran estatura estaban de pie alrededor de la cama de Lito, vestidos con largas túnicas blancas que caían en pliegues suaves. Sus cabellos, completamente blancos, descendían sobre los hombros, y cada uno lucía una barba igual de blanca y larga. Se veían casi idénticos, como si fueran reflejos unos de otros. Tres estaban a un lado de la cama, tres al otro y uno en la cabecera, cada uno sosteniendo una Biblia que resplandecía entre sus manos. Sus cánticos eran tan cálidos que me erizaban la piel.

Un brillo intenso, casi cegador, los rodeaba, iluminando por completo el lugar donde estaban. El fulgor era tan poderoso que apenas podía distinguir el cuerpo de Lito bajo aquella luz. Los hombres se inclinaban una y otra vez hacia él, sus voces alzándose en oraciones fuertes y rítmicas. La energía en la habitación era densa, vibrante, imposible de explicar.

Quería saber qué era lo que pasaba y dónde me encontraba. Parecía estar en otro mundo, aunque no sabía cuál. Todo el ambiente se impregnaba de una paz tan pura que mi cuerpo se volvió liviano. Por un momento no supe si estaba vivo o no, pero aquella serenidad me daba un alivio tan grande que ya no importaba si había cruzado al otro lado.

Ese sentimiento fue momentáneo, porque de repente las oraciones se transformaron en lamentos tristes y cargados de plegarias. El llanto llenó el aire, agudo y doloroso, estremeciendo todo a su alrededor.

Y entonces desperté.

Pero el llanto no se detuvo; seguía resonando por toda la casa. Por un instante me costó distinguir si aún estaba soñando. Mis ojos se dirigieron hacia la cama de Lito, donde todos se habían reunido a su alrededor, con voces frenéticas y entrelazadas de lamentos y sollozos. Lo sacudían, lo llamaban por su nombre, intentando desesperadamente despertarlo. El estómago se me retorció. ¿Acaso no estaba respirando? ¿Estará sin vida?

Me quité la cobija de encima y corrí a su lado. Minda se volvió hacia mí, con el rostro pálido y los ojos llenos de lágrimas.

—Manito —que así le decía —golpeó la cama tres veces con el brazo. Los golpes fueron rápidos y extraños, como si estuviera tratando de enviarnos un mensaje o algo así —susurró—, como si intentara advertirnos que estaba en sus últimas.

Una ola de pánico recorrió la habitación, apretando su garra sobre todos los que estábamos presentes. El miedo se reflejaba en nuestros rostros mientras algunos temían lo peor —¿se nos había ido Lito? Su pecho subía y bajaba lentamente, con un ritmo constante, pero no respondía.

Aun así, nos negamos a rendirnos. Nos aferramos a la esperanza, murmurando oraciones, deseando con todas nuestras fuerzas que Lito despertara. El tiempo se arrastraba con dolor, cada minuto alargándose mientras esperábamos, apenas atreviéndonos a respirar. La habitación se sentía suspendida entre la desesperación y el deseo ferviente de un milagro.

Justo cuando la primera luz dorada del amanecer se filtró por las ventanas, rompiendo la oscuridad, Lito se movió. Fue un gesto mínimo, casi imperceptible... pero en ese instante, lo fue todo. La esperanza brotó en nosotros, empujando al miedo hacia atrás, mientras la promesa de vida regresaba a su cuerpo.

Después de unos minutos, Lito se sentó lentamente en el borde de la cama. Una ola de alivio nos envolvió... hasta que intentó hablar. Cuando las palabras salieron, eran difíciles de entender: la boca se le había torcido hacia un lado. Nos cruzamos miradas inquietas, sin saber qué era lo que le había pasado. Al poco tiempo llegó uno de los doctores locales y dijo que había sufrido "parálisis facial".

Su rostro permanecía parcialmente entumecido, pero, aparte de su manera de hablar, no mostraba otros síntomas preocupantes. A medida que avanzaba el día, su voz fue recuperando la normalidad y la rigidez de su rostro comenzó a desvanecerse. Cuando por fin reunió la fuerza para hablar con claridad, nos miró con unos ojos profundamente atormentados.

Después de un largo silencio, Lito finalmente habló de nuevo con todos nosotros a su lado. Describió lentamente los aterradores detalles de lo que había visto. Lito retrató vívidamente al gran perro negro con ojos intensos y encendidos y una fuerte presencia de maldad. Cada palabra que pronunciaba dejaba ver cuánto lo había afectado la experiencia, y nosotros permanecíamos inmóviles, con la respiración entrecortada y los ojos fijos en él mientras relataba su espeluznante historia.

Aunque no habíamos estado allí, su vívida descripción nos hizo sentir como si lo hubiéramos presenciado. Un escalofrío recorrió la habitación, subiéndonos por la espalda mientras la magnitud de la situación caía sobre nosotros como una sombra ominosa.

Mita, siempre la más calmada entre nosotros, mantenía el rostro neutral, pero vi cómo sus dedos se apretaban alrededor del borde de la cama. Sus ojos destellaban con una preocupación no dicha, reflejando nuestro temor silencioso. Ninguno de nosotros quería admitirlo en voz alta. Sin embargo, todos pensábamos lo mismo: lo que se había cruzado en el camino de Lito seguía allá afuera, en algún lugar de la oscuridad, justo más allá de la seguridad de nuestras paredes. El solo pensamiento de su presencia nos lanzó una ola helada de miedo, erizando nuestra piel con inquietud.

Lito intentó continuar, pero el terror de su experiencia volvió a apoderarse de él. Su voz titubeaba, cada palabra más débil que la anterior, hasta que apenas podía hablar. Su respiración era entrecortada e irregular, y sus ojos recorrían la habitación sin vernos a nosotros, sino algo mucho peor... algo que solo él había enfrentado.

El miedo lo oprimía tan fuerte que parecía a punto de desmoronarse bajo su propio peso. Intercambiamos miradas inquietas, sin saber qué hacer. Mita, al notar su angustia, no necesitó preguntar qué pasaba; lo veía reflejado en todo su cuerpo. Sin pensarlo dos veces, se puso en acción. Mita siempre había sabido cómo consolar a los demás, y esta vez no fue diferente. Corrió a buscar las hierbas especiales que guardaba para momentos como este, seleccionando con cuidado las que se conocían por calmar los nervios y apaciguar la mente. Se movía rápido, pero con precisión, mientras se dirigía a la cocina a preparar una humeante taza de té de hierbas, igual que tantas veces antes.

Cuando la bebida estuvo lista, corrió de regreso al lado de Lito. Sus manos temblaban tanto que no podía sostener bien la taza. Sin dudarlo, Mita se arrodilló junto a él, envolvió suavemente sus dedos con los suyos y guió la taza hasta sus labios, tal como había hecho más temprano.

—Aquí —dijo suavemente, con la voz llena de calidez—. Solo toma pequeños tragos. Te va a ayudar. Lito obedeció, sus labios rozaron el borde de la taza mientras bebía despacio. El té era cálido y reconfortante; el sabor familiar le trajo un leve alivio. Tomó otro trago y luego otro, dejando que el calor se esparciera por su cuerpo. Poco a poco, el temblor en sus manos disminuyó. Su respiración, antes entrecortada e irregular, se volvió más estable. El miedo desbordado en sus ojos se apagó, reemplazado por algo más sereno, algo más controlado. Mita lo observaba atentamente, asegurándose de que el té cumpliera su propósito. Cuando vio que había recuperado el color y que sus hombros se relajaban, dejó escapar un suspiro silencioso de alivio.

—Lito —dijo suavemente—, tienes que descansar y no trates de pensar ni de hablar del asunto. Es mucho para ti.

El cansancio finalmente lo alcanzó y se dejó caer de nuevo en la cama mientras la tensión de su cuerpo se desvanecía poco a poco. Mita permaneció a su lado, vigilándolo, como siempre lo había hecho.

***

Desde ese momento, el misterioso perro negro se convirtió en una presencia permanente en el lugar donde habían ocurrido los extraños rituales. No se alejaba de allí. Simplemente observaba. Daba la impresión de tener un deber, una misión: custodiar aquel lugar exacto. Y mientras más sentíamos su presencia, más preguntas nos hacíamos.

¿Qué —o quién— había enviado al perro para proteger el sitio, ahora que lo habíamos descubierto? Ese pensamiento nos atormentaba, negándose a irse. Las ceremonias secretas en el improvisado altar, de repente, se sentían demasiado cercanas... demasiado reales.

¿Habíamos cruzado una línea prohibida?

Cuando el sol se ocultaba tras el horizonte cada tarde, nuestras miradas se dirigían a las ventanas, esperando que el perro no apareciera. Sin embargo, sin falta, ahí estaba—siempre en el mismo lugar, siempre observando. La tensión en el aire se volvía insoportable, como si todo el vecindario contuviera la respiración esperando que algo sucediera. Y entonces, el silencio se deformó bajo el peso de aquellos horribles sonidos.

Cada noche, a medida que la oscuridad se hacía más profunda, los inquietantes aullidos del perro se mezclaban con los agudos y perturbadores gritos del ave. Los lamentos dentro de la casa no cesaban, uniéndose al coro espeluznante que llenaba el aire nocturno con un tono desgarrador de otro mundo. Aquella combinación resultaba aterradora, como si ambas criaturas estuvieran llamando a algo que no podíamos ver.

La calle, antes bulliciosa y animada —donde los niños solían jugar, los vecinos se reunían a conversar y todos caminaban de un lado a otro—, se había convertido en un vecindario fantasma al caer la noche. Quienes antes pasaban por ahí rumbo a casa sin pensarlo dos veces ahora la evitaban por completo. En su lugar, tomaban rutas más largas para esquivar la ominosa presencia que se había adueñado del área. Nadie quería arriesgarse a encontrarse con el perro ni a escuchar de cerca sus aullidos.

La gente cerraba bien sus ventanas y aseguraba sus puertas más temprano que nunca. Incluso dentro de las casas, el vecindario no podía escapar al peso opresivo del miedo. Los padres susurraban advertencias urgentes a sus hijos, prohibiéndoles salir después del anochecer. El miedo no se decía en voz alta, pero todos lo entendían: algo andaba mal, y los inquietantes sonidos de la noche nos recordaban que lo que se había apoderado de nuestra esquina no desaparecería pronto.

Aun así, seguíamos esperando que el perro desapareciera, pero en el fondo todos sabíamos la verdad: no se iría a ningún lado... ni el miedo tampoco.

12

El Comienzo del Juicio Final

My Mother, Edith

Con determinación, pero con el corazón triste, Don Tibet empacó con cuidado todo lo esencial para su viaje al pueblo de Tocoa. Antes de despedirse, los abrazó y habló con calma, eligiendo bien sus palabras al darles las últimas instrucciones. Se aseguró de que su esposa y sus hijos comprendieran cada una de ellas. Decir adiós fue más difícil de lo que imaginaba; sentía el peso de sus temores no dichos y la incertidumbre de cuándo —o si— volvería.

Una vez en marcha, el camino parecía no tener fin y estaba lleno de peligros que no podía ver. Lo que lo esperaba en Tocoa no sería fácil, pero ya no había vuelta atrás.

Después de caminar un día y una noche completa, el cansancio se había asentado profundamente en los huesos de Don Tibet. Sus pensamientos se aglomeraban mientras finalmente llegaba a San Isidro, un pueblo cercano, con el cuerpo adolorido por la larga jornada. Se dirigió a la casa de un amigo de confianza, aliviado al ver un lugar familiar. Tolo, que había llegado a principios de la semana desde otra ciudad lejana, lo recibió con los ojos muy abiertos y un abrazo sincero. Hacía años que no se veían. Por un momento, se permitieron disfrutar de ese reencuentro tan esperado. Las risas y los recuerdos alegraron un poco el peso en sus corazones, aunque solo fuera por un rato. Pero la realidad nunca quedaba atrás. La urgencia de su situación pronto los devolvió al presente, recordándoles los peligros que habían llevado a Don Tibet hasta allí.

Al caer el sol, Don Tibet no perdió tiempo. Escribió una nota con urgencia, pero se obligó a redactarla con cuidado, asegurándose de que cada instrucción quedara clara. Dobló el papel y, a la mañana siguiente, se lo entregó a un niño de diez años. Este niño era listo y un corredor veloz en quien la gente confiaba plenamente.

—Lleva esto a Mercedes, pero con cuidadito. No se lo des a nadie más —dijo con firmeza, mirándolo a los ojos—. Ten mucho cuidado.

El niño le aseguró con seriedad, sus ojos reflejando el peso de la responsabilidad que le habían confiado. Sin titubear, él apretó la nota con fuerza entre sus pequeñas manos y salió corriendo, sus pies descalzos apenas resonando sobre el camino de tierra compacta. Se movía ágil, zigzagueando por la corta calle antes de desaparecer entre la espesa línea de árboles que marcaba la entrada al bosque.

Don Tibet lo vio desaparecer, confiando en la velocidad de Joel y en su profundo conocimiento del terreno. Conocía esos bosques —los senderos, los claros escondidos y los lugares más seguros— mejor que cualquier adulto. La casa de Mita estaba a unos cinco kilómetros de distancia: cuatro atravesando el bosque y uno por la parte poblada. Para un adulto, aquellos senderos irregulares habrían sido traicioneros, pero el niño avanzaba rápido, moviéndose entre los árboles con soltura entrenada. Sus pies descalzos apenas hacían ruido. Ese era su campo de juego, pero hoy su misión importaba más que nunca.

El niño llegó a la casa de Mita en unos cuarenta y cinco minutos; su pequeña figura apenas proyectaba sombra bajo el sol de la tarde. Respirando con rapidez, se acercó a la puerta y golpeó dos veces, esperando con paciencia. Cuando Mita abrió, retrocedió sorprendida al ver la cara familiar del niño frente a ella.

—¿Qué haces aquí? —le preguntó Mita, sorprendida.

El niño la miró con ojos firmes, sin decir palabra, mientras extendía la mano y le ofrecía un pequeño trozo de papel sucio, húmedo y arrugado.

Antes de que Mita pudiera decir algo, el niño le extendió la nota y, sin esperar respuesta, dio media vuelta y salió corriendo, desapareciendo tan rápido como había llegado. Mita se quedó en la puerta, sosteniendo el papel, con la mente revuelta de confusión.

¿Una nota? Le parecía extraño. Los únicos mensajes que había recibido siempre habían llegado en cartas formales o telegramas, nunca en una nota escrita a mano y entregada con tanta prisa. Había algo diferente en aquello, casi urgente. Una extraña inquietud se asentó en lo más profundo de su pecho mientras sostenía el papel arrugado.

Con los dedos temblorosos, lo abrió y recorrió las palabras con la vista. El aire se le detuvo en los pulmones, el corazón le latía con fuerza. No había firma, pero sabía quién lo había escrito.

Apenas abrió la nota, el reconocimiento brilló en sus ojos. Era de Don Tibet. Una oleada de emociones la invadió—alivio, incredulidad y un torrente de recuerdos que había intentado apartar. Había pensado que estaban perdiendo la batalla, que la oscuridad que se cernía sobre ellos era imparable. Pero ahora, cuando menos lo esperaba, Don Tibet se había hecho presente. Seguía luchando.

Una fuerza renovada la recorrió. Había estado a punto de perder la esperanza, pero esto lo cambió todo. La nota llevaba un mensaje simple pero urgente: el secreto lo era todo. Mita tenía que seguir con su rutina diaria como si nada hubiera pasado. Nadie podía sospechar que la había recibido. Las instrucciones eran precisas: debía visitar a Don Tibet en la casa de su amigo a una hora específica al día siguiente.

Pero había más. La nota advertía a Mita que se mantuviera alerta. Si sentía que alguien la seguía, debía entrar de inmediato a una tienda cercana, comprar algo para no levantar sospechas y regresar a casa sin dudarlo. No debía continuar si no estaba segura de estar sola. El riesgo era demasiado grande. Su seguridad y el éxito del plan dependían de su cautela.

La nota la tranquilizaba al saber que, si no podía llegar, Don Tibet la esperaría. Su encuentro era demasiado importante como para apresurarse. Él entendía los peligros y estaba listo para enfrentarlos. Mita dobló la nota con cuidado y la presionó un instante contra su pecho.

Cuando Mita sintió un impulso de determinación, se volvió intensamente consciente del peso de la responsabilidad. Las instrucciones de Don Tibet no eran simples palabras en un papel; eran un salvavidas vital que la guiaba en aquella dura prueba. En medio del peligro, la incertidumbre y una profunda sensación de pérdida y desesperanza, Mita anhelaba la presencia tranquilizadora de Don Tibet. Le parecía que él era la única persona en el mundo capaz de ayudarla a desentrañar la agonía de su familia. Impulsada por pura determinación, estaba resuelta a enfrentar los misterios que acosaban a los suyos.

Al día siguiente, Mita se preparó para la reunión, pero le dijo a su familia que iría a visitar a su hija Yolanda y que no sabía cuánto tiempo estaría fuera. Momentos después, salió de la casa. Tras caminar tres cuadras, notó que una mujer sospechosa la seguía. Mita dobló rápido en una esquina, decidiendo abortar su misión. Siguiendo las instrucciones de Don Tibet, entró a una pequeña tienda. Compró algunos víveres y luego regresó a casa. Mientras caminaba, se dio cuenta de que la mujer seguía detrás de ella. Cuando Mita llegó a su casa y entró, la mujer continuó caminando como si no la hubiera estado siguiendo.

Al día siguiente, Mita se preparó nuevamente para salir a la reunión. Antes de irse, le pidió a Minda que fuera a la tienda a comprar víveres para el almuerzo. En esa época, la gente solía salir de casa al menos tres veces al día para comprar lo necesario para cada comida, ya que no había refrigeración. Mita aprovechó esa rutina para idear un plan y despistar a quien la seguía: envió a Minda a una tienda en dirección contraria a la que ella tomaría.

Cuando Minda salió de la casa, Mita notó que la mujer del día anterior comenzaba a seguirla. Después de asegurarse de que ya estaban a una distancia razonable, Mita salió rumbo al lugar de la reunión y confirmó que nadie la seguía. Caminó por las mismas tres cuadras que había recorrido el día anterior y notó que el camino estaba despejado. Mita siguió avanzando, caminando con paso rápido y mirando hacia atrás para asegurarse de que nadie la siguiera, hasta llegar a la casa de Don Tibet. El amigo de Don Tibet, Tolo, abrió la puerta después de que Mita tocó varias veces. Ella se sobresaltó por un instante, esperando ver a Don Tibet en su lugar.

—Buenos días —saludó Mita—. Busco a Don Tibet. ¿Está él aquí?

Tolo no se sorprendió al verla en la puerta, pues coincidía con la descripción que Don Tibet le había dado. —¿Puedo saber quién lo busca? —preguntó, asegurándose de que fuera ella. —¿Puede decirle, por favor, que Mercedes está aquí para verlo? —respondió Mita. —Don Tibet salió un momento, pero regresará en unos minutos —le dijo Tolo, agregando—: ¡La ha estado esperando estos días!

Tolo estaba familiarizado con su nombre y había viajado desde lejos para ayudarla. Sabía casi todo sobre ella por lo que Don Tibet le había contado, y ahora por fin tenía la oportunidad de conocerla en persona. —Por favor, pase —dijo Tolo, haciéndose a un lado para que Mita entrara en la casa. La condujo a una sala acogedora donde podrían esperar a Don Tibet con comodidad. Tolo no pudo evitar sentir alivio al saber que Mita había llegado sin ningún problema, especialmente con los peligros a los que todos se enfrentaban.

Mientras se acomodaban, Tolo le ofreció un vaso de agua y conversaron un poco, acortando la distancia entre extraños y aliados unidos por una causa común. La expectativa por la llegada de Don Tibet flotaba en el aire.

Aun así, por el momento, Mita se sintió más tranquila en compañía de uno de los amigos de Don Tibet.

Unos cinco minutos después, la puerta principal se abrió y entró una mujer joven, seguida de su esposo, Don Tibet, y de tres niños pequeños. Don Tibet presentó al dueño de la casa y a su esposa como sus queridos amigos, y luego señaló a sus hijos, que observaban a Mita con curiosidad.

—Mercedes, estos son mis amigos, Mario y su esposa, Marla —continuó con calidez—. Y estos pequeños son sus hijos.

—Ya conoce usted a mi buen amigo Tolo —añadió.

Cuando terminaron las presentaciones, Don Tibet se acercó a Mita. Ella ya estaba de pie, con los ojos llenos de alivio y alegría. Al encontrarse, se saludaron con amplias sonrisas y se abrazaron con calidez.

—Es un gusto verla, Mercedes —dijo Don Tibet con afecto. Mita lo abrazó con fuerza, sintiéndose alegre de que él estuviera allí. —Estaba preocupada. ¿Cómo ha estado usted? —hizo una pausa—. ¿Y su esposa, sus muchachos... están bien?

—Ellos están bien —confirmó Don Tibet, con un destello de tristeza en el rostro—. Pero tuvieron que quedarse atrás. Volverán aquí cuando logremos resolver nuestra situación.

Mita notó el leve cambio en su expresión y sintió compasión. —Debe ser difícil estar lejos de ellos —dijo en voz baja.

Don Tibet asintió, con el peso de la situación reflejado en sus ojos. —Lo es —admitió—. Pero sé que, por ahora, es la opción más segura. Necesitamos resolver esta amenaza antes de poder estar juntos otra vez.

Mita extendió la mano y la apoyó con firmeza sobre su brazo. —Saldremos adelante, Don Tibet. Trabajaremos juntos para encontrar una solución.

Don Tibet logró sonreír, agradeciendo sus palabras. —Gracias, Mercedes.

Mientras se sentaban allí, la determinación de proteger a sus familias y superar los desafíos se fortaleció aún más. A pesar de las dificultades, el lazo entre ellos y sus amigos les dio el valor que necesitaban en esos momentos.

Mita se sintió profundamente culpable, sabiendo que sus acciones habían contribuido a aquella situación. Don Tibet había intervenido para ayudar, pero ahora él y su familia sufrían las consecuencias. Con el corazón triste, Mita decidió disculparse.

—Perdón por haberlo metido en esto, Don Tibet —dijo en voz baja, inclinando la cabeza.

Don Tibet negó con la cabeza. —Mercedes, no se disculpe —respondió—. Esta lucha venía en camino, estuviéramos listos o no. No voy a permitir que esas fuerzas anden libres.

Fijó su mirada en la de ella, con expresión firme. —Enfrentaremos lo que venga y lo haremos juntos.

Mita exhaló profundamente y asintió. El peso de la culpa se alivió un poco. —Gracias, Don Tibet —murmuró. Ella sintió un gran alivio al escucharlo tranquilizarla.

Los niños corrían por la casa, sus risas y gritos llenando el aire de energía y alegría. Mita y Marla se miraron y sonrieron, apreciando aquel ambiente lleno de vida.

Mientras Mita absorbía la calidez del momento, se sintió agradecida de que aquella casa pudiera servir como refugio para una reunión tan importante. Entonces, Marla volvió la vista hacia ella y le expresó su sincero agradecimiento por haberla recibido en su hogar.

—Por favor, siéntase como en su casa —dijo con amabilidad—. Debe de estar cansada después de su larga caminata.

Mita sonrió mientras se acomodaba en la silla. —Gracias, Marla. La caminata fue larga, pero no tan mala.

Marla sonrió y le devolvió la mirada. —¡No hay de qué! ¿Le traigo algo más de beber? ¿Le gustaría una taza de café o un poco más de agua?

—preguntó, notando el vaso medio vacío que Mita había dejado sobre la mesita a su lado.

Mientras Marla se fue a preparar el café, Mita se tomó un momento para observar la habitación. El ambiente cálido y acogedor, junto con la sensación de seguridad, ayudaba a aliviar parte de la tensión que había estado cargando. Miró hacia Tolo, que estaba ocupado ordenando algunas cosas, y se sintió agradecida por la bondad y el apoyo de los amigos de Don Tibet.

Mita llamó a los niños y ellos se acercaron con entusiasmo.

Pronto, Marla regresó con una humeante taza de café y se la entregó a Mita. —Aquí tiene. Espero que le guste.

—Gracias, Marla —dijo Mita, saboreando el aroma reconfortante de la taza—. Esto era justo lo que necesitaba —añadió mientras Marla le sonreía.

Los suaves murmullos y el tintinear de las tazas envolvían la sala en calidez. Mita observó cómo Mario y Marla interactuaban con sus hijos; su amor y armonía eran evidentes en cada pequeño gesto. Por un momento, Mita se permitió imaginar su propio hogar lleno de aquella calma y orden.

Sin embargo, sus pensamientos pronto volvieron a la realidad. Sabía que el caos en su casa era consecuencia de las luchas que enfrentaban por culpa de las fuerzas misteriosas. La amenaza del peligro persistía sobre su familia, impidiéndoles vivir la paz que ella tanto anhelaba.

Marla notó la expresión pensativa de Mita y le tocó suavemente el hombro. —Saldremos adelante, Mercedes —dijo en voz baja—. Algún día, su hogar será tan pacífico como este.

Mita sonrió agradecida, sintiendo un renovado sentido de esperanza. —Gracias, Marla. Eso significa mucho para mí.

Con una respiración profunda, Mita decidió aferrarse a esa visión de paz. Rodeada de amigos solidarios a su lado, sabía que tarde o temprano tendrían la oportunidad de superar la oscuridad.

Mita le devolvió una sonrisa, agradecida por la hospitalidad. Mientras todos se acomodaban, el ambiente en la sala se volvió más cálido a medida que intercambiaban palabras amistosas.

La unidad en la sala era palpable, y Mita se sentía más esperanzada que nunca. Con Don Tibet y sus amigos a su lado, sabía que tenían una verdadera oportunidad para prepararse y enfrentar los retos que aún quedaban por venir.

Después de un rato, Don Tibet se acercó a Mita con una expresión intensa. —Mercedes, necesitamos hablar a solas —dijo en voz baja. Luego la condujo a una habitación contigua donde tendría lugar su reunión.

Una vez sentados, Don Tibet comenzó a hablar con un tono grave y concentrado. —Mercedes, quiero explicarle por qué tuve que irme y lo que ha pasado desde entonces. —Hizo una pausa, reuniendo sus pensamientos antes de continuar—. Cuando comenzaron los ataques contra mi familia y contra mí, me di cuenta de que el peligro era demasiado grande como para quedarnos. Primero tenía que asegurar nuestra seguridad.

—Poco después de que usted fue aquel sábado a visitarme, cosas extrañas comenzaron a sucedernos. No tuvimos más opción que irnos antes de que todo empeorara.

Mita escuchaba con atención, con los ojos fijos en Don Tibet mientras él relataba los acontecimientos. Describió las muchas veces que las fuerzas misteriosas lo habían atacado, los incidentes en los que por poco resultaba herido y las acciones que tomó para proteger a sus seres queridos. —No fue fácil, Mercedes —admitió—, pero tenía que hacer lo necesario.

Luego pasó a hablar sobre su investigación: —Durante mi tiempo lejos, investigué a fondo los orígenes de esas fuerzas malignas. Consulté textos antiguos y hablé con ancianos sabios que conocían a esas entidades oscuras. Mis hallazgos revelaron que esas fuerzas son más poderosas y más peligrosas de lo que pensábamos al principio.

—Algunos métodos pueden funcionar y otros no, pero le aseguro que pelearé sin descanso con todas mis fuerzas —le aseguró con rabia hacia los horribles demonios.

La voz de Don Tibet se volvió más firme mientras compartía sus descubrimientos. —Hay formas de combatir a estas entidades, métodos que podemos usar para protegernos y, eventualmente, derrotarlas. Será un reto, pero con planificación cuidadosa y los recursos adecuados, podemos lograrlo.

Mita sintió una mezcla de miedo y esperanza al asimilar sus palabras. El camino por delante sonaba abrumador, pero la confianza y la investigación minuciosa de Don Tibet le daban tranquilidad. —Gracias por contarme todo esto, Don Tibet —dijo—. Será difícil, pero estoy preparada para lo que venga.

Don Tibet afirmó con la cabeza, con el rostro resuelto. —Estamos juntos en esto, Mita. Protegeremos a nuestras familias y a nuestra comunidad. Lucharemos y saldremos victoriosos. Le aseguro que pelearé sin descanso con todas mis fuerzas. —Sus ojos seguían ardiendo de ira.

Sus puños se apretaron mientras hablaba, con la rabia latiendo bajo sus palabras. —Estas criaturas han traído caos y tanto miedo a los inocentes. Creen que pueden separarnos y escapar sin castigo, pero no entienden nuestra determinación. No descansaré hasta que cada una de ellas sea derrotada.

Mita encontró consuelo y firmeza en sus palabras. Podía ver la determinación en sus ojos y su fuerte compromiso con la causa. —Creo en usted, Don Tibet —dijo con firmeza—. Y estaré a su lado en cada paso del camino.

Don Tibet guardó silencio, pero su expresión lo decía todo.

—Gracias, Mercedes. Su apoyo es muy importante para mí. Enfrentaremos estos desafíos de frente y mantendremos a salvo a nuestras familias y nuestros hogares.

Don Tibet, después de relatar los momentos clave que su familia había soportado, se volvió hacia Mita con una expresión seria.

—Mercedes, necesito hacerle muchas preguntas sobre las experiencias de Minda el año pasado —dijo—. Ya sé casi todo lo que ocurrió, pero necesito que empiece desde el principio y me cuente cada detalle, de principio a fin. Puede que haya algo extraño o inusual que se me haya pasado, algo que pueda conectar con estos nuevos acontecimientos.

Mita respiró profundamente, reuniendo sus pensamientos. Sabía que esto era importante. —Está bien, Don Tibet —dijo, y comenzó a relatar lo ocurrido, como si fingiendo que él no sabía nada.

Mientras hablaba, Mita describió meticulosamente cada detalle de las experiencias de Minda, sin omitir nada. Contó sobre la extraña muñeca en la basura y la que apareció sobre la mesa, el momento en que se perforó los dedos y los vidrios rotos esparcidos por la casa. También compartió cómo Minda sentía constantemente que la observaban y cómo los objetos se movían solos, provocándole gritos aterrados.

Don Tibet escuchaba con atención, anotando de vez en cuando. Hacía preguntas para aclarar y profundizar en ciertos incidentes. —¿Minda mencionó alguna vez haber visto símbolos o figuras específicas en sus sueños? —preguntó.

Mita se detuvo a pensar. —Sí, había algunos símbolos recurrentes. A menudo Minda veía una figura oscura de pie al borde de su cama, y también estaba este símbolo extraño que dibujaba mientras dormía —explicó, trazándole el símbolo en una hoja de papel para que Don Tibet lo viera.

Don Tibet examinó el dibujo con detenimiento. —Este símbolo coincide con uno de los signos que encontré en los textos antiguos —dijo con entusiasmo—. Está vinculado a las fuerzas oscuras con las que estamos lidiando.

Mientras continuaban la conversación, Mita compartió más sobre los extraños sucesos que habían ido en aumento con el tiempo. Describió cómo Minda se había vuelto más retraída y temerosa, y cómo la atmósfera en su hogar se había vuelto cada vez más tensa.

Don Tibet bajó la cabeza, pensativo. —Todos estos hechos están conectados —dijo—. Los sueños, los símbolos, las perturbaciones en la casa... todos forman parte de la misma fuerza malévola. Entender con detalle las experiencias de Minda nos ayuda a armar el panorama completo.

—Todavía necesito seguir haciéndole preguntas para ver si alguna evidencia física vincula los sucesos anteriores con estos —añadió Don Tibet, inclinándose hacia adelante con una expresión intensa—. ¿Llegó usted a ver a alguien rondando por la propiedad o a algún extraño entrando en su casa?

Mita negó con la cabeza. —No, no he notado ninguna actividad inusual. Ningún extraño ha estado cerca ni dentro de la casa.

Don Tibet confirmó con un leve gesto mientras anotaba algo. —¿Ha notado si falta algún objeto en su casa? ¿Los niños o los demás adultos han mencionado que les falte algo que les pertenezca?

Mita se tomó un momento para pensar antes de responder. —No, ninguno de nosotros ha mencionado que falte algo. Todo parece estar en su lugar.

Don Tibet adoptó una expresión seria, sumido en sus pensamientos. —Es extraño. Los fenómenos que describió usted son inquietantes, pero no hay señales claras de intrusión o robo —reflexionó—. A veces estas entidades pueden ser muy sutiles, casi invisibles en sus acciones.

Hizo una pausa y luego preguntó: —¿Y en cuanto a sonidos u olores extraños? ¿Algo fuera de lo común que pudiera parecer insignificante, pero que tal vez sea una pista?

Mita lo pensó con cuidado. —Ha habido algunos ruidos extraños, como susurros y pasos cuando no hay nadie, y a veces un olor raro, como a humedad, en ciertas habitaciones —admitió.

También mencionó las molestias causadas por los murciélagos, las chinches, las sanguijuelas y el guardián en la esquina. Luego recordó que

Lito había visto un círculo dibujado en el suelo, detrás de los arbustos, que contenía símbolos extraños. —No me describió los símbolos, pero voy a preguntarle —dijo Mita.

También describió la intensa aura que Lito sintió cerca de esa área y cuando descubrió el altar.

Los ojos de Don Tibet se abrieron levemente. —Esos detalles son cruciales, Mercedes. Los susurros, los pasos y el olor a humedad son señales claras de una presencia sobrenatural, y todo lo que acaba usted de mencionar lo confirma.

Anotó más notas y luego la miró de nuevo. —Una pregunta más: ¿Ha notado usted algún momento inusual o algo fuera de lo ordinario en lo que ha ocurrido, o circunstancias específicas en que se presenten estos sucesos? ¿Son más frecuentes de noche, durante ciertas condiciones del clima o en áreas particulares de la casa?

—La actividad se intensifica después de las ocho de la noche —explicó Mita—, y empeora progresivamente alrededor de la medianoche. Suele durar dos o tres horas, alcanzando su punto máximo en ese tiempo. Luego, hacia las tres o cuatro de la mañana, de pronto todo se detiene. —Hizo una pausa antes de continuar—. El pájaro llega al anochecer y sigue la misma rutina. Sus arañazos y chillidos empeoran alrededor de las ocho y no se detienen hasta las dos o tres de la madrugada.

Don Tibet escuchó con atención, tomando nota de las horas específicas. —Entonces parece que las perturbaciones siguen un mismo ritmo —dijo, pensativo—. Comienzan al anochecer, se intensifican hacia la medianoche y cesan en las primeras horas de la mañana.

Hizo una pausa, contemplando las implicaciones. —Este horario es crucial. Sugiere que las entidades están más activas durante la noche, quizá alimentándose de la oscuridad y el silencio. Entender este ciclo nos da una mejor idea de cómo defendernos de ellas.

Mita estuvo de acuerdo, aliviada de ver que Don Tibet tomaba en serio sus observaciones. —Sí, siempre es lo mismo. Escuchamos los susurros y pasos en cuanto el reloj marca las ocho de la noche. A medianoche es cuando peor se pone: los objetos se mueven, golpean las paredes, aparecen sombras extrañas que todos pueden ver y oír.

Don Tibet entrecerró los ojos, una vez más sumido en sus pensamientos. —El hecho de que la actividad empeore a medianoche y luego se detenga justo antes de que empiecen a cantar los gallos también puede ser significativo. Podría indicar un debilitamiento natural del poder de esas entidades... o quizá un cambio en su enfoque.

—El perro siempre está en esa esquina y no se mueve de ahí. Parece como si estuviera cuidando algo —añadió Mita—. Su aullido empeora alrededor de la medianoche y también se detiene hacia las tres de la mañana. Después de eso, es como si ni siquiera estuviera allí.

—¿Qué podría estar cuidando ese perro maligno? —dijo Don Tibet en voz baja, como si tuviera cuidado de que alguien pudiera escucharlo.

Miro a Mita con determinación. —Necesitamos usar esta información a nuestro favor. Al entender su horario, podemos preparar mejores defensas y planear nuestras acciones de manera más efectiva. También nos ayudará a mantenernos vigilantes durante sus horas de mayor actividad.

—Necesito retomar la pregunta sobre los objetos perdidos —le dijo Don Tibet a Mita, con un tono que dejaba ver la importancia del tema—. Durante la experiencia de Minda, ya sea aquí en la casa o cuando vivían en el cerro, ¿entró alguien a la casa? ¿Notó usted que desapareciera algún objeto?

Mita frunció el ceño, repasando mentalmente los acontecimientos pasados. —Hasta donde recuerdo, nadie entró a la casa sin ser invitado. Hemos sido cuidadosos con cerrar puertas y ventanas desde que llegamos allá. No recuerdo que se haya perdido nada en ese tiempo.

Él hizo una pausa, pensando con detenimiento. —¿Notó usted si faltaba algo en la casa cuando vivía allí en ese lugar? —preguntó de nuevo, como si presintiera algo.

Mita se tomó un momento para recordar. —No, tampoco notamos que faltara nada allí —respondió con seguridad.

La expresión de Don Tibet se tensó mientras procesaba la información, sintiendo que aún se le escapaba algo crucial. Los símbolos que Mita había descrito eran importantes, pero todavía no formaban un cuadro completo. Algo faltaba.

Él se frotó la barbilla pensativamente antes de hablar. —¿Notó usted alguna marca u objeto extraño en el cerro parecido a los de su casa?

Mita inclinó ligeramente la cabeza, como buscando algo en su memoria. —No que recuerde —admitió lentamente—. Lo único inusual fue la constante sensación de estar vigilados, los susurros, las voces extrañas, el pájaro, los ruidos de animales afuera de la casa y todo lo demás que ya le he contado.

Don Tibet exhaló, golpeando suavemente la mesa con los dedos. —¿Y en cuanto al tiempo? ¿Ha sucedido algo extraño en momentos específicos del día o de la noche?

Mita dudó, su mente recorriendo aquellas incontables noches inquietantes. Los susurros, los arañazos, la forma en que el aire se volvía pesado después del anochecer. ¿Había alguna señal? —Yo... no que recuerde —dijo al fin, aunque una chispa de duda cruzó por su mente.

Antes de que Don Tibet pudiera hacer más preguntas, Mita se dio cuenta de que se hacía tarde. —Don Tibet, necesito irme, no quiero atraer atención. —Se levantó de la silla justo cuando él miraba su reloj y notaba cuánto tiempo había pasado.

—Por supuesto, Mita. Perdone por haberla retenido tanto —respondió con un tono más suave—. Pero siento que estamos cerca de comprender algo crucial. Continuaremos esta conversación, quizá mañana si puede venir.

Mita se puso de acuerdo, valorando su dedicación. —Gracias, Don Tibet. Volveré en la mañana. Espero que nadie me siga.

Él se puso de pie y la acompañó hasta la puerta. —Tenga cuidado de regreso a casa. Recuerde mantenerse alerta y reportar de inmediato cualquier cosa inusual.

Mita le dio una sonrisa tranquilizadora. —Lo haré. Y... gracias.

Se despidió del resto de la familia, incluyendo a Tolo, antes de marcharse.

Mientras la veía alejarse, Don Tibet sintió que estaban al borde de un descubrimiento importante. Las piezas del rompecabezas comenzaban a ponerse en su lugar, aunque todavía quedaban partes por descubrir.

Esa noche, Mita se preguntaba si había olvidado mencionarle algo a Don Tibet. Le costaba concentrar sus pensamientos, interrumpidos por el pájaro sobre el techo, los susurros, los golpes en puertas y paredes, y los aullidos del perro.

Mientras yacía en la cama, esas imágenes la acosaban, negándose a dejarla encontrar paz. Cuando por fin se sumió en un sueño inquieto, sus pesadillas la atraparon en torno a un incidente en particular. Mita lo revivía una y otra vez, con los detalles volviéndose más intensos cada vez. En sus sueños intensos escuchaba los gritos de Minda resonando por toda la casa. Sentía la impotencia aplastarle el corazón al no poder consolar a su hija.

Parecía que el peso del pasado no la dejaba en paz. Cada vez que despertaba de golpe, sudando y temblando, los recuerdos aterradores de su pasado se repetían una y otra vez, aumentando aún más su miedo de volver a dormir.

Al llegar la mañana, Mita se sentía agotada y sin fuerzas, con el peso emocional de los recuerdos de la noche anterior oprimiéndola con fuerza. Sabía que entender la conexión entre el pájaro y los sucesos misteriosos era crucial, no solo por el bien de Minda, sino por la seguridad de todos los involucrados.

A pesar de su agotamiento, Mita se preparó para visitar a Don Tibet y continuar con su conversación esencial. Decidida a evitar que la siguieran, usó el mismo plan del día anterior. Envió primero a Minda, esperando que la misma mujer la siguiera de nuevo. Y, tal como antes, la mujer comenzó a seguir a Minda.

Aliviada, Mita salió de la casa. Sin embargo, apenas había avanzado un par de cuadras cuando se dio cuenta de que la misma mujer la seguía. En ese instante comprendió que su plan había fallado. La mujer no se había dejado engañar por segunda vez y la vigilaba desde una distancia prudente.

Mientras Mita pensaba en su próximo movimiento, decidió entrar a la tienda de Don Joche. Él iba y venía, colocándole sobre el mostrador los productos que ella le pedía. Mientras tanto, la mente de Mita se hundía en un torbellino de pensamientos, intentando elaborar un nuevo plan. Al terminar y pagar sus compras, comprendió que no tenía otra opción más que regresar a casa.

Al día siguiente intentó el mismo plan, pero volvió a fallar. Sin desanimarse, continuó usando la misma estrategia durante varios días más, con la esperanza de que en algún momento funcionara. Sin embargo, sus esfuerzos seguían fracasando. La mujer persistente la seguía cada vez, impidiendo sus intentos de reunirse con Don Tibet.

Tras días de creciente frustración y repetidos fracasos, Mita comprendió que necesitaba un nuevo enfoque. No podía darse el lujo de seguir perdiendo tiempo.

Se dio cuenta de que un encuentro directo quizá era imposible por el momento, así que decidió escribirle una nota a Don Tibet. Pero sabía que enviarla requería extrema cautela: debía asegurarse de que llegara a él... y a nadie más.

Mita escribió la nota explicándole por qué no había podido visitarlo y cómo aquella misma mujer la seguía una y otra vez. Le aseguró que estaba haciendo todo lo posible por encontrar una manera de despistarla.

Mita salió de la casa como de costumbre y se dirigió nuevamente a la tienda de Don Joche. Al entrar, se acercó de inmediato a él, un hombre al que conocía desde hacía muchos años y en quien había confiado toda su vida. Sus ojos bondadosos y su carácter afable lo convertían en la persona perfecta para ayudarla en aquella delicada situación.

—Don Joche, necesito su ayuda —dijo Mita en voz baja y urgente, entregándole la nota cuidadosamente escrita para Don Tibet—. Esta nota es sumamente importante y debe llegar a Don Tibet sin ser interceptada.

Con una sonrisa serena, Don Joche aceptó de buena gana lo que Mita le pidió, dispuesto a ayudarla sin dudar un instante. —Puede confiar en mí, Mencha —aseguró, usando el apodo cariñoso que sus amigos solían darle—. ¿Qué necesita que haga?

Mita le explicó su plan con detalle. —Necesito que pague a alguien para entregar esta nota, alguien que no despierte sospechas. El mensajero no debe ser seguido. Por favor, asegúrese de que tome un camino largo, dando vueltas si es necesario, para confirmar que no lo persigan.

Don Joche escuchó con atención, comprendiendo la importancia de cada paso. —Conozco a la persona indicada para este trabajo. Me aseguraré de que siga tus instrucciones al pie de la letra. —Pensó en Moncho, conocido como *Moncho Peligro*, un vecino cercano y amigo de confianza.

—Gracias, Don Joche —dijo Mita, sintiendo que se quitaba un peso de los hombros.

—Lo lograremos, Mencha. No se preocupe —respondió él, dedicándole una sonrisa tranquilizadora.

Al salir de la tienda, Mita sintió una mezcla de ansiedad y esperanza. Sabía que había corrido un riesgo importante, pero era necesario. Regresó a su casa, con la mente acelerada, esperando alguna señal de que la nota hubiera llegado a Don Tibet.

Mientras tanto, Don Joche eligió cuidadosamente al mensajero de confianza. Le pagó bien y le explicó a fondo la importancia de su misión, enfatizando la necesidad de precaución y secreto. Moncho Peligro, comprendiendo la seriedad de la tarea, emprendió su camino, cuidando con esmero de no ser seguido.

Moncho Peligro era un joven decente y responsable, alguien que no le temía al trabajo. Se había ganado el respeto de todos por su honestidad y su incansable dedicación. De carácter firme y corazón leal, nunca retrocedía ante un desafío. Su audacia no era temeraria, sino el reflejo de un profundo sentido del deber y de la lealtad hacia quienes lo rodeaban.

Moncho Peligro era un hombre feliz, siempre de buen humor y con una risa contagiosa que animaba a todos a su alrededor. Tenía un gran sentido del humor y solía salir con frases extrañas que hacían reír a los demás hasta sacarles lágrimas. Su manera de ver la vida con ligereza y alegría lo convertía en una presencia inolvidable dondequiera que estuviera.

Una de sus expresiones más recordadas era: —¡Mira esta regonita (bonita)! ¡Qué bella, qué hermosa! ¡Qué linduuuura! —Pero en realidad se refería a lo contrario (fea). Era tan común oírlo decir distintas frases que todos los que lo conocían empezaron a repetirlas en tono de broma. Moncho tenía esa costumbre de decir las cosas al revés.

Si veía a alguien haragán (flojo), exclamaba entre risas: —¡Mira a este trabajador! ¡Trabaja todos los días!

Y hacía una mueca graciosa con la cara y los ojos para señalar a la persona a la que se refería.

Cuando veía a alguien mal vestido, le decía entre risas: —¿Qué, guapísimo, te ves? ¿Dónde compraste esa ropa para ir a comprarme una igual?

Además de sus expresiones, las decía con un tono diferente y gracioso, acompañado de una sonrisa y risas contagiosas.

De vuelta en casa, Mita trataba de mantenerse serena, aunque el corazón le latía con fuerza por la anticipación. Se sentía ansiosa y temerosa a la vez, pero lo único que podía hacer ahora era esperar... y confiar en la lealtad de su viejo amigo, Don Joche.

Sin embargo, su mente no encontraba descanso. Entre pensamiento y pensamiento, recordó el círculo que habían descubierto dentro de la propiedad. Se le vino a la mente la imagen de las espinas de cacho de buey puestas alrededor del círculo, tal como Lito las había mencionado. Aquel recuerdo despertó otro aún más perturbador: los cuernos que ella misma había encontrado en el cabello de Minda cuando vivían en el cerro.

Desde entonces —y sin saber por qué—, Mita no podía dejar de pensar en el pájaro y en los piojos del cerro. Esa idea iba y venía por su mente como un eco sin explicación. Los recuerdos de aquellos días la perseguían, sobre todo las dificultades que enfrentó al cortar el cabello de Minda para deshacerse de los piojos.

Entonces lo recordó con claridad: el pequeño cuerno incrustado en el cabello de Minda... y luego otro, más grande, oculto dentro de su almohada. Aquello la estremeció y le provocó un escalofrío. Nunca había comprendido el verdadero significado de esos cuernos ni por qué estaban allí.

Mita se estremeció al pensar en aquellos cuernos. ¿Qué hacían allí? ¿Qué significaban? Recordó el miedo en los ojos de Minda y el terror que se había apoderado de la casa. Encontrar el cuerno pequeño había sido suficiente para despertar una inquietud profunda: sabían que era antinatural que algo así apareciera en su cabeza. Pero el cuerno grande, escondido dentro de la almohada, resultaba aún más perturbador; su presencia bajo la cabecera de Minda parecía esconder un propósito oscuro. Mita no dejaba de preguntarse quién los había puesto... y por qué.

Mientras Mita meditaba sobre aquellos recuerdos perturbadores, no podía quitarse de la mente la sensación de que los cuernos tenían un papel importante. Parecían ser más que simples objetos: eran símbolos... quizá incluso herramientas utilizadas por las entidades malignas que habían invadido sus vidas.

Decidida a descubrir la verdad, Mita se prometió mencionar los cuernos a Don Tibet en su próxima reunión. Comprender su propósito podía ser crucial en la lucha contra aquellas fuerzas oscuras.

La urgencia dentro de ella se intensificó; necesitaba respuestas. Pero el incesante rasguño en el techo, los susurros que parecían deslizarse por cada rincón y los aullidos del perro rompían el silencio de la noche. Cada sonido parecía acercarse más, resonando dentro de su pecho. El aire se volvió pesado, y una corriente helada recorrió la casa, haciéndola estremecer.

De pronto, un recuerdo cruzó su mente como un relámpago: los cuernos. Los había guardado cuidadosamente en una bolsa, convencida de que debía conservarlos hasta que su hija Yolanda regresara el fin de semana siguiente. Planeaba que ella se los llevara a Don Tibet para que los examinara con calma.

El pensamiento le trajo un breve alivio... pero solo por un instante. Cuando por fin llegó el fin de semana, Mita fue al lugar donde los había escondido. Buscó con cuidado, movió los objetos uno a uno... pero la bolsa no estaba.

Un vacío se abrió en su estómago. La buscó de nuevo, desesperada, revisando cada rincón, cada grieta, cada lugar posible de la casa. Nada. La bolsa había desaparecido.

Con desesperación, un sentido de urgencia se apoderó de la casa mientras Mita, Yolanda y el resto de la familia se movilizaban de inmediato. Revisaron cada rincón de la vivienda, mirando en todos los espacios y hasta saliendo al patio para revisar debajo de los arbustos y alrededor del terreno. Pero por más que buscaron, los cuernos parecían haberse desvanecido en el aire. La desesperación y la confusión se sentían pesadas en el ambiente mientras seguían buscando, aferrándose a la esperanza de encontrar alguna señal de los objetos perdidos.

—Buscaron una y otra vez, pero los cuernos ya no estaban. ¿Cómo podía desaparecer algo escondido con tanto cuidado?

Mita no podía deshacerse de la sensación de que los cuernos nunca se habían perdido realmente... que algo —o alguien— los había tomado. Que los habían estado observando todo el tiempo.

Curiosamente, nadie le mencionó a Don Tibet la desaparición de los cuernos, y él nunca preguntó. Tal vez Mita estaba demasiado distraída para contarlo... o quizá esperaba que reaparecieran más adelante. Pero nunca lo hicieron. Los cuernos se desvanecieron sin dejar rastro.

Lo peor fue que, apenas unos días después de haberse perdido, nadie volvió a hablar del tema; era como si los cuernos jamás hubieran existido. Con el tiempo, todos los olvidaron... como si algo hubiera querido borrar su recuerdo.

Mita recordó aquel hecho inquietante con un renovado sentido de urgencia. Se dio cuenta de que esa pieza faltante podía ser crucial. La repentina desaparición de los cuernos añadía otra capa al enigma que trataban de resolver. Tenía que compartirlo con Don Tibet cuanto antes.

Decidida a no dejar ningún detalle suelto, Mita se prometió contarle a Don Tibet todo sobre los cuernos en su próxima reunión. Esperaba que aquella revelación —tan ignorada por todos— pudiera arrojar nueva luz sobre su situación y acercarlos un paso más a comprender la causa de su calvario.

A la mañana siguiente, Mita despertó con una sensación de renovado entusiasmo. No podía esperar para compartir con Don Tibet sus conclusiones sobre los cuernos. Sin embargo, un obstáculo seguía rondando su mente: ¿cómo llegar hasta él sin que la siguieran?

Cansada de la constante vigilancia, Mita decidió que era hora de ponerle fin. Rápidamente ideó un plan audaz y arriesgado para asegurarse de que su mensaje llegara a Don Tibet sin interferencias. Determinada a lograrlo, visitó a sus vecinos uno por uno, compartiendo sus preocupaciones y explicando la urgencia de su misión.

—Don Tibet ha regresado al pueblo —les confió en voz baja—, y necesito llevarle noticias urgentes personalmente. Pero alguien me sigue todo el tiempo... me impide llegar hasta él. —Hizo una pausa, respiró profundo y añadió—: Necesito hacerlo hoy. Si no lo hago, no podremos empezar a luchar contra los demonios que nos acosan.

Los vecinos no tardaron en ofrecer su apoyo, percibiendo la gravedad de la situación. Había preocupación en sus rostros, pero también determinación. Juntos, acordaron llevar a cabo el plan de Mita, conscientes de que aquella noche podía cambiarlo todo.

La estrategia era simple pero audaz. Tan pronto como Mita saliera de su casa, los hombres de cada hogar harían lo mismo, listos para interceptar a la persona que la seguía. Se armaron con lo que tenían a la mano: machetes, crucifijos, rosarios, sogas, antorchas... cualquier cosa que consideraran necesaria. Aunque no eran naturalmente agresivos, los vecinos estaban cansados de las fuerzas malignas que amenazaban a su comunidad y estaban dispuestos a dar la cara.

Cada uno sabía exactamente cuál era su papel. En cuanto la sospechosa apareciera, los hombres saldrían de sus casas al mismo tiempo para confrontarla. Luego, las mujeres acompañarían a Mita hasta San Isidro —una caminata de más de una hora a través del denso bosque—. A pesar de la distancia y del peligro, todas estaban dispuestas a hacer el recorrido para que Mita pudiera cumplir su misión.

Después de que Mita terminó de hablar con los vecinos, el plan se puso en marcha. El ambiente estaba cargado de expectación y de una silenciosa determinación. Mita salió de su casa y, tal como había previsto, la misma mujer comenzó a seguirla.

Cuando pasó frente a la primera vivienda, los hombres salieron de repente de todas las casas y la interceptaron. Sobresaltada, la mujer retrocedió un paso, miró en todas direcciones y, de pronto, dio media vuelta. Corrió hacia el río y desapareció en la distancia.

Con la amenaza eliminada, las mujeres entraron en acción, uniéndose a Mita para darle una presencia segura y acompañarla hasta su destino. Los niños se unieron a las mujeres, y la procesión se transformó en algarabía. Parecía que, en lugar de una misión peligrosa, se tratara de una pequeña festividad. Cada paso la acercaba más a Don Tibet... y a las respuestas que tanto necesitaba.

Al llegar a San Isidro, Mita sintió una oleada de alivio. Don Tibet se mostró orgulloso de su capacidad para involucrar a los vecinos. La recibió bajo un gran árbol de mango, mientras observaba al grupo de personas que se acercaba a su casa.

—Mita, me alegra tanto verla —exclamó, sorprendido—. Temía que no pudiera regresar. ¿Qué novedades tiene para mí? —Fue todo un reto llegar hasta aquí. La misma mujer me seguía, y me puse muy nerviosa —confesó Mita. —Puedo imaginar lo inquietante que debió ser para usted —respondió Don Tibet con voz comprensiva—. Realmente valoro su determinación y sus esfuerzos.

Mientras Don Tibet hablaba en privado con Mita, Marla, su esposo, Tolo y los niños se unieron al grupo para acompañar al resto de las mujeres. El ambiente era alegre y lleno de alivio. Al poco tiempo, prepararon café y jugo de naranja y los repartieron entre los acompañantes de Mita. El aroma del café recién hecho se mezclaba con las risas y las voces animadas, mientras todos compartían la satisfacción de haber cumplido su propósito. Bajo la sombra del gran mango, la reunión se sintió más como una celebración que como una visita inesperada.

Después de explicar el plan con el vecindario y cómo se deshicieron de la mujer que la seguía, Mita relató rápidamente todo lo ocurrido. Le contó cada detalle de lo sucedido y habló sobre la posible conexión entre los cuernos y esta nueva experiencia.

Don Tibet escuchó con atención, asimilando cada detalle. —Esta información es crucial —dijo pensativo—. La desaparición de los cuernos, la vigilancia constante del perro... y ahora estos nuevos hechos forman parte del mismo rompecabezas. Debemos actuar con rapidez y decisión. Sospecho que esos cuernos están conectados con los acontecimientos recientes. Voy a investigarlos a fondo.

Hizo una pausa y miró a Mita con una mezcla de admiración y determinación. —El apoyo de sus vecinos es invaluable. Con su ayuda y con la información que me ha dado usted, podemos idear una estrategia para combatir estas fuerzas con más eficacia.

Mita sintió un renovado sentido de esperanza. Aunque el camino había sido difícil, ahora tenía la fuerza de su comunidad y la sabiduría de Don Tibet de su lado.

Uno de los aspectos más gratificantes de los acontecimientos recientes era que, por primera vez en mucho tiempo, Mita sentía el apoyo pleno de sus vecinos. Durante demasiado tiempo se había sentido aislada y sola, cargando con el peso silencioso de las luchas de su familia.

13

La Encrucijada Entre Luz y Sombra

Fila de atrás (de izquierda a derecha): Susi, Yosa, Chico, el esposo de Chely, yo, mi Tío Lito, Teti, Edith, mi mamá, Adriana. Fila de adelante: mi tía Minda de rojo; mi tía Yolanda con el bebé en brazos. El resto son parientes de Mita. Solo algunos aparecen en la historia.

Tolo y Don Tibet habían sido amigos desde la infancia, su conexión forjada a lo largo de años de experiencias compartidas, curiosidad y largas conversaciones sobre lo desconocido. Incluso de niños, se sentían fascinados por los misterios del mundo y solían pasar horas hablando de fuerzas invisibles y del ámbito espiritual. Su vínculo solo se fortaleció con el tiempo. Sin embargo, a pesar de su interés compartido en el espiritualismo, eventualmente tomaron caminos muy distintos.

Don Tibet eligió el camino de la luz. Creía en usar su conocimiento para el bien, dedicándose a sanar, guiar y proteger a quienes lo necesitaban. Su práctica estaba enraizada en la fe, el equilibrio y la convicción de que las fuerzas positivas podían vencer a la oscuridad. Pasó años desarrollando sus habilidades, ayudando a quienes buscaban su sabiduría y protección.

Tolo, en cambio, tenía una perspectiva distinta. Aunque también deseaba comprender el mundo espiritual, creía que el verdadero conocimiento requería estudiar ambos lados de ese mundo, incluidas las fuerzas más oscuras y peligrosas. Su objetivo no era aprovecharlas ni controlarlas para beneficio propio, sino aprender cómo funcionaban, qué las alimentaba y cómo podían ser detenidas. Razonaba que, al comprender plenamente esas energías negativas, podría construir defensas más fuertes contra ellas y ayudar a quienes habían caído víctimas de su influencia.

A diferencia de Don Tibet, el camino de Tolo lo llevaba con frecuencia a lugares que otros temían visitar. Buscaba conocimiento en fuentes que muchos evitaban, exponiéndose a verdades ocultas y, a menudo, inquietantes del mundo espiritual. Aunque algunos miraban sus métodos con recelo, él estaba convencido de que la única forma de derrotar realmente a la oscuridad era confrontarla de frente, comprendiendo tanto sus fuerzas como sus debilidades.

A pesar de haber tomado caminos distintos, el respeto y la amistad entre Tolo y Don Tibet nunca desaparecieron. Ambos sabían que, a su manera, trabajaban por el mismo objetivo: ayudar a los necesitados y proteger a los inocentes de fuerzas que escapaban a su comprensión.

Aunque estaba profundamente inmerso en sus estudios, Tolo mantenía deliberadamente su labor separada de las prácticas de Don Tibet. Siempre había creído que su investigación sobre las fuerzas oscuras del mundo espiritual era un viaje personal, algo que debía recorrer por sí mismo. Por esa razón, evitaba involucrarse en los conflictos de su viejo amigo, prefiriendo observar a la distancia en lugar de actuar directamente.

Sin embargo, todo cambió el día en que un mensajero llegó con una carta de Don Tibet. Tolo percibió de inmediato la urgencia detrás de aquel mensaje inesperado. Sus manos se sintieron pesadas al desplegar el papel, y sus ojos recorrieron las palabras con creciente preocupación.

La carta hablaba de Mita y su familia, describiendo las extrañas e inexplicables perturbaciones que se habían apoderado de sus vidas. Detallaba el miedo implacable que los había acorralado, los sucesos inquietantes que nadie lograba explicar y esa constante sensación de peligro que los acechaba día tras día.

Don Tibet también le confesó a Tolo que la batalla contra aquellas fuerzas oscuras estaba resultando mucho más difícil de lo que había anticipado. A pesar de todo su conocimiento y experiencia, le costaba mantenerlas contenidas. Las perturbaciones eran implacables y, sin importar lo que hiciera, la presencia de algo siniestro seguía creciendo, como si se alimentara de su resistencia.

Describió cómo los sucesos extraños habían escalado: sombras que se movían donde no deberían, susurros en plena noche y una sensación opresiva de terror que parecía sofocar a cualquiera que se acercara demasiado. Sus métodos habituales de protección y limpieza, que tantas veces habían funcionado, ya no eran suficientes. Temía que lo que enfrentaban fuera algo distinto a todo lo que había conocido. Parecía que las entidades responsables se volvían más fuertes cada vez que Don Tibet intervenía. Se resistían como un virus que mutaba con cada nueva intervención.

Con frustración y un creciente sentido de urgencia, Don Tibet admitió que no podía vencer esa batalla solo. Necesitaba la experiencia de Tolo, su profundo conocimiento de las mismas fuerzas contra las que él luchaba. Si alguien podía ayudarlo a comprender y contrarrestar lo que estaba ocurriendo, ese era Tolo.

Don Tibet también necesitaba la ayuda de Tolo porque el mismo estaba enfrentando las fuerzas malévolas. Su familia y él eran atacados constantemente, y le vendría bien que Tolo le echara una mano. Le confesó que había dejado a su familia lejos, desprotegida y a merced de los espíritus. Sabía que, si Tolo venía al pueblo para ayudarlo, también contribuiría a aliviar los problemas que aquejaban a su familia.

—Tolo, amigo mío, temo que estamos perdiendo esta batalla. He hecho todo lo que sé, y aun así la oscuridad no deja de fortalecerse. Siento su agarre apretarse alrededor de Mita y su familia, alimentándose de su miedo. Tu conocimiento es distinto al mío. Tú has estudiado a las sombras mismas:

conoces sus trucos, sus debilidades. Si no actuamos ahora, me temo que las consumirá... y arrasará con todo lo que encuentre a su paso.

Las palabras de Don Tibet pesaban con fuerza sobre Tolo. Había pasado años manteniendo la distancia, pero ahora su viejo amigo le pedía ayuda, no solo como estudioso de las artes espirituales, sino como aliado en una lucha que parecía escapar a su control.

Después de leer la carta, Tolo permaneció inmóvil durante largo rato, con la mirada fija en la luz titilante de una vela que iluminaba tenuemente la habitación. Las sombras danzaban por las paredes, retorciéndose y cambiando con cada movimiento de la llama. Las palabras de la carta resonaban en su mente con un peso que lo oprimía, como una fuerza invisible.

Tolo siempre había sentido una curiosa fascinación por las fuerzas oscuras. Durante años se dedicó a estudiarlas, adentrándose en un conocimiento que la mayoría temía siquiera mencionar. Había aprendido sus orígenes, sus métodos y las formas sutiles en que se infiltraban en el mundo de los vivos. Y, sin embargo, a pesar de todo lo que sabía, nunca se había imaginado enfrentándolas directamente en una batalla.

Tolo siempre se había visto a sí mismo como un observador, no como un guerrero: alguien destinado a armar a otros con conocimiento, no con armas. Pero ahora, por primera vez, se preguntaba si su distancia había sido sabiduría... o cobardía.

Por primera vez, la duda se filtró en su mente. ¿Había confundido la cautela con la inacción? Por más que intentara apartarse de los peligros que enfrentaba Don Tibet, no podía escapar de la verdad: ya estaba involucrado. Lo admitiera o no, había reunido todo ese conocimiento para un momento como este. Y ahora, su viejo amigo lo necesitaba como aliado.

Tolo se inclinó hacia adelante, frotándose las sienes mientras consideraba el riesgo. Si elegía actuar, habría consecuencias. Su participación podía atraer la atención de aquellos que practicaban las artes que él había estudiado, quienes verían su ayuda como una traición. Había pasado años equilibrándose con cuidado en el borde de dos mundos, pero entrar en esta lucha podía quebrar para siempre esa delicada línea.

Y, aun así, al pensar en Mita y su familia—en el miedo, las perturbaciones constantes y la oscuridad que se acercaba cada vez más—Tolo supo que no podía ignorar aquel llamado de ayuda. El tiempo de observar y esperar había terminado.

Respiró profundamente; la llama de la vela se reflejaba en sus ojos llenos de determinación. Ahora debía decidir.

Tolo exhaló lentamente, mirando la luz titilante. Su mente oscilaba entre el deber y la duda. Pero cuanto más lo pensaba, más claro lo veía: no podía darles la espalda, especialmente a su amigo. El tiempo se le acababa a Mita y a su familia. Si alguien podía ayudar a Don Tibet a navegar en la oscuridad, era él. Con una respiración profunda, Tolo tomó su decisión. Había llegado la hora de actuar.

A pesar de los riesgos, Tolo aceptó, pero con límites claros. No se involucraría directamente en la batalla. Quienes seguían el mismo camino que él —los que comprendían el poder de la oscuridad— verían su ayuda como una traición. Y en ese mundo, las traiciones no se perdonaban. Tal vez su participación no sería tan extrema como para que sus aliados se molestaran con él.

Los practicantes que alguna vez llamó aliados podrían volverse en su contra, interpretando sus acciones como una amenaza a su poder y a su silencio. Tolo no tenía ilusiones sobre lo que eran capaces de hacer. Si llegaban a sospechar de él, no habría advertencias ni segundas oportunidades: la represalia sería inevitable.

Pero Tolo no podía ignorar aquel pedido de ayuda. No podía quedarse de brazos cruzados mientras su amigo enfrentaba algo tan peligroso. En lugar de entrar directamente en el conflicto, ideó otra manera de ayudar. Sería el guía de Don Tibet, ofreciéndole el conocimiento y la visión que le permitirían luchar con más eficacia.

Él le enseñaría todo lo necesario aprendido con los años: cómo detectar la acción de las fuerzas oscuras, cómo neutralizar su influencia y cómo proteger a los que sufren sus ataques.

El papel de Tolo sería el de un estratega más que el de un guerrero. Ayudaría a Don Tibet a comprender la naturaleza de su enemigo, las fortalezas y debilidades de las fuerzas a las que se enfrentaba y los métodos que podían debilitarlas. Había estrategias para enfrentarlas, formas de detenerlas y de contrarrestar sus ataques. Hasta ahora, Tolo nunca había compartido ese conocimiento con nadie.

Cuando Tolo expuso sus condiciones, Don Tibet aceptó sin dudarlo. Comprendía los riesgos que su amigo asumía y agradecía cualquier ayuda que pudiera ofrecerle. Incluso sin su presencia física, la sabiduría de Tolo sería invaluable. Su conocimiento le serviría de guía para atravesar la oscuridad con mayor facilidad, justo lo que Don Tibet necesitaba con desesperación.

14

Donde el Miedo y el Destino Se Cruzan

Chely

Las cosas habían empeorado desde que descubrimos el altar escondido en la esquina. El aire se sentía pesado, cargado de una energía extraña que nunca nos abandonaba. No había forma de escapar del miedo que se nos pegaba como una sombra, de día y de noche.

Nuestros vecinos eran buena gente, pero ahora que estaban involucrados, temían que ellos también pudieran ser atacados. Habían soportado el caos durante tanto tiempo, pero con Don Tibet presente por fin sentían cierto alivio. Él estaba listo para luchar, y ellos permanecían a su lado, ofreciendo su apoyo.

A medida que los sucesos extraños se intensificaban, Don Tibet trabajaba con cuidado en su plan, tal vez afinando los últimos detalles de su misteriosa estrategia. Nunca explicaba nada con claridad; solo le pedía a Mita que tuviera paciencia. Su confianza serena era nuestro único consuelo, aunque todos seguíamos preguntándonos cómo lograría deshacerse del perro maligno.

Aunque el resto de nosotros nunca habíamos visto al perro, su presencia siniestra nos llenaba de un miedo espantoso que nunca habíamos sentido. Noche tras noche continuaba atormentándonos, alimentándose de nuestro terror. Nuestra paciencia se agotaba, y el miedo nos arrastraba más allá de los límites de la razón. Aquel ser nos empujaba, poco a poco, al borde de la locura.

Los días pasaban sin una sola palabra de Don Tibet, dejándonos inquietos e inciertos. Se hacía evidente que esta prueba se alargaría más de lo que habíamos esperado. Lo único que sabíamos con certeza era que teníamos un papel que cumplir... pero cómo y cuándo seguía siendo un misterio.

Cuando Mita describió el comportamiento y la apariencia del perro durante aquella visita, repitiendo los detalles aterradores narrados por Lito, el rostro de Don Tibet se ensombreció. Comprendía el peligro mejor que nadie. No se trataba simplemente de un perro: era algo mucho peor, la encarnación misma del demonio. Sus aullidos escalofriantes, sus resoplidos pesados y su respiración profunda y amenazante dejaban una sola certeza: derrotarlo exigiría hasta la última gota de su fuerza y de su conocimiento.

Aun así, una pregunta seguía persiguiéndonos: ¿cómo lograría Don Tibet detener a la criatura que nos había atormentado noche tras noche?

El pájaro era otra presencia inquietante. Siempre posado en el techo, sus alas oscuras proyectaban sombras extrañas bajo la luz de la luna. Sus gritos penetrantes resonaban en la noche, un recordatorio perturbador de que la maldición iba más allá de la criatura invisible escondida en la esquina.

Sin embargo, por inquietante que fuera el pájaro, no era el peligro inmediato. La verdadera amenaza era el perro: la fuerza invisible que acechaba
en la oscuridad, alimentándose de nuestro miedo. Su presencia era asfixiante, sus aullidos helaban la sangre y sus ojos invisibles daban la sensación
de estarnos vigilando siempre.

El pájaro podía esperar. Don Tibet lo entendía. El perro no era solo una
amenaza, sino el ancla. Fuera lo que fuese que controlaba al pájaro, a las
sombras y a los susurros, estaba canalizando su poder a través del perro. Si
lograba derrotarlo, podría debilitar todo lo demás en el proceso. Al menos,
esa era su esperanza.

Los susurros en la casa se multiplicaban, sus murmullos siniestros creciendo más fuertes cada noche. Las sombras, antes pasivas, ahora se movían
con intención, sus formas cambiantes nos erizaban la piel. El aire se volvía
más espeso, cargado con un peso opresivo, como si algo invisible se alimentara de nuestro miedo.

Pronto, la casa misma pareció unirse al ataque contra nosotros. Las paredes y el piso temblaban, y las ventanas y puertas comenzaron a golpear con
violencia, una y otra vez, como el estruendo de tambores. Cada golpe nos
sacudía por dentro, estremeciendo nuestra frágil sensación de seguridad.
Era como si la casa estuviera viva, aliada con las fuerzas oscuras que nos
rodeaban y amplificando el terror que sentíamos. Los sonidos resonaban
por todo el hogar, implacables y ensordecedores, sin dejar espacio para la
paz ni la escapatoria.

Luego, una noche, las fuerzas invisibles se volvieron más audaces. Empezaron a atacarnos físicamente, como si hubieran estado esperando ese
momento. Nos arrancaban las cobijas, dejándonos expuestos al frío. Por
más que intentábamos halarlas y aferrarnos a ellas, eran arrebatadas por
una fuerza invisible contra la que no podíamos resistir. Una sensación de
impotencia cayó sobre nosotros, densa y aterradora. Las cobijas habían sido
nuestra última capa de protección —aunque frágil—, y ahora incluso eso
había desaparecido.

Pero no eran solo las cobijas. Los ataques se volvieron más personales, más dolorosos. Las sombras—esas figuras negras y sin forma—se extendían con garras invisibles, arañando nuestra piel mientras yacíamos paralizados por el miedo. Las heridas dejaban marcas rojas y ardientes, como fuego sobre la carne. El dolor era agudo y deliberado, un cruel recordatorio de que lo que nos atormentaba no estaba solo en nuestra mente.

Nuestros gritos resonaban por toda la casa, pero nadie acudía a ayudarnos. Estábamos solos en la oscuridad, rodeados de susurros y sombras que habían reclamado todo lo que alguna vez llamamos hogar. Intentamos escapar, pero las puertas y ventanas se negaban a abrir. Estábamos atrapados.

Esa noche fue peor que todo lo que habíamos vivido. Los ataques se volvieron feroces y calculados, como si alguna fuerza extraña hubiera sacado al mal de su escondite. No escuchamos señales de que ellas mismas estuvieran siendo atacadas; salieron disparadas directamente hacia nosotros. Parecía que algo las había provocado, algo que las había enfurecido y había desatado todo su poder sobre nosotros. Ninguna súplica ni oración podía detenerlas.

Mita rezaba sin descanso mientras trataba de tranquilizarnos, pero hasta sus palabras habían perdido su fuerza. Lito estaba débil y no podía ayudar. Mi tía Minda oraba y gritaba, pero tampoco lograba nada. Lo único que los adultos podían hacer era unirse a nosotros con el intento de formar una muralla protectora, pero ellos también pagaban el precio. Nadie logró dormir. Los susurros, las sombras, los golpes en las ventanas y puertas no nos dejaban en paz. El miedo lo consumía todo, una fuerza constante e implacable que nos oprimía. No sabíamos si lograríamos sobrevivir a aquel ataque tan intenso.

Las criaturas susurraban cosas que no podíamos entender, fuerzas oscuras que se metían en nuestra mente, haciéndonos dudar de lo que era real y de lo que no. A veces eran órdenes, empujándonos a hacer cosas que no queríamos. Otras veces se reían de nosotros, crueles y burlonas, como si disfrutaran jugando con nuestro miedo y con el terror que provocaban.

El dolor estaba en todas partes; no solo nos marcaban los brazos, sino que también dejaban heridas profundas y ardientes en las piernas, la espalda y el rostro. Parecía un castigo por algo que no habíamos cometido.

Tratamos de luchar. Mita y Minda continuaban con sus oraciones, invocando todo lo que podían, sus voces temblando de desesperación. Nosotros gritábamos a las sombras, rogándoles que nos dejaran en paz. Pero nada funcionaba. Cuanto más resistíamos, más fuerte se volvía su embestida, como si nuestra rebeldía solo alimentara su furia.

No había escapatoria de aquella pesadilla. Las fuerzas malignas se cerraban sobre nosotros, apretando su agarre mientras nos balanceábamos al borde de la desesperación. La realidad se borraba, la esperanza se desvanecía y sentíamos que nos hundíamos en la oscuridad. La única esperanza de salvación era la lejana promesa de Don Tibet... pero quizá, para cuando su plan se cumpliera, ya sería demasiado tarde.

De repente, las fuerzas que nos atacaban comenzaron a debilitarse. Como una neblina que se disipa lentamente, las criaturas desaparecieron con la primera luz del amanecer. Quedamos paralizados, sin comprender qué las había detenido. Estábamos tan aturdidos que no nos dimos cuenta de que ya estaba amaneciendo.

No habíamos esperado una salvación tan repentina. Estuvimos tan cerca de sucumbir, de cruzar el umbral hacia el otro lado. Y, sin embargo, el sol salió y, por primera vez en lo que pareció una eternidad, la pesadilla empezó a desvanecerse poco a poco. Aunque solo fuera por un instante, dimos gracias por haber sobrevivido.

El amanecer fue nuestra salvación... al menos por ahora. Ya un poco recuperados, tratamos de salir de la casa, pero todas las puertas permanecían trancadas. Por más que Lito intentó derrumbarlas, nunca lo logró. Nuestra casa se había convertido en una celda.

Gritamos y golpeamos las puertas, esperando que alguien viniera a ayudarnos, pero fue inútil. Parecía que incluso el sonido que hacíamos había sido sellado también.

Unas horas después, Don Tibet apareció y tocó la puerta. Lito la jaló con fuerza, pero no logró abrirla, y gritó: —¡Don Tibet! La puerta está sellada, no podemos abrirla.

—Dígale a una de las niñas que la abra —respondió Don Tibet con calma. Acto seguido, Lito se dirigió a Chely. —Chely, ven aquí; trata de abrir la puerta.

Chely se acercó, tomó el pasador y la jaló hacia ella. Como por arte de magia, la puerta se abrió con total facilidad.

Don Tibet entró a la casa y, sin perder tiempo, les explicó que sabía lo que les había sucedido durante la noche, pero algo le impidió intervenir. Por más que lo intentó, una fuerza tremenda lo mantuvo inmovilizado en la cama. También le impidió hablar y, por lo tanto, no pudo alertar a Tolo, que dormía en otra recámara.

Don Tibet, con voz calmada, explicó que ya tenían un plan. Sus palabras eran medidas, su tono inquebrantable, como si ya hubiera hecho algo similar antes. Aun así, había cierta cautela en sus explicaciones, como si guardara detalles que aún no estábamos listos para escuchar. Luego se dirigió al centro de la sala, metió la mano en una pequeña bolsa y, con cuidado, sacó un polvo de color pálido, que esparció con precisión formando un círculo amplio sobre el suelo.

Cuando Mita preguntó qué era, Don Tibet ofreció una explicación vaga. —Esto los contendrá por ahora —dijo con voz grave—. De ahora en adelante, todos ustedes dormirán dentro de este círculo. Así, las criaturas no podrán hacerles daño. Tomó un suspiro antes de continuar: —La verdadera barrera, la que pondrá fin a todo esto, requiere más preparación y tomará unos días en completarse.

Sus palabras nos helaron. Si aquel polvo era solo un alivio temporal, ¿qué tan grave sería lo que vendría después?

Don Tibet repitió sus instrucciones, asegurándose de que todos los adultos lo hubieran escuchado: —Tomará unos días más en completar el plan y, cuando esté listo, regresaré. Deben resistir. Deben soportar cualquier ataque que se les presente —añadió con firmeza.

Mita negó con la cabeza, la voz quebrada por la frustración. —No —murmuró—. Ya no podemos más. Nos estamos volviendo locos, y voy a sacar a mi familia de esta casa. Tendremos que irnos de aquí.

Don Tibet se volvió hacia ella, el rostro ensombrecido por una advertencia. —Ya es demasiado tarde para eso —dijo en voz baja—. Los ataques los seguirán dondequiera que vayan. Ya no pueden escapar de esto. Además, no pueden salir de la casa: las fuerzas han tomado el control de ella.

Tras una breve pausa, Don Tibet continuó: —Los niños solo pueden salir a jugar en la parte de atrás, no en la parte de enfrente. Solo ellos pueden abrir las puertas y las ventanas, pero en cuanto se alejen, estas se cerrarán de inmediato.

Sus palabras cayeron sobre nosotros como un peso insoportable. No había escape. Lo que nos acosaba ya se había atado a nosotros. La única salida era enfrentarlo.

Después de terminar de explicarnos todo, Don Tibet permaneció en silencio por un momento, con la mirada perdida, como si algo lo inquietara. No dijo mucho antes de marcharse, pero quizá se preguntaba lo mismo que nosotros:

¿Cuánto más podríamos soportar esta pesadilla? ¿Cuánto más tendríamos que sufrir antes de entender a qué nos estábamos enfrentando?

Los días siguieron su curso, pero parecía que el tiempo se volvía más lento, cada uno extendiéndose interminablemente hacia el siguiente. Las criaturas no se calmaban. Noche tras noche atacaban con furia. Por más que lo intentaban, no lograban atravesar la barrera que Don Tibet había creado con el polvo. Esa protección cumplía su propósito, y eso nos daba fuerza y un poco de esperanza.

Frustradas por su fracaso, las criaturas malévolas cambiaron de táctica, decididas a encontrar otra forma de quebrarnos. Sus gritos se volvieron ensordecedores, resonando por toda la casa, sacudiendo las paredes y perforando nuestros oídos con un sonido que no era ni humano ni animal. Parecía que en cada alarido cargaban el peso de incontables almas atormentadas, atrapadas en la oscuridad.

Sus formas se contorsionaban, transformándose en figuras aún más horribles. El aura que emanaban las sombras era más que horrorosa: una fuerza opresiva que se nos incrustaba en el pecho, dificultando la respiración.

Sentíamos su odio, su hambre y su desesperación. Ese odio se nos filtraba en los huesos, volviendo cada vez más difícil distinguir qué era real y qué era parte de su macabro juego. Los adultos repetían una y otra vez que mantuviéramos los ojos cerrados y que nos tapáramos los oídos.

***

Cuatro días después de su última visita, alguien tocó la puerta y todos nos sobresaltamos. Lenya corrió a abrirla y, para su sorpresa, Don Tibet estaba en el umbral. Tras un breve instante, lo invitó a pasar. Mita se acercó y ambos se sentaron a la mesa, en la esquina de la sala.

En cuanto tomaron asiento, el ambiente cambió.

Los ojos de Don Tibet recorrieron la casa, asegurándose de que ningún niño estuviera cerca. Lenya había desaparecido de la sala. —Necesitamos hablar, pero escúcheme con atención —añadió—. Antes de que empecemos, necesito que los niños salgan de la casa. No deben oír esta conversación ni escuchar nada de lo que voy a decir.

El corazón de Mita se aceleró, un nudo formándose en su estómago. La gravedad en la voz de Don Tibet solo intensificaba su preocupación. Tragó saliva, tratando de contener sus emociones. —Está bien —respondió con la voz apenas por encima de un susurro.

Mita se levantó y miró hacia el cuarto donde los niños se habían ido a jugar. Al acercarse a la puerta, sus pensamientos se aglomeraban. No tenía idea de lo que Don Tibet estaba a punto de revelar, pero la urgencia en su tono le revolvía el estómago con un presentimiento de terror. Abrió la puerta del dormitorio y forzó una sonrisa, aunque por dentro temblaba.

—Oigan, necesito que salgan un rato. Vayan a jugar y no regresen hasta que los llame —dijo, manteniendo la voz ligera por el bien de los niños.

Ellos, ajenos a la tensión acumulada en su pecho, corrieron hacia la puerta y salieron al patio de atrás, emocionados.

En cuanto la puerta se cerró detrás de ellos, Mita respiró varias veces para recuperar la compostura, preparándose para lo que viniera. Regresó a la sala, donde Don Tibet la esperaba en silencio, con las manos entrelazadas sobre la mesa y la mirada fija en ella.

—Mercedes, necesito otro favor —dijo—. Lito y Minda deben estar presentes en esta conversación. —Está bien —respondió Mita—. Ahorita regreso.

Poco después, volvió acompañada por Minda y Lito, ambos con el mismo aire de preocupación reflejado en el rostro.

Don Tibet dirigió la mirada a cada uno y, con un tono bajo pero firme, dijo: —Necesito hablar con ustedes ahora mismo.

La voz de Don Tibet era serena, pero sus ojos tenían una intensidad innegable que captó de inmediato la atención de todos ellos.

—Mañana —dijo, con una voz cargada del peso de todo lo que se había acumulado, sin rodeos—.

—Mañana... enfrentaremos al perro.

El fuego en la mirada de Don Tibet no dejaba lugar a dudas. Su semblante se ensombreció con una seriedad que ellos nunca le habían visto antes, y una sensación inquietante se apoderó de los tres. Mita no esperaba una noticia así. Al escucharla, quedó helada, como si el aire mismo se hubiera detenido a su alrededor. Lito y Minda se quedaron paralizados, incapaces de decir una sola palabra.

—Lo que voy a decirles puede cambiar la forma en que avancemos. La situación con el perro... es mucho peor de lo que cualquiera de nosotros pudo imaginar.

Don Tibet hizo una pausa, dejando que el peso de sus palabras se asentara antes de continuar. —No quería alarmar a nadie, y mucho menos a los niños, pero lo que enfrentamos no es solo un animal poseído... sino algo mucho más oscuro.

Los ojos de Mita se abrieron más de lo normal mientras intercambiaba miradas ansiosas con Minda y Lito, que seguían inmóviles. Una sensación de asfixia la invadió, el peso de la incertidumbre oprimiéndole el pecho. Ya lo habían sospechado, pero escuchar esas palabras de Don Tibet confirmaba sus peores temores.

—Lo primero que debemos hacer es atrapar al perro y luego destruirlo —dijo Don Tibet, recorriendo con la mirada los rostros preocupados alrededor de la mesa.

—Para lograrlo, he preparado el polvo y un líquido especial para acabar con el perro de una vez por todas —explicó Don Tibet—. Primero debemos encontrar la manera de esparcir este polvo alrededor del perímetro donde el perro se sienta por las noches. Después usaré el líquido para destruirlo cuando esté atrapado. Hay, sin embargo, un problema —se detuvo, con el rostro serio—: yo no puedo esparcir el polvo. Aunque el perro no esté allí, las fuerzas malignas me atacarían con una ferocidad mortal si lo intentara.

Don Tibet soltó un suspiro.

—Los adultos tampoco pueden hacerlo. Correrían la misma suerte, esas fuerzas los atacarían a ellos igual que a mí.

La mirada de Mita se volvió seria. —Entonces, ¿quién puede hacerlo? —preguntó, intuyendo ya que la respuesta no sería sencilla.

Lito se inclinó hacia adelante, la voz tensa. —¿Y quién puede hacerlo, entonces? ¿Cómo se supone que atrapemos a ese perro si nadie puede acercarse? Yo puedo intentar esparcir el polvo yo mismo —se ofreció.

—No, no puedes; ya estás traumatizado con solo ver al perro —intervino Mita.

Don Tibet asintió, coincidiendo con Mita. —No es buena idea —dijo con calma, pero con un tono que no dejaba espacio para discusión.

Luego, mirándolos a todos, dejó salir la verdad: —Solo los niños pueden hacerlo. Ellos sentirán el aura poderosa alrededor del lugar, y el perro ladrará y se enfurecerá con violencia, aterrorizándolos. Pero, a pesar del miedo, saldrán ilesos. Estarán a salvo.

Don Tibet trató de tranquilizarlos: —No importa cuán furiosas o estruendosas se vuelvan las fuerzas malignas, no tocarán a los niños. El polvo protector, junto con su inocencia, los resguardará de todo daño.

Mita se levantó de la silla, con los ojos muy abiertos y una mezcla de enojo y desconcierto ante la noticia. —¿Los niños? ¿Espera usted que los niños hagan esto? ¡No, ellos no pueden participar en algo así! Tiene que haber otra manera —exclamó, temblando. Lo miró directamente a los ojos, buscando cualquier opción que los excluyera del plan—. ¿No puede hacerlo alguien más? ¡No puede pedirles esto a los niños!

Don Tibet negó lentamente con la cabeza. —Ojalá hubiera otra manera, Mercedes, pero solo un niño puede esparcir el polvo sin peligro. Ningún adulto puede hacerlo. Créame: si dependiera de mí, yo mismo correría el riesgo. Pero la verdad es que nadie más podría hacerlo sin enfrentar consecuencias fatales. Además, los niños ya forman parte de todo esto. Han pasado por demasiado, y estas malas experiencias terminarán con sus esfuerzos.

Lito bajó la mirada, intentando ocultar su preocupación. —Entonces, lo que está usted diciendo es... ¿que necesitamos encontrar a un niño que haga esto? ¿Quién permitiría que su hijo corra ese riesgo?

Don Tibet confirmó con un leve movimiento de cabeza. —Sé que es una decisión difícil, y no espero que nadie ofrezca a su hijo para algo tan peligroso. Pero si no lo hacemos, el mal dentro de ese perro seguirá creciendo, y pronto no será solo el perro con lo que tendremos que lidiar.

La habitación quedó en silencio por un momento. Mita y Lito se miraron, la preocupación creciendo en sus rostros. El peso de las palabras de Don Tibet permanecía suspendido en el aire, demasiado denso para ignorar lo que acababa de suceder.

Minda, que había permanecido callada, rompió finalmente el silencio. —¿A qué hora debe hacerse esto? —preguntó, con la voz firme, aunque cargada de tensión.

—Debe hacerse a la medianoche —respondió Don Tibet con voz grave—. Es la hora en que el perro apareció por primera vez y cuando se muestra más activo, custodiando la fuerza oscura que lo atrae. Si lo intentamos en otro momento, corremos el riesgo de perder la única oportunidad de debilitar sus poderes.

—¿Por qué tiene que ser a medianoche? —preguntó Minda, aunque ya conocía la respuesta. Lo miró de reojo, como buscando asegurarse de que su explicación no hubiera cambiado.

Él guardó silencio un instante, eligiendo con cuidado sus palabras. —La medianoche —comenzó, con voz baja— es el momento en que el velo entre los mundos se vuelve más delgado. Un día termina y otro comienza. Es un instante de transición, y las transiciones son poderosas. Ese es el punto más débil para las fuerzas con las que lidiamos. Hizo una breve pausa antes de continuar: —Es difícil explicarlo en términos que tengan completo sentido —admitió—, pero este es uno de los momentos más potentes para actuar. Los espíritus, las energías... son más vulnerables en ese espacio entre el día viejo y el día nuevo.

Minda inclinó ligeramente la cabeza, pensativa. —Entonces, ¿no se trata solo del tiempo, sino de atacar cuando están en su punto más débil?

—Exactamente —respondió Don Tibet, con la mirada fija en la de ella—. Tenemos que aprovechar ese momento en que su fuerza flaquea, cuando su dominio sobre este mundo no es tan fuerte. Si lo intentamos en otro momento, sus defensas serán demasiado poderosas. Pero a medianoche, el equilibrio cambia, y es entonces cuando tenemos la mejor oportunidad de romper y acabar con esto de una vez por todas.

Minda hizo un leve gesto afirmativo, comprendiendo por qué había elegido esa hora tan extraña e inquietante. —Es arriesgado —dijo en voz baja—, pero si nos da la mejor oportunidad de terminar con esta pesadilla... tenemos que hacerlo.

El rostro de Mita se tensó. No podía ocultar su inquietud. —Si los niños tienen que hacerlo, ¿por qué no durante el día, cuando el perro no está allí? Es demasiado peligroso por la noche.

Don Tibet negó con la cabeza, con una tristeza reflejada en sus ojos. —No funciona durante el día. El perro debe estar presente, y aquello que protege—sea un objeto, un lugar o algo que aún no comprendemos—tiene una conexión fuerte con los espíritus que lo poseen. Esa conexión alcanza su punto máximo cuando el perro lo está custodiando.

La frustración de Mita se hizo evidente, aunque mantuvo la voz serena y firme. —Aun así, creo que deberíamos intentarlo primero durante el día. Si existe siquiera una posibilidad de que funcione, los niños estarían mucho más seguros. ¿No vale la pena intentarlo?

Don Tibet guardó silencio un instante, comprendiendo su preocupación. —Nadie ha intentado esto durante el día y, por todo lo que sé, por todas mis experiencias, no funcionará —dijo despacio—. Sería inútil, una pérdida de tiempo y del material que se usaría, y terminaríamos con las manos vacías —añadió—.

Mita se mordió el labio, dividida entre el miedo por los niños y la urgencia de la situación. —No lo sabremos a menos que lo intentemos —dijo en voz baja—. Entiendo el riesgo, pero si eso evita que los niños tengan que estar ahí en medio de la noche, vale la pena. Hagámoslo durante el día, solo una vez. Si no funciona, veremos qué hacer después.

Don Tibet se inclinó hacia ellos, con el rostro tenso y la mirada fija. —Ya habíamos planeado hacerlo de noche. Prepararnos para intentarlo de día tomaría mucho más tiempo. Y hay una parte crucial: el perro tiene que estar presente. No veo cómo podamos atraparlo a la luz del día. Sinceramente, no creo que esto funcione durante el día.

Don Tibet se detuvo un momento, llenando sus pulmones con calma, los hombros cayendo bajo el peso de la decisión. —Les aseguro que no tenemos otra opción más que hacerlo durante la noche. Mercedes, si supiera que se podría hacer durante el día, lo haría sin pensarlo dos veces. Pero no tenemos otra alternativa —añadió—.

El corazón de Mita se hundió. Se detuvo un momento, buscando en la mirada de Don Tibet alguna respuesta. —Ahora que lo dice así... —respondió, con la voz ligeramente temblorosa— no podemos darnos el lujo de correr riesgos así... pero ¿está usted seguro? ¿Está completamente seguro de que no hay otra manera? —Su tono llevaba una súplica, esperando contra toda esperanza que él ofreciera otra respuesta, un camino más seguro, una solución alternativa.

Don Tibet sostuvo su mirada, su expresión firme e inquebrantable. —Mercedes —dijo suavemente, usando su nombre para subrayar la seriedad del momento—, no hay otra manera. Los espíritus están atados a la presencia del perro, y cada noche que pasa se hacen más fuertes. Debemos enfrentarlo de frente, cuando el perro custodia la fuerza maligna que lo impulsa. Solo entonces podremos debilitarlo. Si esperamos, podría ser demasiado tarde.

Mita caminó por la sala con paso rápido, consciente de que Don Tibet había luchado por ellos en cada momento, guiándolos a través de los horrores sobrenaturales que habían marcado sus vidas. Confiaba plenamente en él, pero la idea de poner a los niños en peligro era como una daga que se clavaba en su corazón. Aun así, por mucho que deseara protegerlos, se sentía impotente.

—Entiendo —murmuró, con la voz cargada de emoción—. Confío en usted, Don Tibet. Ha estado con nosotros en todo esto y sé que lo único que quiere es ayudar. Me parte el alma pensar que los niños tengan que pasar por algo tan peligroso. —Se detuvo y, con la mano temblorosa, se secó una lágrima que resbalaba por su mejilla.

Don Tibet tomó su mano. —Lo sé, Mercedes. Esto no es algo que ninguno de nosotros desee hacer. Pero su inocencia es nuestro único escudo. Los espíritus no los atacarán a ellos como lo harían con nosotros. Tenemos que creer en el poder de lo que estamos a punto de hacer.

Mita tomó aire con dificultad y luego asintió de nuevo, esta vez con más firmeza. Sus ojos ardían con determinación. —Lo único que quiero es protegerlos con todas mis fuerzas —añadió—. Si podemos protegerlos, aunque sea un poco, les debemos al menos intentarlo.

Don Tibet le devolvió un gesto solemne con la cabeza. —Nos aseguraremos de que todo esté listo. Yo los guiaré y no permitiré que nada les ocurra mientras esté en mis manos.

Con eso, la decisión quedó tomada. Mita sabía que no sería fácil y que los riesgos eran enormes. Pero si eso era lo que se necesitaba para liberar a los niños, a la familia y a todo el vecindario del terror que los había acosado por tanto tiempo, estaba dispuesta a enfrentarlo de frente.

Mita, Minda y Lito se miraron con inquietud, el miedo recorriéndolos como una corriente invisible. —¿Mañana? —dijo Lito, recordando que el enfrentamiento se acercaba. —¿Cómo se supone que vamos a luchar contra algo así? —preguntó, la duda temblando en su voz.

Don Tibet los miró fijamente, con la calma de quien ya había tomado una decisión. —Ahora entienden por qué deben participar los niños, pero ustedes tres también tienen un papel en todo esto —dijo con voz serena, aunque firme.

Luego se volvió hacia Mita y Minda. —Ustedes acompañarán a los niños elegidos afuera y los guiarán siguiendo mis instrucciones. Mañana es martes, y yo realizaré el ritual aquí, dentro de la casa, mientras cada uno cumple su papel. Nuestros aliados invisibles estarán ahí para protegerlas. Si algo sale mal, ellos intervendrán y las protegerán.

Don Tibet volvió la mirada hacia Lito. —En cuanto a usted, Lito, su tarea es crucial. Se quedará aquí, en la sala, conmigo y con dos de los niños. Su función será mantenerse alerta mientras conduzco la Oración. Sí, todos los niños tendrán su papel: dos estarán sentados estratégicamente a cada lado de la mesa. Su posición es importante, tanto para la seguridad de todos como para que el ritual tenga éxito. Pero usted, Lito... lo necesito cerca de mí.

Lito tensó el rostro, medio confundido, hasta que Don Tibet aclaró con firmeza:

—En caso de que alguien —o algo— intente hacerme daño físico durante la oración, será usted quien intervenga. Necesito a alguien fuerte que me resguarde y confío en usted para eso. No se trata solo de protección espiritual: algunas fuerzas podrían intentar detenernos por cualquier medio, incluso recurriendo a la violencia física.

Aún un poco débil, Lito enderezó los hombros, su expresión cambiando de la duda a la determinación. —No dejaré que nada le pase —prometió con una seriedad nueva en su voz.

Don Tibet inclinó la cabeza con aprobación, sus ojos recorriendo la sala. —Mañana todos cumpliremos nuestro papel. Manténganse firmes, confíen unos en otros y juntos acabaremos con todo esto.

***

Durante buena parte de la tarde, Don Tibet se dedicó a dar instrucciones minuciosas a los adultos sobre sus roles en el plan de ataque. Sus palabras eran medidas y deliberadas; se aseguró de que cada detalle quedara claro. Hablaba con calma y propósito, y nadie se atrevía a interrumpirlo. Les dijo que al día siguiente pasaría la mayor parte del tiempo con los niños, hablándoles e instruyéndolos sobre sus papeles: les explicaría la importancia de lo que debían hacer y cómo contribuirían a acabar con el perro.

La tarea final de los adultos fue elegir a tres de los cinco niños para preparar la trampa contra el perro.

—Ya tengo a los tres en mente —dijo Mita, mirando alternativamente a Minda y a Lito—. Lenya, Mary y Teto son los mayores e irán afuera; Teti y Chely se quedarán en el cuarto con usted mientras realiza el ritual.

Mita expresó su preocupación por mi edad, dudando si ya era demasiado grande para participar. —Teto tiene doce años —dijo, mirando a Don Tibet—. ¿Todavía es adecuado para este papel?

Su voz conservaba un tono sereno, pero en el fondo buscaba la confirmación de que aún se me consideraba un niño.

Don Tibet inclinó la cabeza con determinación. —Teto es perfecto para esto —respondió—. Debemos hablar con él primero; tiene un lazo fuerte con los demás niños. Él será quien los guíe y los mantenga firmes.

La habitación quedó sumida en un silencio denso, casi asfixiante. Mita, Minda y Lito fijaron la mirada en Don Tibet, atentos a cada palabra, como si el aire mismo dependiera de lo que él dijera. Frente a él, Mita sentía la ansiedad arremolinarse en su interior como una tormenta, con los pensamientos corriendo sin descanso. Sin embargo, debajo de ese miedo comenzaba a encenderse una chispa de determinación. No era de las que permitían que el temor tomara el control.

Había estado afuera por un rato, perdido en mi propio mundo, jugando bajo el sol cálido y olvidando por un momento la miseria que pesaba sobre nuestras vidas. Ese breve escape se rompió en el instante en que escuché la voz de Mita llamando mi nombre. Había algo en su tono—serio, urgente—que me hizo soltar todo y correr hacia adentro.

En cuanto crucé la puerta, la atmósfera me golpeó como una ola pesada. El aire dentro estaba cargado de tensión, de esa que se te adhiere a la piel y no te suelta. Mita me señaló la mesa donde los demás estaban reunidos, el rostro serio y expectante. Sentí el estómago apretarse mientras caminaba hacia ellos y tomaba asiento entre los cuatro adultos. Una docena de preguntas me atravesaron la mente: ¿había hecho algo mal? ¿estaba en problemas? La inquietud me arañaba por dentro, negándose a calmarse.

Antes de que mis pensamientos se desbordaran, la voz de Don Tibet cortó el silencio. Su tono era firme, tranquilizador, pero cargado de un peso que me hizo enderezarme en la silla. —No estás en problemas —dijo con decisión, como si hubiera arrancado la preocupación directamente de mi mente. Se inclinó hacia adelante, con los ojos fijos en los míos. Pero sí necesitamos tu ayuda, Teto.

Parpadeé, sorprendido. De todas las personas en la mesa, fue Don Tibet —no mi familia— quien me pidió ayuda. No esperaba oír algo así; me tomó completamente por sorpresa. ¿Por qué él? ¿Qué podía hacer yo para ayudar?

Él me explicó en detalle lo que debía hacer, delineando el plan como si fuera una estrategia cuidadosamente elaborada. Mi tarea era sencilla, pero el primer paso consistía en convencer a Lenya y a Mary de seguir el plan y asegurar su cooperación. Al principio, la petición parecía simple, pero cuanto más explicaba, más me daba cuenta de lo crucial que era que todo saliera bien.

Don Tibet no se apresuró con las instrucciones. Se tomó su tiempo, repasando cada detalle y asegurándose de que yo entendiera el peso de lo que estábamos por hacer. Me hizo repetir el plan una y otra vez, hasta que cada palabra quedara grabada en mi mente, sin dejar espacio para la duda ni el titubeo. Y entonces llegó a la parte que me heló la sangre. —Enfrentaremos al perro juntos —dijo con firmeza—. No importa lo aterrador que se vea ni lo fuerte que ladre; recuerda esto: no podrá hacerte daño y no podrá ver a las niñas. Ni siquiera sabrá que alguno de ustedes existe.

El aire en la habitación seguía cargado mientras Don Tibet hablaba del perro. Ni siquiera Mita lograba disipar el peso que nos oprimía. Y, sin embargo, en medio de esa densidad, los ojos de Don Tibet brillaban con una calma inquietante. Su voz, baja y firme, parecía sostener una verdad que prefería no revelar.

—No se trata solo del perro —dijo, con un tono firme pero cargado de algo más—. Se trata de ponerle fin a todo esto.

Sus palabras quedaron suspendidas en el aire, llenando el silencio con una sensación de final inminente. Me miró directamente, su mirada fija, sin apartarse de la mía.

—Sé que has tenido que soportar todas las cosas horribles que esos espíritus malignos te han hecho: el miedo, las pesadillas, el dolor —continuó.

Sus palabras despertaron recuerdos que prefería no remover: sombras que se movían en la oscuridad, momentos que me habían perseguido por demasiado tiempo.

—Pero si cumplimos con esto, si haces exactamente lo que te diga, todo terminará. No más dolor. No más terror. Solo unos minutos... pero no podemos cometer ni un error.

Había algo inquietante en la forma tan directa con la que hablaba. Miré a los demás; nadie dijo una palabra. Y me pregunté si ellos también sentían el mismo miedo que comenzaba a crecer dentro de mí.

Don Tibet pareció percibirlo. Evitó hablar de lo aterrador que sería el plan. En el fondo, yo lo sabía: él entendía que lo que nos pedía sería, probablemente, uno de los momentos más espantosos de nuestras vidas. Pero no había alternativa; era la única salida. Aun así, me aseguró de nuevo:

—No estarás solo. Todos estaremos cerca y nos encargaremos de eso.

Un nudo de miedo se formaba en mi garganta. Traté de imaginar cómo se desarrollaría todo, pero mi mente no alcanzaba a comprender lo profundo que esto sería. Don Tibet sabía lo asustado que estaba, aunque yo intentara disimularlo. La sola idea de enfrentar al perro —esa criatura maligna que nos había atormentado tanto tiempo— me erizó la piel. Siempre había sabido que no era un animal común, pero ahora, con el plan frente a mí, entendí lo verdaderamente peligroso que era.

La imagen del perro ladrando, con la boca llena de furia a pocos centímetros de mí, se me cruzó por la mente. Sabía que era más que siniestro, algo oscuro, y la idea de estar tan cerca de él me hizo dudar si realmente podría hacerlo.

Pero Don Tibet confiaba en mí de un modo absoluto. Su serenidad, incluso frente al peligro, tenía algo que me contagiaba. Hablaba como si ya supiera que, llegado el momento, encontraría dentro de mí la fuerza para resistir. Cuando estuve a punto de preguntarle si el miedo me vencería, me sostuvo la mirada y dijo: —Confía en mí.

No era solo una orden; era como si me pidiera tener fe en algo más grande, en algo invisible. Sus palabras, aunque sencillas, tenían un peso propio. Sentía que había cosas que no me decía, quizá por mi propio bien. Pero entonces comprendí que aquella breve muestra de su plan era todo lo que necesitaba. Tal vez no entendía del todo lo que estaba por suceder, pero la confianza y la calma de Don Tibet bastaban para darme valor.

Aunque el miedo seguía aferrado a mí, una parte pequeña empezó a creer que podía hacerlo, tal como Don Tibet lo creía. La duda que me había oprimido tanto tiempo comenzó a aflojar, reemplazada por una tranquila determinación. No sabía exactamente cómo, pero sentía que algo más grande que yo me guiaría cuando llegara el momento. Fuera la sabiduría de Don Tibet, el apoyo firme de los demás o alguna fuerza invisible, tenía que confiar en que no enfrentaría esto solo.

Todo este tiempo había soportado el tormento, recibiendo todo lo que me lanzaba sin tener manera de defenderme. Había estado indefenso, obligado a cargar con el miedo, el dolor y la impotencia de sentirme asfixiado. Por más que quisiera cambiar las cosas, no había sido más que un espectador en mis propias pesadillas.

Pero ahora, eso estaba a punto de cambiar.

Por primera vez, no era solo una víctima; era parte de la solución. Esa idea me recorrió como una oleada de fuerza, disipando parte del miedo que me había perseguido por tanto tiempo. Este era mi momento para ponerme de pie, para enfrentarme y demostrar que no esperaba que alguien más viniera a salvarme. El peso de la responsabilidad se hundía en mis hombros, pero al mismo tiempo encendía algo profundo en mi interior —algo que había permanecido oculto bajo el miedo. Ya no estaba indefenso. Estaba preparado para enfrentar lo que viniera.

15

Preparación Para Lo Desconocido

De izquierda a derecha: Lenya, Mary, mi tía Minda y Chely

Toda la noche transcurrió con un silencio inquietante, como si la casa misma contuviera la respiración. Un silencio desconocido se extendió, sobre todo, como una manta pesada. Quizá era porque Don Tibet estaba con nosotros, imponiendo una tranquilidad tan profunda que ni siquiera los espíritus inquietos se atrevieron a perturbarla. No se escuchó un solo sonido: ni los crujidos habituales de la casa, ni el viento colándose por las rendijas, ni siquiera el ave que solía posarse sobre nosotros. Era como si los espíritus, al sentir la poderosa energía de Don Tibet, hubieran decidido retirarse esa noche, eligiendo mantenerse alejados antes que enfrentarlo.

Sin embargo, el silencio no era absoluto. Un sonido familiar rompía el silencio: los aullidos implacables del perro. Sus alaridos feroces resonaban en la noche, recordándonos el peligro que seguía acechando. El ruido era perturbador, con una intensidad que subía y bajaba como si quisiera recordarle a Don Tibet que seguía allí. Cada vez que el aullido cortaba el aire, un escalofrío me recorría, hundiéndose hasta lo más profundo de mi alma.

Algunos de nosotros nos preparamos, esperando que los espíritus contraatacaran, que desataran su fuerza maligna contra nosotros en cualquier momento. Estábamos tan acostumbrados a su tormento que parecía inevitable que lo hicieran, sobre todo ahora con Don Tibet en la casa. Pero lo que ocurrió después fue lo contrario.

En lugar de atacarnos, los espíritus permanecieron inquietantemente tranquilos. No hubo un estallido repentino de energía oscura, ni una presencia maliciosa recorriendo la habitación. Era casi como si los espíritus tuvieran miedo. La tensión que nos había oprimido por tanto tiempo comenzó poco a poco a desvanecerse. Nos miramos entre nosotros, inseguros, esperando que algo sucediera... pero no pasó nada.

Quedó claro que la presencia de Don Tibet había cambiado las reglas del juego. A pesar de todo su poder, los espíritus parecían dudar, como si supieran que no podían enfrentarse a él. Su fuerza tranquila llenaba la casa, creando una barrera que ni las fuerzas más perversas se atrevían a cruzar. Ya no éramos víctimas indefensas escondidas en las sombras; por primera vez, sentíamos que teníamos el control.

Aun con esta calma recién encontrada, el perro seguía aullando como si no hubiera recibido el mensaje. Sus gritos eran desesperados, como si presintiera que algo se acercaba, algo que aún no podíamos entender. Era inquietante, pero una extraña sensación de protección ahora había calmado el miedo que antes nos paralizaba. Los espíritus, por la razón que fuera, se mantenían a distancia. Y aunque ninguno de nosotros podía explicar por qué, sabíamos en lo más profundo que Don Tibet tenía algo que ver, aunque no pudiéramos probarlo.

Al amanecer, cuando la primera luz comenzaba a filtrarse por las ventanas, Don Tibet me invitó a acompañarlo. Nos dirigimos hacia el lado opuesto de la casa, lejos de la esquina tomada por el perro maligno. Allí, Mita tenía un pequeño jardín de flores; su colorido le daba al lugar un aire acogedor, ajeno a lo que se estaba planeando. Sin embargo, los pasos lentos de Don Tibet y su expresión grave silenciaban cualquier sensación de calma. Algo importante —y posiblemente terrible— estaba a punto de revelarse.

—Me da mucho gusto que seas parte de este plan —dijo Don Tibet, rompiendo el silencio—. Pero más tarde, después de que lo practiquemos, debes hablar con Lenya acerca de nuestro plan, para que se ponga de acuerdo contigo.

Su voz era baja y calmante, como si compartiera un secreto.

—Ella tiene diez años y es tan lista como siempre. Entenderá el plan, pero tendremos que presentarlo de una forma que también funcione para Mary.

Hizo una breve pausa, mirando hacia la puerta donde las niñas aún dormían.

—Lo haremos como un juego. Si parece un juego, Mary lo seguirá sin dudar.

La idea tenía sentido. Lenya era inteligente y lo bastante mayor para comprender la seriedad de la situación. Mary, en cambio, seguía siendo pequeña —apenas ocho años—, con esa curiosidad inocente que podía tanto ayudar como arruinarlo todo. Convertir el plan en un juego era una idea brillante: haría que las instrucciones fueran más fáciles de seguir para ella, sin asustarla.

Don Tibet continuó explicando cómo debía presentarle el plan a Lenya en términos simples y directos. —Dile exactamente lo que vamos a hacer, paso por paso —indicó—. Pero haz que sienta que ella tiene el control, como si fuera una aventura y ella la estuviera controlando.

Sabía que Lenya era lo bastante lista para darse cuenta de que detrás había algo más serio. Pero también era juguetona e imaginativa. Si lograba equilibrar la seriedad de la tarea con un toque de diversión, la tomaría en serio y, al mismo tiempo, ayudaría a que Mary se mantuviera concentrada.

—Y Mary —agregó Don Tibet— hará lo que Lenya haga, siempre que le parezca divertido. Pero debe seguir el plan. Todo debe ocurrir exactamente como lo hemos ensayado. Por eso es crucial convertir este plan en un juego.

La energía y naturaleza juguetona de Mary podían convertirse en nuestra mayor aliada o en nuestro peor obstáculo, según cómo la manejáramos. Pero si lográbamos transformar todo aquello en un juego, haría lo necesario sin darse cuenta de la seriedad de la situación.

—Tú puedes con esto —dijo Don Tibet con una calma que inspiraba confianza—. Tienes que mantenerlas concentradas. Lenya entenderá el plan y Mary la seguirá. Pero ambas te estarán observando, así que mantente sereno y firme.

Sus palabras despertaron en mí una oleada de responsabilidad. Ya no era solo un participante; ahora debía guiar a mi hermana y a mi prima. El éxito de aquella extraña y peligrosa misión dependía, en parte, de mi capacidad para mantener a Lenya y a Mary enfocadas y en el camino correcto. Y con la fe de Don Tibet sobre mis hombros, me sentí preparado, aunque una ligera duda seguía pesando en mí ante el reto que se acercaba.

Con el plan en marcha, reuní a Lenya y a Mary, sabiendo que en cuestión de horas pondríamos todo en movimiento. La idea de convertir nuestra tarea en un juego todavía me parecía irreal —considerando a lo que nos enfrentábamos—, pero era la mejor forma de mantener a todos involucrados y seguros. Ahora solo quedaba asegurarme de que jugáramos bien ese juego.

Teníamos que ejecutar el plan sin errores. Necesitábamos cuidar cada detalle para guiar a Mary y a Lenya en la extraña y delicada tarea que se avecinaba. Para Mary, lo hicimos sencillo; convertimos todo en una especie de aventura, un juego en el que cada paso tenía un propósito oculto.

—Mary, vamos a jugar un juego en la oscuridad. ¿Quieres participar? —le pregunté con una sonrisa.

Sus ojos curiosos se iluminaron, aunque un destello de duda cruzó su rostro.

—¿Mi mamá también? ¿Y Mita y mi tío Lito? —preguntó, mirando alrededor como si intentara armar el rompecabezas—. ¿Y Lenya y...?

La interrumpí —y todos los demás. Luego añadí con seguridad: —Sí, ellos también van a jugar con nosotros, y va a ser divertido.

Aún parecía insegura, así que me arrodillé junto a ella y le expliqué cada detalle del juego: cómo iba a comenzar, lo que tenía que hacer y lo importante que era.

—Vas a ver un conejo blanco, y cuando aparezca frente a ti, lo vas a seguir mientras salta a lo largo de la cerca. Cuando se detenga, yo te diré cuándo empezarás a regar las flores. Y cuando el conejo vuelva a saltar, seguirás esparciendo los pétalos hasta llegar al otro cerco.

Los ojos de Mary volvieron a brillar al escuchar lo del conejo, su imaginación abrazando la idea. —Pero aquí está la parte importante —continué, inclinándome más cerca—: tienes que seguir esparciendo las flores, un puñado a la vez, exactamente donde el conejo se haya detenido. No pares hasta llegar a la otra cerca. Ahí, el conejo se dará la vuelta y empezará a saltar de regreso. Y cuando lo haga, tendrás que seguirlo —rápido— hasta alcanzar a tu mamá. —¿Lo entendiste?

Mary dijo que sí lo había entendido, mostrando entusiasmo; la emoción del juego empañaba la seriedad de la tarea. El conejo blanco y las flores le parecían una gran diversión. Pero yo sabía lo crucial que era que siguiera cada paso con precisión.

Lenya, en cambio, era lo bastante lista para captar el propósito más profundo del plan. Ella debía seguir las mismas instrucciones que Mary, pero con una diferencia clave.

—Lenya —le dije, apartándola un lado—, vas a seguir al conejo y esparcir las flores igual que Mary, pero cuando termines, tendrás que correr —rápido— de regreso al lugar donde Mita te estará esperando.

—Asegúrate de que Mary siga el plan, y si se equivoca, guíala hasta que lo haga bien. No te vayas hasta que lo haya hecho correctamente —le indiqué.

Ella me aseguró con seriedad que había comprendido todo con claridad.

La expresión de Lenya era más seria que la de Mary, pero en sus ojos brillaba un destello de determinación. Sabía que esto no era solo un juego; comprendía que había algo importante en marcha, aunque no le hubiéramos explicado cada detalle. Confiaba en que entendiera la urgencia sin dejarse dominar por el miedo.

—Lo más importante —les recordé a ambas— es que se mantengan en el rastro del conejo. No se aparten, no se detengan y no miren atrás —a menos que sea absolutamente necesario—. Sigan avanzando, sin que nada las distraiga. Síganlo hasta el final. Y cuando terminen, corran lo más rápido que puedan.

Mary parecía más emocionada que nerviosa; imaginaba al conejo blanco saltando, guiándola en su aventura. Pero Lenya, a pesar de la fragilidad de su niñez, irradiaba una firmeza que pocos adultos habrían tenido en su lugar.

Mientras las observaba prepararse, el plan se sentía más real que nunca. Hablar de conejos y flores resultaba difícil de creer, pero yo conocía la verdadera importancia detrás de esos pasos. Calculaba cada detalle y planeaba cada movimiento con precisión. El espíritu juguetón de Mary la mantendría concentrada, mientras que la mente aguda de Lenya aseguraría que todo se hiciera correctamente.

Ahora solo quedaba llevar el plan a cabo. El conejo, las flores y todo lo demás formaban parte de algo mayor. Esperaba que todo aquello pusiera fin al tormento que nos había perseguido por tanto tiempo y rompiera el dominio de la oscuridad que se negaba a soltarnos.

Las niñas estaban listas y, aunque el miedo seguía rondando mi mente, tenía que confiar en que esto funcionaría. Estaban más que preparadas —eran valientes—, y lo enfrentaríamos juntos.

No podía evitar preguntarme qué tenía que ver un conejo y unas flores con todo esto. El plan me parecía extraño, irreal. Confundido, le pregunté a Don Tibet: —¿Se supone que yo también debo seguir a un conejo y esparcir flores?

Don Tibet negó suavemente con la cabeza. —No —dijo, sereno y medido—. Tu papel es distinto. Tú no seguirás al conejo. Estarás dentro de la propiedad y tu tarea es más importante. Serás responsable de completar el círculo.

Se detuvo un momento, asegurándose de que lo estaba siguiendo antes de continuar. —Vas a ir directo a la cerca —explicó—, y te detendrás justo al lado de Mary. Ella estará del otro lado, trabajando en su parte del plan. Una vez que Mary comience a esparcir sus flores, tendrás que empezar a esparcir tu polvo. Pero esta parte es crucial: no puede haber ningún espacio entre lo que tú esparzas y lo que esparza Mary. Tu polvo debe tocar el de ella y el de Lenya, formando un sello perfecto.

Escuché con atención, dándome cuenta de lo delicado que era este plan. No podía haber errores. Si había la más mínima ruptura en el círculo, todo se vendría abajo.

Don Tibet siguió hablando, pero se detuvo para aclarar algo que me rondaba en la mente. Su voz firme transmitía una certeza extraña, como si ya hubiera previsto cómo se desarrollaría todo.

—Mary y Lenya creerán que están esparciendo pétalos de flores porque eso es lo que verán —explicó—. En realidad, estarán esparciendo polvo.

Asentí, asimilando sus palabras, pero continuó antes de que pudiera preguntar más.

—El conejo que seguirán no es real —es una visión que yo crearé para ellas, guiándolas hacia donde deben ir.

Lenya no se dejaba engañar fácilmente y sabía exactamente para qué era el plan; me lo dejó claro. Pero a ella no le importaba si esparcía flores o polvo, o si seguía a un conejo o a cualquier otro animal imaginario. Para ella, daba lo mismo. Se concentraba en una sola cosa: terminar con esto de una vez. Lenya era práctica y lo bastante astuta para entender las cosas, y aunque no lo demostrara, yo sabía que estaba tan ansiosa como el resto de nosotros por acabar con el tormento. Haría lo que le pidieran, sin dudarlo ni por un segundo.

Don Tibet interrumpió mis pensamientos. —Y en cuanto a ti... —Me miró con intensidad—. Solo sigue el rastro.

Parpadeé. —¿Qué rastro? —pregunté, sin estar seguro de lo que quería decir.

Su expresión se mantuvo serena. —Una vez que cruces la línea donde termina la sal, entrarás en otra dimensión —dijo—. Te encontrarás en un bosque y habrá un sendero. Pase lo que pase, debes seguir ese sendero —y nada más—.

Un frío malestar se asentó en mi estómago. ¿Otra dimensión? ¿Árboles? ¿Un sendero? Nada de eso formaba parte del plan —al menos, no del plan para el que yo creía estar preparado—. Aquellos nuevos detalles me golpearon de pronto, con un peso más aplastante que antes. Mi imaginación se desbordó en posibilidades infinitas y desconcertantes.

Al percibir mi creciente terror, Don Tibet suavizó su voz. —No te preocupes —me aseguró—. Yo estaré contigo cuando llegues allí.

Don Tibet dudaba que sus palabras pudieran calmar el miedo que me recorría por completo. Fuera lo que fuera lo que me esperaba, ahora sabía que estaba muy por encima de todo lo que había imaginado. Aun así, sus palabras ofrecieron un pequeño consuelo, aunque la incertidumbre seguía allí, aferrada a mí como una sombra.

—Cuando entres al otro lado, escucharás los aullidos del perro a lo lejos —explicó—. Pero, a medida que avances, los aullidos parecerán acercarse —porque estarás acercándote a él—.

Hizo una pausa, y por un instante sentí cómo sus palabras se deslizaban dentro de mí, marcando cada pensamiento antes de que continuara hablando.

—Cuando completes el círculo, el perro sentirá la perturbación. Ladrará y gruñirá, pero no te detectará. Para él, no existirás. Sabrá que hay algo ahí, pero no podrá ni verte ni tocarte.

Quería tranquilizarme, pero aun así un nudo se apretó en mi estómago. La idea de estar tan cerca de la criatura, escuchando sus furiosos ladridos y gruñidos mientras permanecía invisible, me recorrió con un escalofrío. Quería creer en su certeza, confiar en su conocimiento. Aun así, en el fondo, no podía quitarme de encima la sensación de que esto era distinto, casi imposible de enfrentar.

—Tú tampoco verás al perro. Las hierbas que llevas te protegerán —dijo Don Tibet, dándome un pequeño sentido de alivio. El nudo en mi estómago empezó a aflojarse al escuchar esas palabras. Lo sentirás, pero tampoco podrás verlo.

—No te lo quise decir antes porque no quería preocuparte —añadió, antes de continuar—. Esperé el momento adecuado. Lo harás muy bien.

Sus últimas palabras me dieron una nueva muestra de seguridad.

Don Tibet se había desviado de la conversación por un momento, pero volvió enseguida al punto donde había quedado. —Después de conectar tu polvo con el de Mary —continuó—, tendrás que darte la vuelta de inmediato y avisarle a Lenya en voz baja para que empiece a regar el suyo. Ella estará al lado de la otra cerca, esperando tu señal.

Podía imaginar a Mary y a mí en lados opuestos de la cerca, moviéndonos al mismo tiempo, mientras Lenya esperaba cerca, lista para cumplir su parte.

—Una vez que le hayas dado la señal a Lenya —dijo—, empezarás a esparcir tu polvo. Pero cuando llegues al final, tu guía te estará esperando.

Parpadeé, con la mente acelerada. ¿Mi guía? ¿Otra sorpresa? La manera en que lo dijo me dejó con más preguntas que respuestas, pero algo en su tono me indicó que no estaba supuesto a entenderlo —al menos no del todo—. Sentí que había una capa más profunda en el plan que no debía conocer.

—No estarás solo —dijo suavemente Don Tibet, notando mi duda—. Tu guía aparecerá en el momento justo y sabrás qué hacer.

Tragué saliva con fuerza, intentando absorber el peso de mi respons-abilidad. No se trataba solo de esparcir polvo o seguir instrucciones —se sentía mucho más grande que eso—. No entendía del todo el significado del polvo ni por qué teníamos que seguir pasos tan precisos. Aun así, sabía lo suficiente para darme cuenta de que cada detalle importaba.

La presión aumentaba, pero la calma y la fe inquebrantable de Don Tibet en mí tranquilizaron mis nervios. No necesitaba saberlo todo; solo tenía que cumplir mi parte. El polvo, el círculo, el conejo y las flores eran piezas de un rompecabezas que, con suerte, pondría fin a las fuerzas ma-lignas contra las que habíamos estado luchando tanto tiempo.

Solté un suspiro breve y asentí, decidido a cumplir con mi parte. —Me aseguraré de que no haya huecos —dije, más para mí mismo que para Don Tibet.

Don Tibet dio una leve sonrisa, un destello de aprobación en sus ojos. —Bien. Aférrate al plan y recuerda —no estás solo en esto—.

Y con eso, sentí cómo el peso del momento se posaba sobre mis hombros. No era solo un ritual extraño ni un juego. Era nuestra última oportunidad de liberarnos, y yo tenía un papel que cumplir para asegurarme de que funcionara.

Reuní a las niñas para terminar de explicarles el supuesto "juego" que comenzaría a medianoche; debíamos estar listos. Mary necesitaba más atención, así que pasé más tiempo repasando su papel y asegurándome de que no se confundiera. Ensayamos una y otra vez hasta que todo quedó impecable.

Lenya, en cambio, no requería tanta supervisión. Le expliqué el plan una sola vez y lo entendió de inmediato. Ejecutó su papel con una precisión sorprendente, como si hubiera estado preparándose para este momento durante semanas. Su expresión seria me dijo todo lo que necesitaba saber.

Repetidamente les recordaba la importancia de no dejar espacios vacíos mientras esparcían las flores. —Esta parte es importante —les dije, ase-gurándome de que me prestaban atención—. Lo único que tienen que hacer es mirar hacia atrás de vez en cuando y revisar si hay huecos. Si ven alguno, regresen y rellénenlo. Pero la mejor manera de evitarlo es hacerlo bien desde la primera vez.

Una parte esencial del plan era evitar distracciones, especialmente los ladridos del perro. Yo sabía que serían fuertes e inquietantes, pero ellas tenían que mantenerse concentradas. No estaba seguro de si Don Tibet tendría más sorpresas preparadas para ellas.

—Escuchen —dije, con un tono más serio ahora—. El perro va a ladrar —quizás muy fuerte—. Tienen que ignorarlo. No importa lo aterrador o lo distraído que sea, no le hagan caso al perro ni a ningún otro sonido que escuchen. Si el perro se acerca demasiado, tírenle algunas flores y sigan al conejo mientras esparcen sus pétalos. Eso es todo lo que tienen que hacer.

Mary se veía más nerviosa con la idea del perro, así que me arrodillé frente a ella, tomé sus manos suavemente y suavicé mi voz.

—Si puedes mantenerte concentrada y terminar el juego sin distraerte con el perro, mañana te espera un premio especial —le dije, dándole una sonrisa tranquilizadora.

Su rostro se iluminó al instante al escuchar la palabra premio. —¿Qué clase de premio? —preguntó, con los ojos brillando de curiosidad.

—Ya verás —dije con una sonrisa suave—. Pero primero tienes que terminar el juego.

La emoción de Mary por el premio era justo lo que necesitaba para mantenerla enfocada. Su mente dejó de lado el miedo al perro ladrando y se centró en la promesa de algo especial.

Al mirar a las dos niñas, vi en sus ojos una mezcla de determinación y entusiasmo. Lenya estaba completamente concentrada, lista para cumplir el plan con precisión. Mary, en cambio, se sentía impulsada por la promesa de aventura y recompensa.

Sabía que esto no era una simple tarea; todo tenía que salir perfecto. Las flores, el polvo, el conejo y el perro ladrando debían coincidir sin errores. Y yo tenía que confiar en que las niñas, a pesar de su corta edad, estarían a la altura del desafío.

Después de explicarles todo, les recordé que los adultos también estarían involucrados en el juego. No se trataba solo de nosotras: toda la casa tenía un papel que cumplir. Las niñas escucharon con atención, pero mientras Lenya mantenía su calma y concentración, la emoción de Mary se desbordaba. Para ella, lo más importante no eran las flores ni la seriedad de la tarea, sino el conejo y el premio.

La sola mención de un conejo hizo que sus ojos brillaran. Habíamos visto muchos en el campo, pero siempre a la distancia —apenas los veían, salían corriendo detrás de ellos—. Algunas familias del pueblo tenían conejos como mascotas, y eso siempre despertaba la curiosidad de los niños. La idea de ver uno de cerca llenaba a Mary de emoción y la impulsaba a querer participar.

Sonreí al darme cuenta de que ese pequeño detalle del plan bastaba para que Mary sintiera que estaba dentro de algo mágico. Su inocencia infantil seguía intacta, incluso en medio de tanto peligro, mientras Lenya permanecía enfocada en acabar con el mal que nos había atormentado.

Con todo listo y el reloj avanzando hacia la medianoche, solo esperaba que esa extraña combinación de inocencia, determinación y planeación cuidadosa fuera suficiente para sacarnos adelante. Las niñas estaban listas. Solo me quedaba confiar en que, llegado el momento, todo sucedería tal como Don Tibet lo había prometido.

La siguiente parte del plan era entrenar a Teti, que tenía siete años, y a Chely, apenas seis. Su papel era más sencillo que el de las demás —pero igual de crítico y, al mismo tiempo, aterrador—. Por su corta edad e inocencia, su tarea cargaba un peso profundo, imposible de medir. Aunque comprendían poco de lo que estaba ocurriendo, su participación era esencial para el éxito del plan.

Ellas no saldrían corriendo afuera ni esparcirían flores como las otras niñas. En cambio, debían permanecer dentro de la casa, sentadas en posiciones específicas y estratégicas. No comprendían del todo por qué —pro- tegerían a Don Tibet sin saberlo al quedarse dentro—. Su inocencia, de alguna manera, servía como un escudo. La pureza de su presencia era vital para alejar cualquier fuerza oscura que pudiera intentar interferir con el plan.

Reuní a Teti y a Chely, ambas ansiosas por participar en lo que creían que era otra parte del juego. —Su parte es muy importante —comencé, agachándome a su altura para que se sintieran más cómodas—. Van a quedarse dentro de la casa y lo único que tienen que hacer es sentarse en un lugar especial. Sé que puede darles un poco de miedo, pero mi tío y Don Tibet estarán allí con ustedes. Créanme, van a ayudar más de lo que imaginan.

Las niñas escuchaban con atención, moviendo la cabeza en silencio mientras absorbían las instrucciones. Para ellas, esto era solo otra parte del juego, y así debía mantenerse.

—Vamos a practicar unas cuantas veces —les dije, tratando de mantener mi voz serena, y también para explicarles, con suavidad, que debían saber exactamente dónde sentarse y cuánto tiempo quedarse ahí—. Pero una vez que estén en su lugar, lo único que tienen que hacer es sentarse en silencio, mantener los ojos cerrados y esperar hasta que alguien venga por ustedes. Piensen en esto como un juego de quedarse quietas: cuanto más tiempo logren estar sentadas, mejor lo estarán haciendo.

Se rieron ante la idea de que fuera un reto; en sus ojos brillaba la emoción de sentirse parte de algo importante.

—¿Podemos ganar el juego si somos las que nos quedamos sentadas más tiempo? —preguntó Chely, con una sonrisa curiosa.

—Exacto —respondí con una sonrisa—. Mientras más tiempo se que- den, más estarán ayudando. Van a ganar solo con quedarse en su lugar especial hasta que vayamos por ustedes.

—Recuerden que necesitan tener los ojos cerrados todo el tiempo —les dije, con una voz suave pero firme—. No importa lo que escuchen o lo que pase a su alrededor, no los abran. Es parte del juego. Pueden cubrirse los ojos con las manos si lo necesitan, pero deben mantenerlos cerrados a toda costa.

Observé sus rostros con atención, asegurándome de que comprendieran la seriedad detrás de mis palabras, aunque mantuve un tono ligero. Sabía lo que venía: los espíritus malignos que nos atormentaban noche tras noche, casi con certeza, intentarían asustarlas. Pero no quería infundirle más miedo a Teti y a Chely del necesario.

—Los malos espíritus pueden intentar asustarlas —continué, eligiendo mis palabras con cuidado—. Igual que lo hacen cada noche, van a tratar de hacer ruidos o trucos para que abran los ojos. Pero aquí está lo importante: este es un juego donde ustedes les mostrarán que son más fuertes que ellos. Si mantienen los ojos cerrados, les probarán que ya no pueden asustarlas.

Sus caritas se pusieron serias, comprendiendo el peso de la tarea. Vi un destello de preocupación en sus ojos.

—Mi tío Lito estará cerca de ustedes todo el tiempo —las tranquilicé—. Él estará allí para animarlas, para recordarles que mantengan los ojos cerrados, aunque todo se ponga feo. Él también está jugando y les ayudará a mantenerse fuertes.

—Si escuchan a mi tío Lito decirles que abran los ojos, no lo hagan. Los espíritus pueden intentar imitar su voz para engañarlas. —Antes de abrir los ojos, pídanle que diga la palabra secreta —solo ustedes y mi tío la saben—. Susúrrenmela ahora... ¿la recuerdan?

Ambas se inclinaron y, una por una, me susurraron al oído: —Amor.

—Los espíritus malignos no pueden decir esa palabra. Ese es el truco —nosotros se lo jugaremos a ellos—. Van a intentar con muchas palabras: con muchas palabras, pero nunca esa. Aunque ustedes les contaran el secreto, no podrían repetir esa palabra. Solo mi tío puede hacerlo.

Vi cómo sus hombros se relajaban un poco al escuchar el nombre de mi tío. Confiaban en él, y saber que estaría cerca les daba la seguridad que necesitaban para enfrentar lo que venía.

—Pero recuerden —repetí, inclinándome más cerca—, pase lo que pase, mantengan los ojos cerrados. Nada de espiar, sin importar la curiosidad que sientan. Así es como ganarán el juego.

La voz de Teti fue suave pero firme cuando preguntó:

—¿Y si los espíritus tratan de hablarnos?

—Puede que lo intenten. Si lo hacen, no les contesten ni respondan a ninguna de sus preguntas —dije con honestidad—. Esa es parte de su juego, tratar de engañarlas. Si los escuchan, recuerden esto: no pueden hacerles daño. Ustedes son más fuertes que ellos y mientras mantengan los ojos cerrados, no tienen poder sobre ustedes.

Chely, más valiente como siempre, asintió con firmeza. —No vamos a abrir los ojos. Vamos a ganar.

Sonreí, sintiendo orgullo por su valentía. Estas dos niñas, tan pequeñas e inocentes, estaban siendo llamadas a enfrentar fuerzas que apenas comprendían. Pero sabía que su inocencia era su mayor fortaleza. Los espíritus se alimentaban del miedo, pero Teti y Chely estaban aprendiendo algo poderoso: ellas ya habían sufrido mucho bajo los acechos de estas criaturas y su experiencia sería su aliada para dominar el juego.

Me puse de pie con calma y repetí: —No importa lo que escuchen o sientan, mantengan los ojos cerrados. Ustedes tienen el control de este juego. Y recuerden, no van a estar solas. Mi tío Lito va a estar allí, cerca de ustedes, y las va a proteger.

Ellas inclinaron la cabeza al mismo tiempo, con el rostro serio y concentrado. Aunque su tarea parecía sencilla, en realidad era mucho más significativa. Su energía inocente era algo que los espíritus no podrían penetrar y serviría para proteger a Don Tibet.

Si las niñas abrían los ojos, Don Tibet comenzaría a debilitarse. Su confianza —sellada por los ojos cerrados y el silencio firme— era lo que lo protegía. Sin eso, el equilibrio del ritual se rompería. Los espíritus percibirían la grieta en la concentración, la fisura en las barreras de protección y la aprovecharían. Se volverían más agresivos y dominantes, y Don

Tibet —por más fuerte que fuera— quedaría vulnerable. Si eso sucedía, los espíritus lo atacarían y el ritual fracasaría. La oscuridad que intentaba contener podría derramarse sobre nosotros, y ya no habría marcha atrás.

Cuando terminamos de practicar, las dos niñas estaban ansiosas por cumplir con su parte. No necesitaban conocer todos los detalles. Para ellas era un juego que estaban decididas a ganar. Y para el resto de nosotros, su participación inocente podía marcar la diferencia entre el éxito y el fracaso.

Con todos entrenados y listos, Don Tibet hizo los preparativos finales. Había pensado en cada detalle sin dejar nada al azar. La tensión en la casa era intensa, pero latía una extraña anticipación: una sensación inquebrantable de que estábamos al borde de algo monumental.

Me sorprendió que Don Tibet me incluyera en estos últimos pasos. Era a la vez abrumador y, de alguna manera, alentador formar parte de las entrañas de un plan tan significativo. Con seguridad me fue guiando a través de los preparativos, explicando con cuidado cada paso y por qué era importante.

Ya entrada la tarde, Don Tibet tenía otra sorpresa para mí. —Hay unas cuantas cosas más que deben hacerse antes de que comience el ritual —dijo, entregándome tres largos collares de hierbas, cada uno amarrado con una cuerda roja y delgada. Su expresión era seria, y su voz, baja pero firme.

—Vas a colgar estos collares en partes clave — en la parte alta de la cerca, en el alambre de arriba y en el lugar donde vas a empezar el círculo. Yo te señalaré los puntos exactos. La primera va del lado de Mary, donde te vas a reunir con ella. La segunda la cuelgas de tu lado, de la cerca que tendrás enfrente, donde Lenya va a comenzar. Y la tercera la colocas en el punto final de Lenya, donde ella se encontrará con Mary, pero asegúrate de que quede del lado de Lenya. Estos collares son cruciales para la protección. Son tres puntos y cada uno debe tener un collar. Con ellos, la energía maligna se debilitará.

Don Tibet se puso frente a mí y me colocó un collar de hierbas alrededor del cuello. —Lleva esto todo el tiempo mientras estés allá afuera —dijo—. Es protección.

Sus palabras tenían un aire de urgencia. Pude darme cuenta de que no se trataba de una tarea cualquiera; los collares eran como anclas que formarían una barrera invisible para ayudar a alejar las fuerzas oscuras que estábamos a punto de enfrentar.

Señaló hacia la cerca lejana, su dedo trazando el camino que yo tendría que seguir. —Una vez que los coloques bien asegurados —añadió—, regresa aquí. Hay algo más que debes hacer.

Apreté los collares con fuerza, sintiendo la aspereza de las hierbas a través de la cuerda, y me encaminé hacia el primer punto. La tarde estaba en silencio, apenas interrumpida por el leve susurro de las hojas de los árboles. Al acercarme a la cerca —donde se suponía que me encontraría con Mary a la medianoche— me detuve un instante y miré hacia atrás a Don Tibet, preguntándome si estaba en el lugar correcto.

Él permanecía inmóvil y me hizo una señal con la mano. Necesitaba moverme un poco más hacia el lado de la calle. Ajusté mi posición lentamente, observándolo en busca del punto adecuado. Hizo un movimiento firme con la cabeza, justo a un par de pies del círculo que formaban los arbustos.

Me incliné sobre la cerca y amarré con cuidado el primer collar al otro lado del alambre, asegurándome de que quedara firme. Reinaba un silencio extraño a mi alrededor, un peso en el aire que me erizaba la piel, pero me mantuve concentrado en la tarea. Una vez colocado el primer collar, avancé hacia el siguiente punto.

El olor penetrante de las hierbas se elevaba a mi alrededor, como si alguna fuerza extraña las agitara. El aroma del collar que llevaba en el cuello era distinto al de los demás, pero igual de reconfortante.

Encontrar el punto de inicio de Lenya fue similar. Don Tibet señaló el área y avancé con cuidado hasta allí, deteniéndome de vez en cuando para comprobar sus indicaciones. Justo antes de llegar al árbol de limón, mientras pasaba junto a un grupo de arbustos espesos, sentí una energía negativa que provenía del lugar donde el perro negro solía merodear por las noches. Una sensación más intensa de inquietud me recorrió el cuerpo. Me detuve por un momento, el miedo subiendo dentro de mí, familiar y punzante. Pero la presencia distante de Don Tibet se mantenía firme, como un ancla que me mantenía con los pies en la tierra.

Volví a mirarlo y me hizo un gesto firme con la mano para que siguiera adelante. Me guío el resto del camino con pequeños movimientos deliberados, asegurándome de que estuviera en la posición correcta antes de indicarme que atara el segundo manojo. Me agaché para alcanzar la cerca bajo las ramas del árbol de limón. Una vez allí, aseguré el collar con firmeza, sintiendo una extraña mezcla de urgencia y calma.

Una vez que salí de debajo del árbol de limón, seguí la cerca en dirección a la casa. Abrí el angosto portón, pasé al otro lado y caminé por la grama, entre la cerca y la calle, dirigiéndome hacia el punto final de Lenya.

La sensación extraña regresó mientras me acercaba a ese lugar, dándome un escalofrío tremendo. Mis manos temblaban mientras ataba el tercer collar de hierbas en su lugar. Cuando estuvo bien asegurado, me di la vuelta y corrí de regreso hacia Don Tibet tan rápido como pude.

Con mi parte cumplida, me reuní con Don Tibet, emocionado. Su rostro mostró una leve señal de aprobación al verme acercar. —Bien —dijo—. La primera parte está hecha. Ahora vamos a prepararnos para el siguiente paso.

Me sorprendió su comentario; pensé que ya había terminado mi tarea. Pero su tono insinuaba que algo más serio venía, y comprendí que estábamos más cerca del momento para el que nos habíamos estado preparando.

—Aquí, toma estos tokens —dijo Don Tibet, entregándome una pequeña pila de ellos redondos y de color café que nunca había visto en mi vida. Se sentían más pesados de lo que parecían: medio gastados, antiguos, con diseños intrincados y palabras extrañas grabadas en la superficie. Cada uno tenía un pequeño agujero en el centro, lo que aumentaba su apariencia misteriosa.

—Estos no son solo simples tokens—añadió con tono serio—. Son herramientas para sellar el círculo y protegerte. Necesito que los entierres en puntos específicos.

Señaló el lugar donde había colgado el primer collar, el punto donde me encontraría con Mary. —Quiero que entierres un token allí, justo debajo del collar, y otro de este lado de la cerca. Los agujeros deben ser lo bastante profundos para cubrirlos por completo, pero no tanto como para que queden demasiado hundidos bajo la superficie.

Se inclinó y, usando un pequeño cuchillo, hizo un hoyo en la tierra como demostración. El hueco era preciso, lo justo para que el token encajara firmemente. Luego me entregó el cuchillo, fijando sus ojos en los míos.

—Una vez que hayas enterrado los dos *tokens*, date la vuelta y empieza a caminar en forma de semicírculo hacia el lugar de Lenya —instruyó—. Pero pon mucha atención: debes mantener la vista al frente. No mires atrás, pase lo que pase. Es crucial. Si lo haces, el círculo imaginario se romperá y tendrás que empezar de nuevo.

Lo repitió con más fuerza, su voz cargada de advertencia: —Rompes el círculo y todo comienza otra vez.

La gravedad de su tono me erizó la piel. La seriedad del plan me golpeó más fuerte que nunca.

—Mientras avances de manera circular hacia la posición de Lenya, espera mi señal —dijo con voz baja y calculada—. En el momento en que la veas, detente de inmediato. Donde caiga tu pie derecho, ahí debe ir un token. Mueve el pie con cuidado. Cava rápido y sin titubear. Entierra uno, cúbrelo y presiona con fuerza, tal como te mostré.

Asentí, sintiendo el peso de cada paso. No se trataba solo de acciones físicas: era parte de un ritual que debíamos ejecutar con precisión absoluta.

—Después de eso —dijo—, continúa caminando hacia el lugar de Lenya. En su punto de inicio, entierra otro token de este lado de la cerca, debajo del collar, y otro del otro lado.

Se detuvo y me entregó un alicate. —Quizá necesites cortar el alambre de púas para pasar arrastrándote. Haz lo que sea necesario para llegar al otro lado, pero recuerda: no mires atrás. Debes seguir avanzando, siempre manteniendo el recorrido circular.

Tomé el alicate y sentí el frío del metal en mi mano.

—Después de que camines hacia el punto final de Lenya —continuó Don Tibet—, ya no podrás verme. Tendrás que guiarte por el sonido de mis silbidos. Cuando escuches tres, como estos...

Silbó tres notas claras y distintas, asegurándose de que las reconociera.

—Ese es el momento en que te detienes y entierras otro token exactamente donde esté tu pie derecho.

Su voz era firme, pero llevaba una urgencia que no le había escuchado antes. —Continúa hasta el punto donde Lenya se encontrará con Mary, y entierra un token de este lado y otro al otro lado de la cerca. Luego tendrás que arrastrarte o cortar el alambre para seguir el camino circular.

Las instrucciones eran intrincadas y detalladas, cada paso crítico para sellar el círculo. Me esforcé por grabar cada detalle en la memoria, sabiendo que no había margen para errores.

—Esta vez podrás verme —dijo, suavizando un poco la voz—. Cuando recibas mi señal, detente y entierra otro token como antes. Después, sigue avanzando a lo largo del círculo hasta llegar al lugar donde te encontrarás con Mary. Para completar el círculo, deberás pasar al otro lado de la cerca y, desde allí, regresar aquí lo más rápido posible.

Tragué saliva con fuerza, sintiendo el peso de la tarea que me esperaba. Sabía que mi familia me pedía hacer algo más allá de lo físico. Necesitaba mantener la concentración y la fe, y cumplir el ritual a pesar del miedo o la incertidumbre.

Sus ojos estaban fijos en mí, asegurándose de que comprendiera la importancia de cada paso.

Don Tibet me entregó un pedazo de alambre de púas oxidado que habíamos encontrado tirado por ahí. Lo tomé, examinando sus puntas afiladas y el grosor del metal.

—Usa el alicate. Apriétalo con fuerza —me indicó. Dudé un instante, sintiendo de pronto el peso del metal en mis manos.

Presioné las manijas, batallando al principio para ejercer suficiente fuerza en el corte. Mi agarre estaba tembloroso, pero logré cortar el primer alambre usando ambas manos. No fue fácil; la resistencia era fuerte, pero me obligué a mantener la concentración. Cuando por fin corté el segundo alambre, sentí un pequeño triunfo, sabiendo que podría hacerlo llegado el momento.

Cuando terminó de explicarme, me hizo repetir todo el proceso paso a paso, desde el principio hasta el final, hasta que lo hice bien. Fue paciente y me corrigió cuando era necesario. Practicamos una y otra vez, moviéndonos al lado opuesto de la casa para que yo pudiera ensayar los movimientos en tiempo real. Fue una sesión de entrenamiento rigurosa para prepararme para lo que venía.

Para cuando terminamos el ensayo completo, la noche ya se acercaba, aunque todavía quedaba bastante luz de día. Me sentí aliviado. La idea de realizar esos pasos cerca de los arbustos, en la oscuridad donde el perro rondaba cada noche, me llenaba de terror. Pero con el sol aún en el cielo, tenía tiempo para prepararme mentalmente, aunque sabía que, cuando llegara el momento, todo sería mucho más intenso.

—Sé que no es fácil —dijo Don Tibet, notando mi inquietud—. Confía en el entrenamiento, confía en ti mismo. Y recuerda: no estás solo. Todos contamos unos con otros.

Se me olvidó algo: —Después de que regreses aquí —continuó Don Tibet—, irás hasta aquel árbol, y cuando llegues a la cerca tendrás que cortar los alambres.

Señaló hacia un árbol grande junto a la cerca, al lado de la cocina. Era la misma cerca donde había colgado el primer collar, solo que un poco más adentro de la propiedad. Luego siguió explicándome:

—Dóblalos con cuidado para crear una abertura lo bastante amplia para que Mary pueda pasar sin arañarse. Asegúrate de que queden firmes y seguros, para que no se lastime.

—Una vez que hayas hecho la abertura, pasa al otro lado de la cerca y camina de regreso junto a ella. Asegúrate de que no haya obstáculos; remueve cualquier escombro que pueda hacer tropezar a Mary o retrasarla. Esta parte es crucial. No podemos darnos el lujo de cometer errores.

Dijo estas últimas instrucciones con rapidez, como si quisiera evitar que me preocupara por otra sorpresa. No me dio tiempo de pensar demasiado; además, esta última tarea era fácil de cumplir.

Le prometí que lo haría bien, sintiendo el peso de sus instrucciones.

—¿Estás listo? —preguntó Don Tibet, interrumpiendo mis pensamientos mientras buscaba en mis ojos cualquier señal de duda.

Inspiré profundamente y levanté la cabeza con firmeza, apretando los tokens con fuerza en mi mano antes de guardarlos en el bolsillo derecho del pantalón.

—Estoy listo.

Con un firme asentimiento de Don Tibet, supe que había llegado el momento. Me había preparado para esto y ya no había espacio para titubeos.

Con eso, comencé el ritual, sabiendo que cada token y cada paso eran cruciales para sellar el círculo, nuestra oportunidad de libertad.

Corrí hacia la cerca, con el corazón golpeando en mi pecho, y me puse manos a la obra.

Enterré el primer token debajo del collar, presionándolo contra la tierra. Luego enterré el otro de este lado y me di la vuelta. Después, comencé a caminar en círculo, tal como lo había practicado. Mis pasos eran cuidadosos pero rápidos. Cuando Don Tibet me dio la señal, me detuve de inmediato, me arrodillé y enterré otro token justo debajo de mi pie derecho, pisándolo con fuerza para que quedara firme en el suelo. Cada movimiento fluía como parte de un ritmo mayor, una secuencia inquebrantable que había seguido a la perfección. En ese punto, me sentí un poco confiado.

—Esto es demasiado fácil —murmuré.

Seguí avanzando hacia el lugar de Lenya, con los ojos fijos en el suelo frente a mí. Levanté una rama del árbol de lima y caminé por el espacio oscuro y vacío que quedaba debajo hasta llegar a la cerca. Repetí los mismos pasos, colocando un token en el suelo bajo el collar y otro del otro lado.

El silencio a mi alrededor se profundizó, como si los mismos árboles contuvieran la respiración. Mi pulso se aceleró. El aire se volvió más denso, cargado con el olor a tierra húmeda y hojas trituradas que se elevaba a cada paso. Apoyé las manos en el suelo y me recosté lentamente boca abajo.

Después de respirar profundamente unas cuantas veces, comencé a arrastrarme bajo la cerca. Mi cabeza pasó sin problema, pero al empujar hacia adelante, mi camisa se enganchó en el alambre de púas. El alambre estaba más abajo de lo que esperaba. Me pegué al suelo, tratando de avanzar a rastras. Las puntas afiladas tiraban de la tela y luego rasparon mi espalda; un ardor tremendo recorrió mi piel.

Luego las púas se engancharon más profundo, desgarrando todo mi ser. Un latigazo ardiente recorrió mi cuerpo cuando el metal mordió mi carne. Intenté retroceder, pero eso solo clavó más el alambre. El pánico me oprimió el pecho. Estaba atrapado. La sangre tibia se extendió por mi camisa, espesa y pegajosa contra mi piel.

Mi primer instinto fue usar el alicate, pero, acostado boca abajo y con el alambre presionando mi espalda, era casi imposible alcanzarlo. Tenía los brazos estirados al frente, pegados al suelo, con apenas espacio para doblarlos, mucho menos para maniobrar con fuerza. Desde ese ángulo, intentarlo era inútil.

La frustración me invadió junto con una oleada de desesperación. Estaba fallando en mi misión, y nadie vendría a rescatarme. Esta era una batalla que debía pelear solo.

Desesperado, apoyé la frente contra el suelo para ordenar mis pensamientos. No podía rendirme. Necesitaba una solución y la necesitaba ahora mismo. Miré a mi alrededor y localicé un palo seco, algo grueso que sobresalía entre los matorrales, caído y casi a mi alcance. Lo examiné con cuidado desde mi posición: era firme. Tenía varias ramas y parecía ser mi única salvación.

Me arrastré hacia adelante y luego me desplacé a la derecha, con la mirada fija en el palo. Estirando mi brazo derecho lo más que pude, mis dedos apenas rozaron su superficie áspera, pero no lo suficiente para sujetarlo. La frustración me apretó el pecho mientras me impulsaba hacia adelante, alcanzando con cada gramo de fuerza. Cada movimiento desataba una punzada más aguda, como si el alambre cobrara vida y se hundiera más en mi carne.

Aun así, seguía fuera de mi alcance.

Decidido, volví a respirar profundamente para prepararme y di un tirón para alcanzarlo, ignorando la grava que había quedado esparcida por allí desde hacía muchos años y que se me incrustaba en mis brazos. Con ese último esfuerzo, la punta de mis dedos se cerró alrededor del palo, asegurando el agarre. En ese mismo instante, un dolor desgarrador estalló en mi piel cuando las púas se hundieron, cortando la carne aún más, como cuchillos que abrían paso entre la carne. Un gemido agudo se escapó de mis labios, pero me negué a soltarlo.

Apretando los dientes, luché contra el ardor insoportable. Me obligué a retroceder, centímetro a centímetro, hasta volver a mi posición original. Mi piel ardía y mi respiración salía entrecortada, pero ya tenía el palo en mis manos.

Me detuve un instante, metiendo la mano bajo la camisa para palpar mi espalda. Mis dedos encontraron los cortes profundos y las púas incrustadas. Al sacarla, la vi manchada de sangre. Mi cuerpo palpitaba de dolor, pero sabía que no podía detenerme.

Comencé a mecer mi cuerpo hacia adelante y hacia atrás, con la esperanza de aflojar las púas y liberarme. Intenté empujarlas hacia arriba, pero fue inútil. El dolor solo se intensificó, ardiendo en mi espalda como fuego. Apreté la mandíbula, conteniendo un grito, consciente de que cualquier movimiento brusco podía empeorarlo.

Apreté el palo entre mis manos y empecé a quebrar las ramas, dejando en la parte superior una forma de "Y". Luego lo sostuve contra el alambre para medir el largo que necesitaba. Era demasiado largo. Sin pensarlo dos veces, lo retiré y traté varias veces de quebrarlo donde quería, pero era inútil: el palo era grueso y no tenía la fuerza suficiente para hacerlo.

Quería dejarlo de un tamaño justo, lo bastante corto para levantar el alambre apenas unos centímetros del suelo. El pánico comenzó a envolverme; no sabía qué hacer. Busqué otra solución y, casi vencido, apoyé de nuevo la cabeza en el suelo. Miré a mi alrededor, buscando otra opción, pero no había nada.

Mientras mi mente daba vueltas, recordé el alicate. Al sacarlo del bolsillo del pantalón, el cuchillo cayó al suelo. Estaba tan desesperado que se me había olvidado que lo llevaba conmigo. Apenas lo había usado cuando enterré el último token.

Hice una línea con el cuchillo alrededor del palo, tan honda como pude. Después de varios intentos por quebrarlo y usar el cuchillo una y otra vez, finalmente lo conseguí.

Cuando quedó más corto, coloqué el extremo en forma de "Y" debajo del alambre. Lo levanté con cuidado, pero en ese mismo instante un dolor punzante me atravesó: las púas seguían incrustadas profundamente en mi piel, su agarre implacable.

Cada movimiento era lento y agonizante. Estiré los brazos hacia adelante mientras el alambre quedaba apenas por encima de mis hombros, limitando severamente mi capacidad de maniobrar el palo. Intenté moverme hacia atrás para acercar los brazos, pero el alambre se hundió más, enviando nuevas oleadas de dolor. Apretando los dientes, giré un poco, ajustándome lo suficiente para sujetar el palo con más firmeza.

Mi corazón latía con fuerza mientras me preparaba para lo que venía. Respiré hondo tres veces. Luego, con toda la fuerza que pude reunir, empujé el palo hacia arriba.

El alambre se desprendió de mi piel con un sonido desgarrador, arrancando pedazos de carne y desgarrando mi camisa en el proceso. Un gemido agudo de dolor se escapó de mis labios, pero mordí con fuerza, obligándome a guardar silencio. Lo último que quería era que Don Tibet me oyera. A él no se le escapaba nada, y seguramente ya sabía lo que me estaba pasando.

¡Por fin estaba libre!

Golpeado, sangrando y temblando de dolor, respiré profundo y sentí cómo el aire me devolvía un poco de fuerza. Luego, de repente, me acordé de los tokens. Los busqué, pero no lograba encontrarlos. Moví las hojas y la tierra, pero parecía inútil. Por un momento pensé que esta tarea había sido maldita, o tal vez era obra de los espíritus malévolos que intervenían, porque estaba enfrentando un problema tras otro.

Los *tokens* se habían movido de su posición durante mi batalla contra el alambre y la oscuridad del terreno, lo que solo empeoraba la situación, como si todo estuviera destinado a salir mal. Y ahora, no lograba encontrarlos. La desesperación volvió a apoderarse de mí, pero al cabo de un rato se me ocurrió otra idea: en esa área donde los había puesto no había grava. Tomé un puñado de donde pude y la mezclé con la tierra. Levanté la tierra con las manos y la dejé caer. Repetí el proceso varias veces en ambos lugares, hasta que escuché el sonido del metal golpeando las piedras al caer al suelo. Solo así logré hallarlos. Me tomó un buen rato, pero al final lo conseguí.

Ya con los *tokens* en su lugar, tenía que seguir con mi odisea. Sentía la camisa desgarrada pegándose a mi espalda, empapada en sangre. No había tiempo para detenerme. El anochecer se acercaba y debía apresurarme. Con mucho dolor, me levanté y seguí adelante.

Mientras caminaba, un pensamiento resonaba: *No mires atrás.* Era una advertencia, una regla que nadie podía romper. Sin embargo, la duda se coló en mi mente. ¿Qué pasaría si lo hacía? Los arbustos y las ramas de la lima, de todos modos, bloqueaban la vista. Pero entonces recordé de nuevo la voz de Don Tibet, clara y firme: *Pase lo que pase, no mires atrás.*

Apreté la mandíbula, apartando esa idea. No era momento de cuestionar nada, no cuando la integridad del círculo dependía de mí. Seguí avanzando paso a paso, concentrándome en el recorrido y en cada token. Caminaba sobre una delgada línea entre la victoria y la derrota.

El dolor en mi espalda era punzante, pero la misión importaba más. No podía darme el lujo de fallar, no ahora, no cuando estábamos tan cerca.

Me quedé inmóvil cuando los tres silbidos distintivos de Don Tibet atravesaron el aire. Mi corazón golpeaba con fuerza mientras me arrodillaba para enterrar el token exactamente donde había estado mi pie derecho. Cada acción cargaba un peso y una urgencia. Cada token era vital para el círculo.

La ansiedad se filtraba mientras el anochecer se espesaba, y comprendí que aún no había terminado.

Al llegar a la cerca de Vila, seguí la misma rutina: enterré un token de este lado y luego extendí la mano para enterrar el otro. Esta vez no iba a arriesgarme a quedar atrapado de nuevo. Coloqué con cuidado el alicate y lo apreté con todas mis fuerzas. El alambre inferior se resistió al principio; mis manos dolían por las punzadas causadas por la grava, pero lo rompí con una presión decidida. No fue fácil, aunque logré abrir suficiente espacio para arrastrarme con seguridad hacia el otro lado.

Con ese obstáculo superado, caminé hacia el punto de encuentro con Mary, manteniendo la concentración firme. Cuando Don Tibet me indicó que me detuviera, supe lo que debía hacer. Enterré otro token con precisión, presionándolo con fuerza contra la tierra antes de continuar. Cada paso se sentía como un avance seguro, una pequeña victoria en una batalla mucho más grande.

Mientras me acercaba a la siguiente cerca, me di cuenta de que la tarea sería mucho más complicada. Los alambres estaban más juntos y eran más, lo que hacía más difícil crear una abertura. Esta vez tenía que cortar tres alambres, lo cual tomó más tiempo de lo esperado. Mi mano se acalambró y me costaba mantener un agarre firme. Descansé un momento y, cuando estuve listo, seguí cortando. Fue una lucha, pero con persistencia finalmente los corté.

Al ponerme de pie, un escalofrío recorrió mi cuerpo: había regresado al lugar donde había comenzado. Mi respiración se entrecortó. Entonces, algo imposible sucedió. El círculo que había trazado cobró vida, un resplandor fantasmal ondulando por el suelo. Una luz suave y extraña delineó su forma, confirmando que mis esfuerzos habían valido la pena. Mi tarea había funcionado. Era como si los tokens y los collares de hierbas hubieran activado una fuerza invisible, revelando el círculo en toda su inquietante claridad. Lo contemplé, asombrado. ¿Cómo podía ser posible?

Pero mi momento de asombro fue breve. Escuché los silbidos de Don Tibet llamándome con urgencia desde la distancia, devolviéndome a la realidad. Sin dudarlo, corrí hacia él, con una sensación de triunfo inundando mi pecho. Lo había logrado: había completado el círculo. Al llegar a su lado, sentí una victoria como nunca antes en mi vida.

Don Tibet atendió mis heridas con cuidado, pero con prisa. Sus manos eran firmes mientras limpiaba y vendaba los profundos rasguños hasta que la sangre finalmente se detuvo. Estaba exhausto, mi cuerpo adolorido, pero el alivio de haber terminado el círculo me llenaba de una silenciosa sensación de victoria.

La noche estaba a punto de llegar.

Sin embargo, esa sensación de triunfo no duró mucho. Apenas Don Tibet terminó de vendarme, su expresión se volvió seria. —Tienes que darle otra vuelta al círculo —dijo con frialdad, señalando hacia la misma cerca donde acababa de lastimarme.

Lo miré fijamente, la incredulidad grabada en mi rostro. *Estará brome-ando*, pensé, mientras mi cuerpo se encogía ante la idea de volver a esa trampa de alambre de púas. Pero Don Tibet pareció percibir mi duda.

—No estoy bromeando —dijo, con los ojos fijos en los míos—. Tienes que regresar ahora. Y debes apresurarte, porque el perro estará aquí en cualquier momento.

Sus palabras me golpearon como un balde de agua fría: el perro, la criatura maligna a la que habíamos estado intentando burlar.

Don Tibet me quitó el collar de hierbas del cuello y me colocó otro sin perder un segundo. Este tenía un olor distinto, más fuerte y con un matiz medicinal, muy diferente al que habíamos usado antes. El aroma era extraño, una mezcla amarga que me erizó la piel.

La gravedad de su advertencia se hundió de inmediato en mí. La situación ahora era aún más peligrosa, y no tenía otra opción que moverme rápido y con cuidado. Tomé de nuevo el alicate, sintiendo el peso del momento sobre mis hombros. No solo estaba corriendo contra el tiempo; estaba corriendo contra la llegada del perro, la amenaza final de esta noche aterradora.

El crepúsculo casi había desaparecido, y la noche estaba a punto de tragarse el mundo. Las ramas del árbol de lima se retorcían en siluetas inquietantes, como dedos arañando la luz moribunda. Las sombras se alargaban de manera antinatural. Miraban. Esperaban. El círculo brillaba apenas, tenuemente iluminado. Reprimí mi miedo y seguí avanzando.

Llegué al lugar donde me había quedado atrapado: el palo improvisado que había usado para levantar el alambre seguía allí, sosteniendo la barrera apenas levantada.

Mi corazón latía con fuerza mientras sacaba el alicate de mi bolsa. Esta vez, impulsado por la adrenalina, una urgencia me dominaba al saber que el perro podía aparecer en cualquier momento. Con un apretón rápido, el alambre se partió y el agujero se amplió. No me permití el lujo de dudar;

me arrastré de inmediato, cuidando de no rozar las púas, decidido a evitar más heridas.

Ya del otro lado, levanté las ramas del árbol de lima, me puse de pie de un salto y corrí por el sendero circular, iluminado por una luz que parecía desvanecerse. Una oleada de concentración recorrió mi cuerpo, alineando cada parte de mí con la tarea. Llegué a la siguiente cerca, agachándome para pasar por debajo. Mi cuerpo se movía casi de manera automática, cada acción fluyendo hacia la siguiente. Corrí hacia el otro punto de encuentro, mis pasos veloces y firmes, antes de caer de nuevo sobre manos y rodillas.

Corrí otra vez y me arrastré hasta tocar la cerca bajo el árbol de lima, tal como me habían indicado— y luego giré de vuelta hacia la posición de Don Tibet, con las piernas moviéndose tan rápido como podían. El miedo al perro que se acercaba ardía en mis venas como fuego, empujándome hacia adelante con cada gota de energía que me quedaba.

Al dejar atrás el árbol de lima, escuché al perro: un aullido bajo y gutural atravesó el silencio de la noche. Se me erizó la piel al oírlo, y sentí la intensidad cruda de su presencia, más cercana y furiosa que antes. El sonido estaba cargado de una sensación de desasosiego, como si supiera que su territorio había sido invadido, su dominio alterado. El aullido era inquietante, cada vez más fuerte y desesperado.

Seguí corriendo, con la respiración entrecortada y los pies golpeando fuertemente contra el suelo. Sabía que no podía detenerme. El círculo imaginario estaba completo y tenía que llegar a Don Tibet... rápido.

Volteé la mirada hacia atrás. El círculo había desaparecido por completo. Tal vez fue porque corría demasiado rápido... o porque, en realidad, se había esfumado.

Cuando llegué a Don Tibet, él me esperaba con el rostro lleno de alivio y orgullo. —Lo lograste —dijo, con voz firme pero cálida—. Estoy orgulloso de ti. Cumpliste tu misión.

Sus palabras me envolvieron, dándome un alivio momentáneo. Pero enseguida volvió a ponerse serio, explicándome sobre las hierbas en mi cuello. —Estas hierbas enmascararon tu sangre. Si el perro hubiera olido, aunque fuera un rastro, te habría atacado en lugar de quedarse en su lugar.

Me estremecí solo de pensarlo. Era aterrador darme cuenta de que un solo error podría haber deshecho todo por lo que habíamos trabajado.

Él continuó, señalando las otras tiras de hierbas que me había dado antes. —Estas eran para eliminar tu olor humano. El perro depende de su olfato para identificar intrusos. Al enmascarar tu olor, nos aseguramos de que no te reconociera ni supiera que habías estado ahí.

Asentí, entendiendo por fin el propósito minucioso de cada detalle. Los tokens que había enterrado a lo largo del círculo también tenían su función, como explicó Don Tibet.

—Las inscripciones en los tokens hablan a los espíritus en un lenguaje que ellos comprenden, formando una barrera que les impide romper el círculo o alertar al perro.

Su explicación lo aclaró todo. Sentí una sensación de logro al saber que había cumplido el ritual tal como estaba planeado.

Metí la mano en el bolsillo sin pensarlo y sentí un *token*. Lo saqué, sorprendido y asustado.

—Todavía me queda uno —dije, con la voz cargada de preocupación—. ¿Me olvidé de algo? ¿Cometí algún error?

Don Tibet negó con la cabeza. —Ese token es para ti —dijo, con un tono ahora más suave—. Es para tu protección.

Una ola de confusión me recorrió, mezclada con un leve agradecimiento. —¿Por qué lo necesito? —pregunté, intentando comprender.

—Tú comenzaste el círculo —explicó, fijando sus ojos en los míos con urgencia—. Eso te convierte en un blanco para los espíritus. Puede que intenten hacerte daño porque fuiste tú quien puso el círculo en marcha. Pero este token te protegerá. Mientras lo mantengas seguro en tu bolsillo, no podrán tocarte.

Apreté el token con fuerza, sus diseños intrincados ásperos contra la palma de mi mano. Sentí alivio al tener esa última pieza de protección y una conciencia profunda de lo cerca que había estado del borde del abismo. Lo deslicé de nuevo en mi bolsillo, asegurándome de que quedara firme y seguro. Ese pequeño objeto, raro y misterioso, ahora era mi escudo contra las fuerzas que nos habían estado atormentando.

—Llévalo contigo todo el tiempo —añadió Don Tibet, con la voz casi en un susurro—. La noche aún no ha terminado.

16

La Última Confrontación Contra la Oscuridad

Lenya en rojo y su hija Norma en color rosado.

Justo antes de preparar la casa para el ritual principal, Don Tibet reunió a todos en la sala y entregó un *token* a cada persona. Esta vez, los *tokens* brillaban, como si guardaran un poder oculto. Luego colocó un collar de hierbas alrededor del cuello de cada uno. Los collares emanaban un aroma similar al de los que colgaban en la cerca.

En cuanto cada miembro de la familia recibió su objeto de protección, los espíritus parecieron retroceder, dando un paso atrás, como si mostraran respeto. Pero no desaparecieron del todo. Permanecieron en las sombras, observando... esperando el momento justo para actuar.

Después de un rato, con movimientos firmes y deliberados, Don Tibet metió la mano en su costal de polvo. Mientras recitaba palabras ininteligibles, caminó por el interior de la casa, marcando el suelo con precisión mientras rodeaba la sala y el largo dormitorio. El polvo crepitó al contacto, y los espíritus se encogieron, emitiendo sonidos guturales que helaban la sangre.

Al terminar en la sala, se dirigió a la cocina e hizo lo mismo. Roció polvo en las orillas, repitiendo aquellas mismas palabras extrañas mientras sellaba el espacio. Luego dibujó un cuadro en medio del piso —para usarlo más tarde—. Los espíritus que rondaban los alrededores fueron forzados a retroceder, incapaces de cruzar las líneas temibles. Las áreas alrededor de la casa se habían convertido en terreno prohibido para ellos; ninguna de esas presencias podía cruzar. Ahora se escondían en las paredes, atrapadas, incapaces de salir.

Don Tibet se detuvo en la puerta, entrecerrando los ojos mientras reforzaba la línea protectora. El aire palpitaba con energía, cargado de algo antiguo e invisible. Murmuraba en voz baja, y su tono se deslizaba entre las sombras como un encantamiento contenido.

Mientras tanto, el pájaro sobre el techo chillaba, sus garras rascando el metal con desesperación. Los aullidos del perro se hicieron ensordecedores, retumbando por el vecindario mientras vigilaba su territorio, percibiendo el peligro inminente.

Al terminar de esparcir el polvo, Don Tibet intensificó el efecto del ritual. Los espíritus alrededor de la casa sintieron cómo la fuerza se hacía más poderosa. Se agitaron con nueva energía, más despiertos que nunca—preparándose para luchar. El aire seguía cargado de una tensión palpable, como si una tormenta invisible estuviera a punto de desatarse dentro de la casa.

Con la mirada aguda recorriendo la sala, Don Tibet se movía con propósito. Arrastró la pesada mesa de madera hasta el centro del amplio cuarto. Colocó tres sillas alrededor de la mesa: dos a los lados y una detrás, enfrentando la puerta principal. Teti y Chely se sentarían en las sillas de los costados, mientras que Don Tibet ocuparía la del centro, con la vista fija en la puerta cerrada. Cada movimiento era rápido y deliberado, ejecutado con la precisión de un plan bien ensayado.

Metió la mano en su saco, sacó más polvo y comenzó a esparcirlo por el suelo con expresión firme. Trabajaba metódicamente, trazando un gran cuadro alrededor de la mesa y las sillas, dejando suficiente espacio para que los espíritus no pudieran alcanzarlos. A medida que avanzaba, seguía murmurando en aquel dialecto desconocido.

Su voz era baja pero constante, cargada de urgencia y determinación. Una vez completado el cuadro principal, lo reforzó trazando otro cuadro alrededor de las sillas—uno por cada persona, para reforzar la protección de las niñas y de sí mismo contra los espíritus.

Extendiendo su diseño, dibujó cuidadosamente líneas desde los costados del cuadro hasta la pared, dejando deliberadamente la puerta principal centrada entre ellas. Con movimientos precisos, esparció más polvo a lo largo de la base de la pared y sobre el umbral de la puerta, continuando hasta el otro lado, donde conectó la segunda línea.

El diseño resultante creó un espacio protegido más amplio donde Lito podía moverse libremente para resguardar a los demás y bloquear a cualquier intruso que intentara entrar por la puerta.

Dentro de esa área podía desplazarse en cualquier dirección, incluso dentro del cuadro que rodeaba la mesa. Su posición aseguraba que pudiera asistir a Don Tibet y a las niñas si era necesario. Sin embargo, se le advirtió que, en ninguna circunstancia, debía cruzar más allá de las barreras protectoras. Los espíritus retrocedían, susurros desvaneciéndose hasta convertirse en murmullos lejanos. Los ruidos extraños se calmaron, como si reconocieran el poder de la barrera de Don Tibet. El silencio se profundizó, roto solo por el suave murmullo del viento más allá de las paredes.

Don Tibet se sentó en la silla central. Apoyó la cabeza sobre el brazo izquierdo, descansando sobre la mesa. Tomó tres suspiros profundos y guardó silencio. Ese silencio se interrumpía de vez en cuando por respiraciones agitadas y leves gemidos; su cuerpo se contorsionaba de una manera extraña. Así permaneció durante media hora; la sala parecía contener el aliento, como si el aire mismo temiera moverse. El ambiente se volvió cada vez más tenso y macabro.

Entonces, el puño de su mano derecha empezó a golpear la superficie con fuerza, haciendo que la madera retumbara. Su voz se levantó con un tono tan estruendoso que hizo sobresaltarnos. Así continuó durante otra media hora, sus palabras llenando el aire mientras tejía otra barrera invisible de protección.

Extrañamente, no se escuchaba ningún ruido: ni del pájaro, ni del perro, ni de los espíritus malévolos. Parecía que ellos estaban luchando contra Don Tibet, lejos de nosotros. De pronto, todo sonido cesó. La tensión en su cuerpo comenzó a disminuir, y el silencio que siguió fue tan denso que ninguno de nosotros se atrevió a moverse. Permanecíamos juntos en una esquina de la sala, tal como él nos había instruido, observando sin entender del todo lo que estaba ocurriendo.

Tomó otros tres suspiros profundos y levantó la cabeza; su rostro estaba marcado por el ritual, como si este lo estuviera afectando. Miró a Lito y lo llamó. —Lito, es hora —dijo con firmeza, señalando el cuadro que había dibujado cerca de la puerta principal.

Lito, ya bien entrenado, se movió rápidamente. Entró en el cuadro, su cuerpo tenso y listo. Sabía que debía proteger a Don Tibet y a las niñas, pasara lo que pasara. Sus ojos recorrieron la sala, atentos y concentrados, mientras las niñas esperaban su turno para sentarse alrededor de la mesa.

Don Tibet se volvió hacia Lito con una expresión severa. —Recuerda —dijo en voz baja—, debes ayudarlas a mantener los ojos cerrados en todo momento. No importa lo que escuchen, sigue hablándoles y dándoles ánimo. Lito asintió, comprendiendo el peso de sus palabras. Se mantuvo firme, un centinela silencioso frente a lo que se acercaba.

A medida que el aire se enfriaba y la sala quedaba inquietantemente silenciosa, se hizo claro que nuestra batalla estaba a punto de comenzar.

Todos se prepararon, confiando en la fuerza de Lito y en el conocimiento de Don Tibet para enfrentar al enemigo que nos esperaba.

La voz de Don Tibet rompió el silencio en cuanto el reloj marcó la medianoche. —Es hora. Todos, prepárense —anunció con tono severo y urgente. Luego clavó la mirada directamente en mí. —Teto —dijo con firmeza—, toma tu pequeña bolsa de polvo y ve al punto de encuentro con Mary. Pero recuerda: debes esperar a que Mary y Lenya estén allí antes de esparcir el polvo. Una vez que estén en posición, les darás la señal para que empiecen a esparcir sus flores.

Mis manos temblaban, pero me obligué a mantener la concentración. El peso de la misión me aplastaba—no podía fallar. Rápidamente encontré mi pequeño saco de polvo escondido entre dos canastas pequeñas. Dos paños blancos y ordenados cubrían cada una, preparados con cuidado para Mary y Lenya.

Me mantuve firme, apretando el pequeño saco entre mis manos. La carga de la misión pesaba sobre mí—debía ser preciso. Eché una última mirada a Don Tibet, quien asintió con un gesto tranquilizador. Entonces, con el corazón desbocado, abrí la puerta principal y salí a la noche. La oscuridad era espesa y el aire, más frío de lo habitual—algo que no esperaba. Un escalofrío me recorrió entero. No estaba acostumbrado a ese tipo de frío.

Al cerrar la puerta detrás de mí, una serie de golpes huecos resonó dentro de la casa. Los sonidos venían de la mesa—era Don Tibet. Había comenzado la "Oración", un ritual que todos habíamos presenciado antes. Eso solo podía significar una cosa: el ataque de lleno contra el perro había comenzado.

En ese momento, no estaba del todo seguro de lo que la oración pretendía lograr, pero sí sabía algo con certeza: Don Tibet estaba ahí dentro luchando por nosotros. Se protegía a sí mismo y a todos, usando hasta la última gota de su fuerza y conocimiento. Incluso desde donde estaba, apenas más allá de la puerta, podía sentir el peso de sus esfuerzos.

Con cada golpe fuerte que venía de la mesa, la urgencia de nuestra misión se hacía más clara. Sentía una extraña mezcla de miedo y determinación agitándose dentro de mí.

Me encontré rodeado por una oscuridad total, pero no era algo nuevo. Había caminado en la oscuridad incontables veces en mi corta vida, pero esta vez se sentía distinto. El aullido del perro atravesaba el aire, más fuerte y amenazante que nunca. Allá arriba, en el tejado, el chillido frenético del ave y el rasguño agudo de sus garras aumentaban el terror. Mi corazón latía con fuerza y empecé a dar cada paso con más cautela, avanzando cada vez con mayor titubeo.

Cuanto más avanzaba, más fuerte resonaban los aullidos del perro. Parecían venir de todas partes, rebotando en la oscuridad. El miedo me cubrió por completo, más intenso que antes. Las lágrimas comenzaron a rodar por mi rostro y sentí todo mi cuerpo temblar. Estaba tan asustado que, de manera instintiva, empecé a retroceder, desesperado por huir. Pero entonces, ocurrió algo inesperado.

Un extraño y calmante sentimiento se apoderó de mí de repente. Era como si una mano suave tocara mi hombro derecho, y escuché un susurro en mi oído: —Teto, estoy aquí contigo. Estaré contigo en cada paso del camino. Te protegeré. Respira profundo varias veces y exhala despacio.

La voz era tranquilizadora, llenándome de una inesperada sensación de consuelo. Seguí la orden, inhalando profundamente y soltando el aire con lentitud. Al instante, una oleada de energía invadió mi cuerpo y me renovó. Mis piernas dejaron de temblar y mi corazón se estabilizó. Sentí una nueva clase de fuerza que jamás había conocido. Era extraño, casi como si ya no fuera yo. El miedo que me había paralizado instantes antes desapareció, reemplazado por una determinación poderosa y firme. Era como si el valor de alguien más se hubiera derramado en mí, llenándome de pies a cabeza.

Ya no me sentía como el mismo niño asustado que había estado a punto de retroceder tan solo unos momentos antes. La fuerza no era solo física; era algo más profundo. Me sentía más valiente y decidido, como si una fuerza invisible me hubiera tomado, empujándome hacia adelante. El camino oscuro ya no parecía tan imposible. Por primera vez, creí de verdad que podía enfrentar lo que me esperara más allá de la oscuridad.

Mis pasos, antes débiles y temblorosos, ahora eran firmes y seguros. Cada movimiento parecía deliberado, impulsado por un poder interno que me empujaba a seguir avanzando. Ya no sentía que caminaba solo, como si esa mano invisible me guiara suavemente hacia adelante.

Al sentir la leve inclinación del terreno, supe que había cruzado el umbral misterioso. Había pasado la línea de donde salieron las sanguijuelas—el mismo lugar donde mi tío había percibido el poderoso aura. Me preparé, esperando que los aullidos del perro se volvieran aún más fuertes y aterradores. Lo que ocurrió después me tomó completamente por sorpresa.

El aullido no se hizo más fuerte; se desvaneció, haciéndose más débil con cada paso que daba. El perro seguía allí, pero ahora sonaba lejano, como si estuviera a kilómetros de distancia en lugar de cerca de mí. Me detuve un momento, sin entender lo que estaba pasando. La confusión se apoderó de mí—¿por qué ese sonido amenazante había retrocedido de repente? No lo entendía en absoluto.

Entonces recordé el consejo de Don Tibet, que resonó con claridad en mi mente: —Pase lo que pase, sigue caminando hasta llegar a la cerca. — Casi podía ver su rostro serio, empujándome a avanzar.

Respiré hondo y aparté la confusión. No importaba por qué el aullido se había desvanecido ni qué trucos podían estar jugando los espíritus. Lo único que importaba era seguir adelante, un pie delante del otro.

Me aferré con fuerza a las palabras de Don Tibet mientras continuaba mi camino. Avanzaba lentamente hacia la cerca; cada momento parecía alargarse. El aire se volvió espeso, saturado por una niebla densa que envolvía todo a mi alrededor, haciendo que el paisaje se viera tenebroso y casi irreal. Entre la penumbra alcanzaba a distinguir las siluetas retorcidas de los árboles y parches difusos de vegetación, con incontables helechos dispersos sobre el suelo húmedo, moviéndose apenas con el soplo invisible del viento. Caminaba despacio, con los alrededores apenas visibles entre la neblina. Sentía como si el camino se alargara sin fin.

¿Es esto un sueño? —Me pregunté, sin estar seguro de lo que era real. A pesar de hallarme en aquel reino extraño, todavía sentía la oleada de energía que había recibido antes. Era intensa, firme, inquebrantable. No tenía miedo—mi entorno ya no tenía poder sobre mí. Seguí avanzando, impulsado por una fuerza que se sentía casi imparable.

Mientras continuaba, me di cuenta de que los aullidos del perro habían desaparecido por completo. El ruido inquietante que me había atormentado momentos antes ya no estaba, reemplazado por un silencio escalofriante. Necesitaba averiguar dónde me encontraba, pero todo se veía irreconocible, como si hubiera entrado en un mundo diferente.

Noté un sendero claro frente a mí, en medio de la niebla, tenue pero visible. Conducía hacia algún lugar, así que lo tomé como guía. Seguí el camino con renovada determinación, esperando que me condujera adonde tenía que llegar.

Después de caminar un rato, todo a mi alrededor se volvió completamente negro otra vez. Ahora, envuelto por una niebla espesa, el mundo parecía consumir cada rastro de luz, haciendo que la oscuridad se sintiera aún más fuerte. No podía ver nada—ni siquiera mi propia mano cuando la levantaba frente a mi rostro.

Pero no dejé que la oscuridad me detuviera. Recordé la voz que había prometido guiarme, y ese pensamiento me mantuvo en movimiento. Me detuve un momento para orientarme, tratando de ubicarme en esa negrura abrumadora. Entonces, un aroma familiar llegó hasta mí: el tenue y atractivo olor del collar de hierbas que había colgado antes. Era el lugar donde iba a esperar a Mary.

El alivio me invadió—estaba cerca de la cerca.

Estiré mi brazo derecho al frente, apretando con fuerza la pequeña bolsa de polvo en mi mano izquierda. Avancé despacio, paso a paso con cautela, palpando el aire en busca de alguna señal de la cerca. Finalmente, mis dedos rozaron algo sólido y áspero—la tan ansiada cerca. Por fin había llegado. En cuanto mi mano la tocó, el resplandor del círculo se encendió como por arte de magia—lo suficiente para distinguirlo. Había estado tan concentrado que lo había olvidado; la oscuridad también lo había tragado.

Cuando mi mano rozó la cerca, el metal crujió suavemente—apenas lo necesario para delatar mi presencia. El sonido fue leve, pero suficiente.

Las orejas del perro se levantaron de inmediato. Aunque no podía verlo, sentí cómo su atención se volvía hacia mí, su presencia acercándose, imponente. Un gruñido profundo y gutural retumbó en el aire, recorriéndome la espalda con un escalofrío. En segundos, el gruñido se transformó en un aullido ensordecedor—largo, agudo y cargado de algo antinatural.

El sonido era insoportable, un grito penetrante que parecía sacudir el suelo bajo mis pies. Mis oídos zumbaban mientras el aire se cargaba con el eco de su furia.

Entonces soltó un aullido escalofriante—esta vez, directamente hacia mí. El sonido desgarró la oscuridad, dejándome paralizado. Mi corazón golpeaba con fuerza contra mis costillas; el pecho se me oprimía y el miedo me atrapaba, pero sabía que no podía dejar que me dominara. El perro esperaba una reacción.

Tragué saliva con dificultad, tratando de superar el terror.

Vi cómo sus ojos rojos y ardientes brillaban como las brasas de un fuego voraz, ardiendo con una furia desatada. Sus afilados dientes blancos resplandecían en la oscuridad, listos para desgarrar a su próxima víctima. Cada parte visible de él irradiaba pura amenaza: un depredador que emanaba peligro, una agresión implacable. Un escalofrío recorrió mi espalda mientras me encogía bajo el peso de su presencia, sintiéndome pequeño e indefenso ante semejante criatura infernal. Vi sus ojos y dientes, nada más. En silencio, agradecí al cielo no poder ver lo que la oscuridad aún guardaba para mí.

Don Tibet me había dicho que no iba a ver al perro. ¿Se había equivocado o me había mentido? Tal vez lo hizo para no aterrorizarme más de lo que ya estaba. Pero él estaba allí, frente a mí. Ahora la pregunta era: ¿podría verme a mí?

Mientras el pánico intentaba apoderarse de mí, la voz regresó—suave, firme y tranquilizadora: —No temas. El perro no puede verte. Espera a Mary y a Lenya.

Las palabras cayeron sobre mi miedo como un manto de calma. Respiré profundo, recordando que no estaba solo. Caminé hacia el perro hasta llegar al cordón de hierbas. El animal estaba a solo unos centímetros de mí. Permanecí inmóvil, concentrándome en la tenue luz y aguardando la llegada de Mary y Lenya.

Momentos después de que salí de la casa, Mita condujo a Lenya desde la puerta principal, mientras Minda aparecía por la parte trasera de la cocina, tomando la mano de Mary. Cada niña sostenía una canasta en su mano izquierda y cuidaba con esmero el equilibrio mientras avanzaban en la oscuridad.

Al principio, Mita y Minda habían pensado en llevar antorchas para iluminar el camino, pero sabían que el riesgo era demasiado grande. Cualquier destello de luz podía delatarlas y atraer una atención indeseada, tal como lo había advertido Don Tibet. Como yo, no tuvieron otra opción más que avanzar guiadas por la oscuridad. Por fortuna, sus rutas les eran familiares y seguían una línea casi recta, lo que hacía más seguro el trayecto pese a las sombras que las envolvían.

La ruta de Minda era sencilla: solo tenía que caminar en línea recta desde la puerta trasera de la cocina hasta la cerca. Había recorrido esa área muchas veces, así que avanzó con cautela, sus pasos firmes en la oscuridad.

Minda y Mary llegaron al hueco en la cerca —donde Lenya había cortado antes los alambres de púas, ya que yo no había podido hacerlo por mi retraso—. —Recuerda, Mary, el conejo te mostrará el camino —susurró con dulzura—. Solo síguelo y no te detengas, pase lo que pase. Mary asintió, sus deditos apretando con fuerza el asa de la canasta. Minda repasó con ella el resto de las instrucciones, asegurándose de que las recordara todas. Mary escuchaba atenta, asintiendo suavemente y repitiendo cada detalle con seguridad. El entrenamiento de antes seguía fresco en su memoria y recitó los pasos a la perfección.

Minda le sonrió a su hija. —Estoy tan emocionada de jugar este juego contigo.

Los ojos de Mary brillaron por un instante, y la tensión en sus hombros se alivió un poco. —¡Yo también, mami! —exclamó con una sonrisa nerviosa.

Minda le acarició el cabello con ternura y le dio un beso en la mejilla. Por un segundo, el mundo pareció contener el aliento. El silencio era tan profundo que se podía oír el roce de la tela al moverse.

Minda se agachó y guió a Mary con cuidado, asegurándose de que cruzara al otro lado sin lastimarse.

Entonces, todo cambió. En cuanto Mary cruzó al otro lado de la cerca, el camino frente a ella se iluminó como el día más soleado, un resplandor cálido que contrastaba con la negrura absoluta que había dejado atrás. La niña entrecerró los ojos, maravillada, incapaz de comprender lo que veía. De la nada, un conejo blanco apareció ante ella, saltando con ligereza justo frente a sus pies.

Los hermosos ojos de Mary se abrieron de par en par, brillando con sorpresa y alegría. —¡Mami, veo al conejo, y es hermoso! —exclamó. Se detuvo un momento, intrigada. —Pero, ¿por qué aquí es de día y allá contigo sigue siendo de noche? —preguntó, volteando hacia Minda, con la voz llena de curiosidad.

Mary sonrió y añadió con entusiasmo: —Todo está bonito, ¿quieres ver? —Estiró su manita hacia su madre, invitándola a unirse a ella en aquel extraño mundo resplandeciente.

Minda, de pie en medio de aquella oscuridad, no podía ver lo que Mary describía. Para ella, todo seguía siendo tan oscuro y sombrío como antes. Se sintió un poco confundida, pero sabía que debía mantenerse enfocada.

—Solo sigue al conejo, Mary —la animó suavemente, con una voz serena pero firme—. Recuerda, eso es lo que tienes que hacer.

El conejo comenzó a saltar hacia adelante, su pelaje blanco casi resplandecía contra el brillante sendero. Mary lo siguió de cerca, tal como le habían indicado. Tras avanzar unos diez metros, el conejo se detuvo junto a la cerca, moviendo su diminuta nariz y su colita, como si percibiera algo importante.

El conejo avanzó un poco más lejos de la cerca, y de pronto Mary escuchó mi susurro: —No esparzas las flores todavía; estoy esperando a Lenya.

—Está bien —respondió en un susurro, aferrándose a la canasta aún cubierta y esperando, tal como habíamos practicado.

Momentos después, volví a susurrar, esta vez con un tono más urgente: —Mary, empieza a esparcir las flores. Comienza en la base de la cerca.

Sin dudarlo, Mary obedeció. Sujetó la tela blanca con la mano izquierda, asegurándola contra el asa del canasto, y con cuidado esparció las flores con la mano derecha a lo largo del círculo, apenas visible bajo la luz tenue. Se movía con concentración absoluta, los ojos fijos en el conejo, como si nada más existiera en el mundo. Sabía que mantener la vista en él era la clave para completar su tarea... y ganar el juego.

Mita condujo a Lenya con cuidado desde la casa, manteniéndolas paralelas a la calle y el cerco. Cuando llegaron a un punto específico, Mita se detuvo y le indicó a Lenya que debía continuar sola. Lenya siguió el borde de la cerca, cuidando de no rozar los alambres de púas. Avanzaba despacio, con pasos firmes y calculados. Finalmente, llegó a las ramas bajas del árbol de lima. Con suavidad las levantó, se agachó para pasar por debajo y, a unos pasos del tronco, percibió el olor de las hierbas. Con mucho cuidado, trazó con los dedos el alambre hasta que tocó el collar.

Oí a Lenya entre las ramas y, en cuanto estuvo en posición, le susurré:
—Lenya, empieza a regar las flores. —Está bien —me contestó.

Ella siguió con cuidado la línea semicircular brillante en el suelo.

Mientras tanto, Mary avanzaba con un aire tranquilo y despreocupado, esparciendo pétalos de flores a su paso. Sumergida en su mundo infantil, seguía al conejo sin miedo, encantada por su danza juguetona y el aroma dulce que dejaban las flores al caer de su canasta. Ninguna de las dos mostró señal de angustia—al parecer, no podían escuchar los ladridos del perro. Don Tibet les había hecho algo a los oídos, precisamente para mantenerlas a salvo del sonido que atormentaba a los demás.

Lenya caminaba con precisión, consciente de cada paso; Mary, en cambio, parecía flotar en su propio día soleado. Protegida por su inocencia y la claridad que la rodeaba, seguía al animal con una seguridad luminosa. A su alrededor, el ambiente parecía un juego, un sueño del que aún no deseaba despertar.

Lenya, en cambio, comprendía la gravedad de la situación. Sabía que esto era más que una simple misión; era crucial para la seguridad de todos. Aun así, no tenía miedo. La determinación impulsaba sus pasos y mantenía la mente enfocada, guiada por el conocimiento de lo que debía hacer. A su manera, cada una de las niñas encontró el valor para seguir adelante.

Cada vez que las niñas tomaban más polvo, sus manos se cerraban sobre algo inesperado: pétalos suaves y delicados de varios colores. Cada puñado se sentía increíblemente ligero y aterciopelado, como si sostuvieran flores recién cortadas en lugar de simple polvo. Mary y Lenya estaban hipnotizadas. Lenya no se dio cuenta de que aquello no eran flores reales; el polvo había adoptado para ella la forma de pétalos con una fragancia extraordinaria.

Para ambas, no era solo una tarea, sino algo casi mágico, como esparcir flores en un prado. Al regar los "pétalos" sobre el suelo tenuemente iluminado, sintieron una calidez y una calma profunda, sin darse cuenta de la verdadera naturaleza de lo que sostenían. La ilusión mantenía alejados sus temores y les permitía concentrarse en su misión con un aire de encanto en lugar de angustia.

Una vez que estuve seguro de que las dos habían comenzado a esparcir el polvo, seguí con cuidado el círculo, esparciendo el mío a lo largo de la línea tenuemente brillante. Los fuertes ladridos y gruñidos se mantenían cerca de mí, pero al llegar a la mitad, una fuerza extraña me llenó de valor—tanto que ya no me importó lo que sucedía a mi alrededor.

Me concentré en avanzar con paso firme, asegurándome de cubrir cada espacio mientras me acercaba a la cerca. Escuché los pasos de Lenya corriendo de regreso hacia la casa. Ese sonido me indicó que ella y Mary habían cumplido con sus tareas, tal como lo habíamos planeado.

Cuando terminé de sellar el círculo, retrocedí con cuidado y salí de debajo de las ramas bajas del árbol de lima. Me aseguré de revisar el círculo tanto como la vista me permitía y noté que las dos niñas habían hecho un trabajo increíble: no había un solo espacio vacío en la línea cuidadosamente trazada.

Di la vuelta para regresar a la casa, y lo que vi de repente me dejó inmóvil, paralizado, con la boca abierta.

Justo delante, de pie cerca del borde del círculo brillante, había la figura de una mujer. Vestía una túnica blanca y su silueta estaba bañada por un resplandor suave, sobrenatural. No habló ni se movió, salvo por un gesto lento y deliberado: su mano levantándose para llamarme hacia ella.

Una calma extraña se apoderó de mí mientras daba un paso al frente, atraído por su presencia. Aunque forzaba la vista, sus rasgos seguían difusos, cubiertos por una bruma ligera y etérea. Sin embargo, había algo en ella que me resultaba familiar. El aire a su alrededor desprendía un tenue aroma floral—uno que había percibido antes, aunque no lograba ubicar dónde. Mi pecho se tensó, no de miedo, sino de una extraña añoranza, como si la hubiera conocido en otra vida o en otro mundo.

La seguí mientras nos adentrábamos más en el bosque, su presencia firme e inquebrantable. Justo al llegar al borde del bosque, se detuvo y giró

ligeramente. Por un instante fugaz la reconocí—y entonces, entre la neblina, vi algo: un colgante de oro colgaba de su cuello, su forma inconfundible
incluso a través del velo blanco.

Se me cortó la respiración. Ya había visto ese colgante antes. Luego, sin
un sonido, sin dejar rastro—ella desapareció. Pero el calor de su presencia
permaneció, como si aún estuviera allí para darme un poco de alivio.

Pasó un tiempo antes de que el recuerdo emergiera, rondando los bordes
de mi mente como una sombra fuera de alcance. Pero luego—como un
relámpago repentino—la verdad me golpeó. Contuve el aire por un momento mientras el reconocimiento se hacía claro.

Esa prenda.

La delicada cadena de oro, con ese pequeño colgante especial, me resultaba familiar. Lo había visto antes, lo había sostenido en mis manos,
había recorrido sus bordes suaves con la yema de los dedos cuando era niño.

Era de ella.

Hacía tanto que no la veía—ni en persona, ni siquiera en fotos. Y, sin
embargo, ahí estaba, tan vívida como un recuerdo vuelto a la vida.

Todavía no podía distinguir su rostro, pero ya no lo necesitaba. El colgante me lo decía todo.

De alguna manera, aun sin ver su rostro completo, sabía que seguía
cuidándonos—que continuaba protegiéndonos con su manera silenciosa
y firme. No podía decir si aquello era una visión, un recuerdo o algo más.
Pero su presencia allí significaba algo. Era una señal, un recordatorio de que
no estábamos solos.

Una oleada de emoción me atravesó, apretándome el pecho. Mi madre
le había regalado ese mismo colgante a una de sus amigas más queridas,
Olga—una mujer que había sido mucho más que una amiga. Ella había
sido como de la familia, tratándonos a mi hermana y a mí como si fuéramos
sus propios hijos. Era calidez y risa, una voz suave en los días difíciles, una
presencia tan constante en nuestras vidas que, incluso ahora, su amor y su
cuidado viven en nosotros.

Don Tibet debía saberlo. Con su visión, la había traído aquí conmigo—no como un espíritu del más allá, sino como una luz guía, un recordatorio del amor que nos formó.

El aire a mi alrededor parecía ondular con su ausencia. Me quedé allí, con el corazón latiendo con fuerza, mirando el espacio donde acababa de estar. Ella era la guía de la que Don Tibet había hablado—un regalo para mí.

Momentos después, corrí hacia la entrada de atrás de la cocina. Al entrar, encontré a Mita, Minda, Lenya y Mary ya reunidas dentro del cuadro protector que Don Tibet había trazado; me estaban esperando. Me apresuré a unirme a ellas, apenas recuperando el aliento al cruzar el umbral. Una oleada de alivio me envolvió—lo suficiente para contener el pánico que había regresado y que arañaba los bordes de mi mente.

Mary, todavía atrapada en la emoción del juego, nos miró y preguntó: —¿Quién ganó? —. Su voz temblaba un poco, pero sus ojos brillaban de esperanza.

Mita se arrodilló a su lado y le habló con suavidad: —Todavía no lo sabemos, porque el juego no ha terminado, pero estoy segura de que ganarás. — Su tono sereno era como un salvavidas, anclándonos en medio de la tormenta.

Tratamos de hablar—de compartir lo que acababa de pasar afuera—pero nuestras palabras salían entrecortadas, rotas por el caos que se desataba a nuestro alrededor. No era fácil. El ruido era abrumador. Los espíritus sacudían la casa como un viento furioso. Nos aferrábamos a fragmentos de nuestras historias, como si hablar de ellas pudiera protegernos de alguna manera o al menos distraernos.

Lenya alcanzó a mencionar el árbol de lima y al Conejo, su voz apenas más alta que un susurro. Mary señaló la extraña claridad del día. Yo hablé de la mujer en el bosque, pero no supe si alguien me escuchó.

***

Los golpes en la sala se hicieron más fuertes, haciendo vibrar el piso. Parecía que la casa misma podía partirse en dos. A nuestro alrededor, los espíritus llenaban el aire—unos flotando a ras del suelo, otros girando sobre nuestras cabezas como buitres desesperados por el hambre. Los susurros se superponían, furiosos e implacables. El sonido mordía los bordes de nuestra cordura.

Pero no podían alcanzarnos. El cuadro era fuerte. Empujaban y presionaban contra sus límites, desesperados por entrar, pero impotentes.

Y en medio de ese caos, comenzó a surgir un nuevo sentimiento—frágil, pero real. Por primera vez, supimos que el ritual estaba funcionando. La barrera era real. Habíamos hecho algo bien.

Mientras tanto, la voz de Don Tibet se alzaba más fuerte, su extraño dialecto rítmico llenando el aire y sumando tensión en la habitación. Teti y Chely, que habían intentado mantenerse tranquilas, empezaron a sentir una presión inquietante a su alrededor. Lito, que había estado de guardia, también la percibió. La tensión había estado presente desde que todos salieron de la casa, pero crecía con cada segundo.

La tenue luz del candil, colocado bajo la mesa junto a los pies de Don Tibet, empezó a parpadear. Latía con ritmo, proyectando un baile inquieto de sombras por la habitación—mezclándose con las formas oscuras de los espíritus, esparciendo caos a su alrededor. La llama se agitaba con fuerza en todas direcciones, pero resistía el embate.

Las niñas no aguantaron más. El miedo las sobrepasó y empezaron a llorar, sus sollozos convirtiéndose pronto en gritos desgarradores. El sonido de sus llantos desesperados nos alcanzó en la cocina. Nos sentimos completamente impotentes, sabiendo que no podíamos salir de nuestro lugar protector, debíamos permanecer allí como Don Tibet nos había instruido, pasara lo que pasara.

Teti y Chely estaban casi solas, sentadas en sus sillas—una a cada lado de la mesa en medio de la sala. A su alrededor se cernía la oscura presencia de los espíritus malignos. Era como si intentaran quebrarlas, atormentándolas con miedo, susurros, oscuridad y escalofríos helados.

Por más que los espíritus intentaran quebrar su resistencia, Teti y Chely mantenían los ojos cerrados, tal como se les había indicado. Sus pequeños cuerpos temblaban de miedo, pero no se atrevían a abrirlos. Aun si hubieran querido hacerlo, no habrían podido, porque Don Tibet les había hecho algo.

¿Pero por qué estaban los espíritus dentro de la casa? ¿Qué los había atraído tan cerca de las niñas—y del resto de la familia?

Ya habían roto la primera barrera, y las consecuencias no habían sido nada agradables. Aquella grieta había liberado algo más oscuro, algo que no era como antes... algo inquieto. Mientras las niñas resistían, los espíritus se volvían más agresivos, su presencia más densa y sofocante. Era como si su desafío solo alimentara su furia, volviéndolos cada vez más fuertes y desesperados.

El aire palpitaba con energía inquieta, cargado de tensión. Sombras que antes se cernían en silencio ahora se retorcían y agitaban, vivas con intención. Los susurros, antes murmullos lejanos, se habían vuelto más fuertes—ya no solo cargados de ira, sino también de desesperación.

Ya no éramos simples intrusos en su presencia. Nos habíamos convertido en obstáculos, interponiéndonos en su camino, luchando por defendernos. Y ellos no dejarían eso sin respuesta.

Los espíritus se retorcían y silbaban, sus voces un revoltijo de ira y desesperación. Sin embargo, la barrera se mantenía firme. Susurraban, gemían y arañaban los bordes del círculo, intentando por todos los medios obligar a las niñas a abrir los ojos.

Por más que los espíritus empujaran con fiereza, no podían atravesar. Las niñas temblaban, su miedo era innegable, pero se negaban a ceder. Se mantenían firmes, con los ojos bien cerrados, resistiendo el terror que las rodeaba.

Lito afirmó la voz, intentando mantenerse firme ante el miedo que crecía a su alrededor. —Mantengan los ojos cerrados —repetía una y otra vez mientras corría de un lado a otro para consolarlas, hablando con la mayor calma posible, esperando que bastara para mantenerlas fuertes. Pero el miedo era más fuerte y resultaba imposible tranquilizarlas.

Los espíritus, en un último acto de desesperación, intentaron un truco final. Sus voces se entrelazaron en un caos y de pronto—entre murmullos y alaridos—surgió la voz de Lito. Resonaba de forma inquietante, mezclada con las de ellos: lo estaban imitando.

Las niñas se quedaron inmóviles, desorientadas y temerosas. La confusión nublaba sus rostros; el miedo amenazaba con arrastrarlas.

Pero entonces, entre el ruido, Lito habló de nuevo —más claro esta vez—: —Abran los ojos.

La voz de Teti tembló, pero sonaba diferente, cargada de algo nuevo, una chispa de valor. —¿Cuál es la palabra secreta?

Silencio.

Volvió a preguntar, más fuerte: —¿Cuál es la palabra secreta?

Aún sin respuesta.

Chely se unió, y las dos niñas gritaron juntas, con más fuerza en sus voces: —¿Cuál es la palabra secreta?

Los espíritus se quedaron extrañamente callados, murmurando entre ellos. Empezaron a repetir palabras al azar—ninguna era la correcta. Disparates. Distracciones.

De repente, e inesperadamente, Teti empezó a cantar:

Albahaquita de monte,
que te echas en el pelo,
que te huele tanto.
Albahaquita de monte,
romero blanco.

En el cielo me cuentan
que un amor bien hermoso,
ese amor es tan puro...
¡Qué bella eres!

Cuando Teti empezó a cantar aquella canción, lo hizo entre sollozos, con la voz entrecortada por el miedo. Pero a medida que continuaba, su voz fue cobrando firmeza, hasta sonar segura, sin titubear. Chely se unió a ella momentos después. Aquella sencilla canción les dio tanta fuerza que el miedo comenzó a desvanecerse poco a poco. Era como si algo misterioso se hubiera apoderado de ellas. Tal vez Don Tibet había tenido algo que ver con aquello.

Los espíritus se detuvieron, como si estuvieran confundidos, sin saber qué hacer. Cantar aquella canción no era parte del plan, pero las hacía sentir mejor y parecía afectar a los espíritus. Después de repetirla varias veces, Teti hizo una pausa por un momento:

—Les diré la palabra secreta, pero tienen que repetirla —dijo. —Si la repiten, abriremos los ojos.

Los espíritus se quedaron inmóviles, suspendidos en tensa anticipación.

Teti susurró las palabras: —La palabra secreta es... amor.

Al instante, los espíritus retrocedieron.

—¡Amor! ¡Amor! ¡Amor! —gritaron las niñas, cada vez más fuerte, sus voces cortando la quietud como una espada.

La situación había cambiado.

Con cada repetición, los espíritus se retorcían y gritaban, revolviéndose como si las palabras mismas los quemaran. Retrocedían, impotentes. Sus alaridos llenaban el aire, pero las niñas se mantenían firmes, sus voces inquebrantables.

Entonces, al fin, la voz de Lito resonó, inconfundible, sin rastro de imitación. —Amor —dijo en voz baja—. —Mantengan los ojos cerrados.

Aunque Don Tibet no podía ayudar físicamente a las niñas, su presencia se sentía distinta. Luchaba contra las fuerzas oscuras desde su silla, sus conjuros retumbando en el aire. El cuerpo de Don Tibet se convulsionaba mientras forcejeaba con fuerzas invisibles; la energía de ellas se debilitaba bajo su dominio. La batalla era feroz: él y sus aliados se enfrentaban a una multitud de espíritus. En algún lugar más allá de la habitación, más allá de las llamas, más allá del mundo conocido, algo se agitaba. Algo tomaba forma, pero seguía siendo inalcanzable.

Ningún lado cedía, y la batalla continuaba agotando a Don Tibet, aunque él se mantenía firme. Tolo, por otro lado, tuvo que intervenir, consciente de que su ayuda podía marcar la diferencia. Una vez que cruzó la barrera, ya no había marcha atrás. Al querer ayudar a su amigo, ya se había expuesto ante sus propios aliados.

Lito podía sentir la lucha de Don Tibet y se sentía impotente. Lo único que podía hacer era tranquilizar a las niñas, repitiéndoles que aguantaran, con la esperanza de que los esfuerzos de Don Tibet lograran controlar a los espíritus lo suficiente para el momento preciso.

En la cocina, la presencia de los espíritus era intensa. Figuras fantasmales se retorcían y giraban, sus movimientos caóticos llenando el espacio como una energía opresiva. Las sombras se alargaban y se encogían, distorsionando el aire a nuestro alrededor.

De pronto, sin aviso, una luz brillante estalló en la oscuridad, rasgando la penumbra como un relámpago inmenso y sonando como cuando se quema pólvora, pero mucho más fuerte. El estruendo fue enorme, como el de un cohete de esos que se lanzan en los fuegos artificiales.

El círculo no se encendió despacio; se encendió de golpe, como si algo —o alguien— hubiera estado allí cerca para prenderle fuego. La cocina tembló con intensidad. A través de las rendijas en las paredes alcanzamos a ver algo desplegándose afuera—algo poderoso que podía cambiarlo todo.

La esquina donde el perro acechaba ahora ardía en llamas, rugiendo contra la noche. El círculo de polvo que habíamos trazado, antes tenue, era ahora un anillo de fuego, resplandeciente y feroz. Los aullidos amenazantes del perro se habían transformado en gritos de dolor, cada uno cargado de agonía. Estaba atrapado, incapaz de escapar de la barrera ardiente que lo rodeaba.

Sabíamos que Don Tibet estaba en el corazón de esta batalla, luchando contra las fuerzas malignas con todo lo que tenía. Su lucha incansable y sus cánticos desataron el fuego, transformando el círculo protector en una trampa poderosa. El plan había funcionado. El perro, atrapado en el infierno, no tenía a dónde ir. Era un punto de quiebre, y sentimos una oleada de esperanza al ver que la fuerza de Don Tibet comenzaba a imponerse en la oscuridad.

El perro chillaba, agitándose mientras las llamas lo rodeaban y las brasas ardientes saltaban a su alrededor. Corría frenético, con movimientos erráticos, retrocediendo ante el calor abrasador. El perro luchaba por escapar, pero el fuego avanzaba sin piedad. Parecía haber cobrado vida propia, con una fuerza inmensa e implacable. Por más que intentó huir, el círculo estaba sellado.

Un último aullido desgarrador atravesó la noche antes de que las llamas devoraran a la bestia. El animal colapsó, consumido en medio del infierno ardiente.

Encima de nosotros, el ave chilló; sus alas golpeaban la oscuridad, atrapada en el mismo tormento ineludible. La criatura se retorcía, convulsionando de angustia mientras luchaba contra una fuerza invisible. Luego, en un último y desesperado intento, se elevó hacia el cielo.

Su vuelo fue corto. Las llamas la envolvieron por completo, consumiendo a la criatura en una oleada de luz y calor. En cuestión de segundos, el ave estalló, hasta quedar reducida a cenizas. Chispas llovieron por donde quiera, apagándose en la negrura. Cuando el resplandor se disipó, el cielo quedó vacío. Oscuro.

En medio del enfrentamiento, en lo profundo de la mente de Don Tibet, persistía una inquietud. Parecía que todo estaba ganado, pero algo se sentía incompleto, como si un hilo invisible de oscuridad siguiera allí: deshilachado, pero intacto. Más allá de las llamas titilantes, algo más se agitaba; algo que había estado observando. No huyó. No luchó. Simplemente permaneció, esperando.

El cuerpo de Don Tibet empezó a convulsionar con fuerza; los gritos aterrados de las niñas se mezclaban con la presencia caótica de los espíritus. Se sentía como si aquella batalla de otro mundo hubiera consumido toda la casa. Lito estaba abrumado por el caos a su alrededor y no sabía qué hacer.

Los espíritus revoloteaban sin rumbo, incapaces de acercarse o causar daño a quienes estaban dentro de las áreas protectoras de la sala y la cocina. El caos lo consumía todo, pero Lito se mantenía firme, decidido a proteger a las niñas, aunque el miedo lo dominara. Corría de un lado a otro, asegurándose de que estuvieran bien y repitiéndoles que todo aquello estaba por terminar.

Mientras tanto, la batalla de Don Tibet alcanzaba su punto más alto. Su cuerpo se retorcía con movimientos antinaturales, respirando con dificultad. Era como si las fuerzas oscuras intentaran arrastrarlo físicamente hacia el vacío.

Al mismo tiempo, el pánico se apoderó de los espíritus cuando las llamas surgieron de pronto a su alrededor. Las figuras translúcidas se agitaban, sus formas fantasmales parpadeando como brasas moribundas. Algunos arañaban el aire, desesperados por escapar, mientras otros se retorcían, sus gritos de agonía devorados por el resplandor hambriento del fuego. Las paredes se llenaron de sombras que no podían regresar al lugar de donde habían venido. Al igual que el perro, ellos también estaban atrapados.

Comenzaron a desvanecerse uno por uno—no en una explosión de llamas, sino como si su misma esencia se deshiciera, absorbida por el calor giratorio. Susurros que se volvieron ecos, y luego silencio. El último espíritu lanzó un alarido escalofriante antes de que su forma se desmoronara en la nada, dejando solo el chisporroteo incansable del fuego.

Don Tibet gimió y suspiró, su cuerpo sacudiéndose con violencia, casi como si estuviera sufriendo una convulsión. La intensidad de la lucha era insoportable de presenciar.

Cuando su conciencia se desvaneció, su mente vagó hacia un lugar desconocido. Un sitio más allá de las paredes de la casa, más allá del fuego, más allá de la vista. Y en ese lugar, algo más había despertado. Algo que lo esperaba. Podía sentirlo... podía verlo, apenas visible, en forma transparente: observando, asechando.

El momento era intenso: Don Tibet se enfrentó a la entidad solo con unas cuantas palabras. —No es justo que hayan envuelto a esta familia inocente —dijo con voz firme.

La entidad respondió con frialdad: —Ellos cruzaron un borde que no debían haber cruzado.

En ese instante, Tolo apareció.

—No fue culpa de ellos —dijo con angustia—. Si buscan a alguien, tomen a uno de nosotros, pero déjenlos en paz.

La entidad los observó en silencio por un largo momento. Luego, una sonrisa distorsionada se formó en su rostro, seguida de una risa seca que llenó el aire con un eco antinatural. —¿En paz? —repitió con desdén—. No entiendes nada. Ya te teníamos en mente, Tolo. Desde hace tiempo los observamos... esperando este momento.

Su voz se volvió más grave, casi un murmullo que parecía salir de todos los rincones a la vez. —La batalla no termina aquí. Desde ahora, es entre ustedes y nosotros. No hay retiro. No hay olvido.

La entidad se esfumó sin dejar rastro, como si no quisiera revelar nada más. Tolo y Don Tibet se miraron.

Después de ese encuentro, Don Tibet dedicó lo que le quedaba de fuerza a buscar una forma de proteger a la familia, algo que los mantuviera a salvo y evitar que nada volviera a molestarlos durante sus vidas.

Entonces, su cuerpo se quedó quieto, desplomado, pálido y empapado en sudor. La habitación y toda la casa quedaron en silencio. El único sonido era el crujir de las llamas en el exterior.

Lito se movió rápido hacia el lado de Don Tibet, el rostro lleno de preocupación mientras se arrodillaba junto a él. Momentos después, los demás se unieron, con expresiones de cansancio y angustia. Don Tibet aún respiraba, pero la prueba lo había dejado completamente inconsciente.

Su rostro estaba pálido y cubierto de sudor; su cuerpo yacía inmóvil en el suelo.

Teti y Chely alcanzaron a escuchar la conmoción, con los ojos todavía cerrados. —¿Ya podemos abrir los ojos? —preguntó Teti. —Sí, ya pueden abrirlos —respondió Lito, dándose cuenta de repente de que las había olvidado.

Mita actuó de inmediato: tomó un paño frío y lo colocó suavemente sobre la frente de Don Tibet. Cerró los ojos y comenzó a orar, su voz suave y llena de esperanza. Los demás se reunieron en silencio, observando con ansiedad, sin apartar la vista de Don Tibet.

Pareció una eternidad —pero después de un rato— los ojos de Don Tibet parpadearon y se abrieron. Se incorporó lentamente, tratando de ubicarse. El alivio se apoderó de todos, desatando una alegría incontenible. Estaba débil y aturdido, señal de que la batalla había sido feroz y que había luchado con todas sus fuerzas.

Las lágrimas de felicidad llenaron los ojos de todos, y Mita soltó un profundo suspiro de alivio. —¡Lo logró, Don Tibet! —dijo con la voz temblorosa, pero llena de orgullo.

Habían sobrevivido la noche y su protector estaba de pie. El sentido de victoria era real. Por primera vez en lo que parecía una eternidad, todos sintieron una oleada de esperanza.

La casa estaba callada, un silencio que nadie había experimentado antes. Los susurros, las sombras oscuras, los crujidos y las corrientes heladas habían desaparecido.

Pero el silencio no significaba ausencia. Don Tibet lo sabía demasiado bien. Las fuerzas se habían ido, pero ¿su origen estaba realmente borrado? No estaba seguro. Aún no. Era un silencio extraño, casi antinatural, pero se sentía como una victoria.

Al mirar a su alrededor, Don Tibet notó algo en una esquina de la casa: una presencia. No era oscura ni amenazante, sino distinta... tranquila, familiar. Aquella energía no provenía del mal que habían combatido, sino de algo nuevo: una fuerza surgida en medio del caos, silenciosa pero firme. Su mirada permaneció fija por un momento, reconociendo lo que los demás no podían ver.

Don Tibet comprendió que no estaban solos. Aunque nadie más lo sabía, esa presencia permanecería con ellos, vigilante. No solo en ese momento, sino durante el resto de sus vidas, para protegerlos en los tiempos difíciles.

Todos no pudieron evitar celebrar la victoria. Sus sonrisas se esparcieron, y la risa llenó el aire por primera vez en lo que parecía una eternidad.

Pero justo cuando el alivio empezaba a asentarse, Don Tibet rompió el silencio, su voz severa. —Esto no ha terminado —dijo.

Su mirada penetrante cortó de golpe la sensación de calma. —Al amanecer, encontraremos la fuente —añadió.

Sin embargo, Don Tibet no estaba seguro de que la verdadera raíz se hubiera revelado. Algo más profundo acechaba bajo todo aquello, oculto en un lugar al que nadie podía mirar.

Sus palabras llevaban peso, devolviendo el ambiente a la urgencia. Explicó que necesitaban cavar donde el perro había quedado atrapado. —Estaba protegiendo algo —dijo, con un tono que no dejaba lugar a dudas.

Todos estaban exhaustos, sus cuerpos cansados tras la larga noche de agonía. Sin embargo, mientras los niños necesitaban descansar, los adultos sabían que su tarea estaba lejos de terminar. Aún debían mantenerse alertas, de guardia hasta la mañana.

Uno a uno, los vecinos comenzaron a salir de sus casas, avanzando con cautela hacia el escenario que había quedado tras el caos. Habían estado observando desde detrás de puertas y ventanas entreabiertas, conteniendo la respiración mientras la noche se desenvolvía en un disturbio sobrenatural y aterrador.

El miedo los había mantenido ocultos, pero ahora, al apagarse los últimos aullidos agonizantes del perro y ver al ave arder en llamas en el cielo, la tensión finalmente se rompió.

Una oleada de alivio los recorrió. Los murmullos se convirtieron en exclamaciones, y pronto las voces se alzaron en celebración. Algunos aplaudían, otros se abrazaban, sus rostros llenos de asombro y gratitud. Habían visto la oscuridad descender sobre su vecindario, pero también habían presenciado cómo era expulsada.

Las llamas afuera seguían ardiendo con fuerza, alimentadas por el potente polvo que Don Tibet había usado. Era una mezcla única de misteriosos ingredientes, diseñada para atrapar cualquier ser maligno y mantener el fuego encendido por horas. Tendría que ser hasta la mañana cuando se extinguiera por completo.

Don Tibet aseguró a todos que el peligro había pasado—que nadie volvería a amenazarlos.

Las fuerzas que habían conspirado para desatar aquel mal pagaron el precio más alto, consumidas por las mismas llamas que habían invocado. El fuego fue su juicio: rápido y absoluto.

Pero no habían actuado solos. Varias manos humanas habían participado en el conjuro, cada una movida por sus propios motivos oscuros—y todas encontraron el mismo destino ardiente. Las llamas no mostraron piedad; lo devoraron todo, sin dejar más que cenizas y silencio.

Sin embargo, al darse la vuelta frente a las brasas moribundas, un susurro se filtró por los bordes de su mente. Una voz que no era de este mundo, pronunciando palabras que solo él podía comprender. La batalla había terminado, pero aquello que había enfrentado en el otro lado comenzaba a acecharlo.

La venganza por la muerte de Draven había fracasado por completo. Pero la venganza nunca se extingue del todo. Draven, practicante de fuerzas oscuras, había iniciado el ataque contra Minda. Su muerte dejó tras de sí no solo dolor, sino también una sed de represalia que se negaba a desaparecer... y que había despertado algo peor.

El polvo que Don Tibet y Tolo habían creado resultó más potente de lo que jamás imaginaron—tan poderoso que no podía permitirse que existiera sin control. Aquella noche los había salvado, pero en las manos equivocadas podía convertirse en un arma de destrucción inimaginable.

El líquido especial que había traído para combatir al mal nunca se utilizó. La fuerza poderosa del polvo lo hizo innecesario. Aunque nunca tuvo la oportunidad de probar el líquido, sabía que su fórmula debía ser protegida —tanto como el polvo mismo—. La sustancia era peligrosa, y sus secretos debían permanecer ocultos.

Al amanecer, Lito y Don Tibet, armados con palas, se acercaron al círculo aún humeante donde el perro había ardido. Sin perder tiempo, comenzaron a cavar en el centro del suelo carbonizado, retirando con cuidado la tierra y escarbando poco a poco.

Al cabo de un rato, Don Tibet se detuvo, sus instintos diciéndole que debían escarbar más profundo. —Concentrémonos otra vez en el centro. Debemos cavar un pie más abajo —hasta donde estaba el altar—.

Lito asintió y los dos reanudaron su labor. Cada palada los acercaba más al secreto que los espíritus y el perro habían custodiado. La anticipación espesaba el aire, presionando mientras la tierra se preparaba para revelar lo que escondía.

El tiempo pasó, hasta que—¡clang! —La pala de Don Tibet golpeó algo sólido, y un sonido metálico resonó en la quietud de la mañana. Él y Lito se miraron y, de inmediato, empezaron a apartar la tierra con más cuidado.

Debajo de las capas del suelo yacía una vieja caja marrón, su superficie adornada con marcas intrincadas que susurraban antigüedad y misterio. Polvo y ceniza se aferraban a sus bordes, como negándose a liberarla del pasado.

Con una mezcla de emoción y cautela, Don Tibet la abrió. Dentro había dos cuernos —uno grande y otro pequeño—.

Un escalofrío recorrió la piel de Don Tibet al mirarlos. El peso del pasado oprimió su pecho. Esos cuernos nunca se habían perdido de verdad. Alguien —o algo— los había ocultado por una razón. Y ahora habían regresado. ¿Pero por qué?

—Estos son los cuernos perdidos —murmuró Don Tibet, con voz baja de asombro y reconocimiento. Eran los mismos que habían desaparecido cuando Mita y la demás familia vivían en el cerro— perdidos sin explicación, hasta ahora.

—Fue en el tiempo en que la cabeza de Minda estaba llena de piojos —explicó Lito a Don Tibet, recordando los sucesos extraños del pasado—. Cuando mi mamá le cortó el pelo, encontró el cuerno pequeño incrustado en él. El otro cuerno lo hallaron dentro de la almohada de Minda. Mi mamá metió los dos cuernos en una bolsa para enviárselos a usted, pero desaparecieron misteriosamente antes de poder mandarlos. Después de eso, ninguno de nosotros los volvió a ver y, extrañamente, nos olvidamos de ellos.

Lito se detuvo, levantando los cuernos recién descubiertos. —Pero aquí están —dijo, mirando a Don Tibet con sorpresa e incredulidad. —Recuerdo esos cuernos —respondió Don Tibet con tono de pesar—. Fue un grave error no haber encontrado la manera de rastrearlos, y todos pagamos el precio por ello. Sacudió la cabeza, decepcionado de haberlos dejado escapar de su memoria. Durante unos segundos, observó los cuernos en silencio antes de continuar: —Todo lo que ocurrió en su propiedad estaba ligado a ellos —dijo con certeza—. Estos son los mismos objetos que atrajeron a los espíritus, el caos y la oscuridad que los acosaron todo este tiempo.

Don Tibet devolvió con cuidado la caja al agujero donde había encontrado los dos cuernos. Con gesto solemne, tomó dos puñados del polvo especial y los esparció de manera uniforme sobre la caja. Luego encendió un fósforo y le prendió fuego. Las llamas avanzaron rápidamente, devorando la madera hasta reducirla a cenizas. El crepitar del fuego añadía una sensación de final definitivo que se impregnaba en el aire.

Cuando las últimas llamas se extinguieron, Don Tibet se volvió hacia el grupo y dijo con convicción: —Este es el fin de todo su sufrimiento. Y lo mejor de todo, estarán protegidos por el resto de su vida. Don Tibet no explicó qué quería decir con "protegidos por el resto de su vida" —pero sus palabras transmitían un profundo alivio y cierre, marcando el fin del oscuro capítulo que nos había perseguido por tanto tiempo.

Más tarde esa mañana, Tolo llegó a nuestra casa. Don Tibet permaneció con nosotros, repasando todo lo ocurrido y explicando cómo habían trazado el plan para derrotar al perro. Al verlo llegar, Don Tibet se volvió hacia nosotros y dijo: —Mi amigo Tolo jugó un papel crucial en la derrota del perro y del resto de los espíritus. Él fue quien creó el polvo especial y desarrolló gran parte del plan. Gracias a él pudimos vencer a esos demonios de una vez por todas.

Por ahora, los dos amigos celebraron, sin imaginar cuánto les duraría la paz.

Fin — o al menos, eso creí.

El Misterio Puede Haber Terminado...

...PERO HAY COSAS QUE se quedan contigo.

Gracias por adentrarte en la oscuridad con *El Guardián en la Esquina*.

Si esta historia te atrapó, te erizó la piel o te mantuvo despierto más de lo que querías, te agradecería muchísimo que dejaras una reseña en Amazon.

Tu opinión ayuda a que otros lectores encuentren el libro... y mantiene las sombras despiertas.

¿Aún no has leído dónde empezó todo?

Descubre *Perchado en el Tejado*, la precuela donde las cosas comenzaron a desmoronarse.

Si ya terminaste ambos, sabes que la presencia todavía no nos deja en paz.

Te agradecería que dejaras tu reseña en Amazon o donde adquiriste el libro. No necesitas escribir mucho, solo algo sincero.

Porque ahora que llegaste al final...nunca volverás a ver ninguna esquina de la misma manera.

Gracias por leer,
Héctor Rivera, Autor

Sobre el Autor

HÉCTOR RIVERA ES EL autor de *Perchado en el tejado* y su inquietante secuela, *El Guardián en la Esquina*. Aunque Hector ha escrito en privado durante muchos años, fue hasta hace poco que decidió compartir su trabajo con un

público más amplio. Sus historias se nutren profundamente de experiencias vividas, de la historia de su familia y de una curiosidad intensa por la delgada línea entre lo sobrenatural y lo cotidiano.

Héctor tiene muchas más historias que contar y tiene planeado escribir otras obras como:

- **El Joven y la Serpiente** – Una novela inspirada en hechos reales. El manuscrito está completo y actualmente en proceso de edición y reestructuración.

- **Siluetas Más Allá de las Sombras** – Una historia escalofriante y misteriosa, ya escrita a la mitad, que Héctor está considerando convertir en la tercera secuela de *Perchado en el Tejado* para completar la trilogía.

- **El Chilillo Negro** – Un capítulo inspirado en sus años escolares,

que mezcla travesuras, aventura y las lecciones duraderas aprendi-
das en la juventud.

- **Novela Histórica sin Título** – Basada en la vida extraordinaria
  de su abuelo Antonio. Será una obra profundamente personal y
  poderosa, quizá la más significativa hasta ahora.

En este momento, Héctor no está seguro de cuál de estos libros terminará primero. Escribe para honrar recuerdos, explorar verdades y dar
voz a las historias que habitan en los rincones de nuestra vida: las que
susurramos, las que soñamos y las que permanecen ahí, silenciosas pero
vivas.

La Historia Original

PERCHADO EN EL TEJADO

Una familia mantenida como rehén por lo invisible: fantasmas aferrados a las paredes, sombras que respiraban... y el terror apenas comenzaba. Una novela basada en hechos reales.

Perchado en el Tejado marcó el inicio de la historia que acabas de terminar. Presenta los sucesos extraños e inolvidables que cambiaron a nuestra familia para siempre: el misterioso pájaro, la enfermedad, los susurros y las sombras que se filtraron en nuestras vidas cuando vivíamos en el pueblo y en el cerro.

Si aún no lo has leído, te invito a regresar a donde todo comenzó. Perchado en el Tejado ofrece el contexto más profundo y el peso emocional detrás de El Guardián en la Esquina.

Disponible en Amazon y en otras plataformas donde se venden libros. Visita harzpublishing.com para conocer otras obras y mantenerte al tanto del mundo de *Perchado en el tejado*.